文脉中国 小说库

wenmaizhongguo xiaoshuoku

摇曳的格桑花

扎西措 著

中国文联出版社

图书在版编目（CIP）数据

摇曳的格桑花 / 扎西措著. -- 北京：中国文联出
版社，2016.4（2023.3重印）
ISBN 978 - 7 - 5190 - 1440 - 7

Ⅰ.①摇… Ⅱ.①扎… Ⅲ.①短篇小说—小说集—中
国—当代 Ⅳ.①I247.7

中国版本图书馆 CIP 数据核字（2016）第 095895 号

著　　者　扎西措
责任编辑　蒋爱民　褚雅越
责任校对　王庆九
装帧设计　中联华文

出版发行　中国文联出版社有限公司
地　　址　北京市朝阳区农展馆南里 10 号　　邮编　100125
电　　话　010 - 85923025（发行部）　　85923091（总编室）
经　　销　全国新华书店等
印　　刷　三河市华东印刷有限公司

开　　本　710 毫米×1000 毫米　　1/16
印　　张　13
字　　数　213 千字
版　　次　2023 年 3 月第 1 版第 2 次印刷
定　　价　68.00 元

"阿坝作家书系" 编委会

为"阿坝作家书系"序

阿　来

在四川省文学奖和四川省少数民族文学奖颁奖会上,听州文联领导说,由阿坝的作家、诗人创作的"阿坝作家书系"即将出版,要我写点文字在前面,其实除了对这套书系的出版感到高兴,并要对这套书系的创作者们表示祝贺之意外,我感觉自己并没有太多的话要说。

阿坝是故乡,常来常往,自己关于文学的粗浅见解,与文朋诗友在正式与非正式的场合都有过充分的表达,再说,也没有多少新鲜的东西了。如果要多说什么,难免是重复过去的一些观点与说法了。我最觉得高兴的是,"阿坝作家书系"将是一个长期的项目,眼下将要出版的第一辑只是一个开始。的确,文化建设是一件持之以恒的工作。而文化建设中文学显然是最基础的工作。所有艺术门类的在很大程度上,要取得更大的进步,除了不同艺术门类技术性的表达与创新而外,一切内在的审美的、观念的形态,其实都与文学提供的审美经验有着密切的关联。

拿到"阿坝作家书系"第一辑的名单,我注意到大家都是在阿坝的文学园地中活跃多年的熟人和朋友。同时,这份名单从作者的族别上看,有藏、羌、汉等各个族别。阿坝这块古老的土地,在今天又显得前所未有地富于活力,正是各族人民团结一致,共同建设的结果,而在文化建设上也出现这种并肩前行,以各自的精神成果互相辉映,这样的局面,在国际国内极端的民族主义和极端的宗教思潮频繁影响到社会和谐安定的情形下,更是有着特别的意义。

在全球化的时代,文化的表达,特别是文化多样性的表达,是非常重要的工作。这种工作，不只是不同民族文化的多样性表达，更重要的还是更致力于一个民族内部的多样性的表达。仅就阿坝的藏族文化而言，就有安多、嘉绒和白马等不同的族群与文化。而且，我们更要明确的是，文化多样性的表达不是加深不同文化、不同民族间的鸿沟，文学表达、文化表达最终的目的，是增进文化间互相的尊重、了解与融通，这是文学创作者所必须具有的一种善的动机。而这套书系首先登场的几位朋友，长期以来所做的正是这种有意义的工作。他们的作品所起的正是文学应起的作用。

我们更要充分意识到的是，文化从来不是一个僵硬固化的版块，而是一个动态的过程。只有那些不断发展、不断吸纳广大世界中其他文化中的积极因子的文化才能长存于这个日新月异的世界。所以，我们的文学表达，更有责任关注文化中正在萌芽，正在成长壮大的那些新的积极因素。新的现象，新的思想，新的人，新的事，只有对这些"新"保持充分的敏感，对新的时代对于文学的使命有深入的体认，我们的文学才会真正出现新的气象。

阿坝大地，具有丰富的文化多样性，这种多样性，其实是由地理多样性决定的，更是由各民族人民共同创造的。文学自然也不在这种历史的规定性之外。文学的责任在于表达这种丰富的存在，文学的使命更在于以审美的方式呈现这些伟大的存在。

当然，这种多样化的文化书写同时也是要完全依从于个人的深刻体验与表达这种体验时个人化的表达。文化意味与个人风格互相辉映，互相生发，那就是真正的文学了。

祝阿坝文学在这样一片热土上有更新更大的进展。

2015 年 12 月

目录

启明星 ···001

林中放牧人 ·······································016

王妃的咒语 ·······································034

云朵上的焚 ·······································055

摇曳的格桑花 ·····································066

野　妹 ···076

灯火深处 ···089

新娘馍 ···108

责　商 ···111

山　魂 ···141

笔　会 ···173

启 明 星

一

雪,肆意漫卷了半个多月,原本就冷清的村寨在风雪的蹂躏中显得萧瑟而又冷寂。

眼看着新年也渐渐地逼近了,就在善良的村民们不得不诅咒这个诡异的雪天时,老天却适时地于一个夜半时分突然放晴了!于是,小小的村寨又飞扬起久违的笑声。年轻的丈夫们纷纷开出自家的小四轮,装上婆娘娃儿,兴高采烈地涌上县城,购置年货……

大年三十这天,太阳尚在东方的云端徘徊,旦真老人家新修的小砖房里便冒起了夹杂着松脂气味的缕缕青烟。旦真的儿子泽夺匆匆地吃了碗糌粑后,就操起家伙到后院的柴垛旁,把那只用三百斤青稞换来的肥羊给宰了。

仅一顿饭的工夫,泽夺已经在那张冒着热气的羊皮上灌好了最后一截肉肠。他把一大盆切割好的手抓羊肉交给了正在打扫院子的媳妇尚么,叫她拿回屋里等大铝锅里飘出作料的香味时就放进去煮了。

泽夺高声地念了几声"嘛呢",利索地收拾了地上的脏物,然后带上弯刀,到附近的林子里砍初一早上煨桑用的柏香去了。

旦真老人今天也破例起了个早。当东方刚吐一丝鱼肚白,他就已经坐在床上念"卓玛经"了。尽管后半夜的失眠使他感到身子异常沉重,可一想到今天是大年三十,旦真老人的心里依然涌动着一丝淡淡的类似于孩子般的喜悦!

"这是旧年的最后一天啊"!旦真老人推开窗子,深深地吸了一口迎面扑来的新鲜空气。他非常珍视这个差点与自己擦肩而过的新年,当阳光温柔地洒向威武的贡达神山时,旦真老人几乎怀着一种神圣的心情换上了一套全新的藏装。用深棕色面料缝织的藏袍和白绸上衣很令他满意。他甚至对着墙上的那面破镜子仔细地洗了把脸。但是，旦真老人没有穿儿子托人从县城买回来的皮鞋，他一生都没有穿过皮鞋，他认为那是非同一般的奢侈品。

旦真老人有些伤感地打开放在床脚的木箱子，从里面取出一双做工非常地道的牛皮藏靴。那是他的好朋友彭措在病中为他赶制出来的。鞋子送到家的当晚，老哥俩喝了盅青稞酒后就分手了。谁知不到一个月，彭措竟去了！因为怕睹物伤神，旦真老人一直就把它锁在木箱子里。

"应该早点去寺院，为已故的老友多念一些经啊"！旦真老人拄着拐棍，当他走到神龛下准备做旧年的最后一次祷告时，他的心中产生了很深的内疚。

旦真老人慢慢地走到院子里，他看见太阳像一只艳光四射的水晶盘子正温柔地悬挂在深蓝色的天幕上。"哦，供求松布切！是仁慈的佛赐予人们这样一个灿烂而又祥和的新年呀！"旦真老人合掌念佛。他仰头对着倾洒而来的阳光，轻轻地揉着浮肿的双眼。

"卓尕，放下你手中的背篓，把喂牲口的事交给儿媳妇，叫毛吉去斗扎家把毛驴牵回来。你回屋准备一些茶叶和各种供品。哦，记住曲美（酥油灯）要用干净的白布包好。我们去趟吉巴寺院。"旦真老人从指缝间看着一阵冷风包裹着颤巍巍的老妻子从门缝里挪进来。他知道自己的突然决定会使刚转经回来的老妻和正在准备早茶的儿媳妇有多么吃惊。他可是刚与死神握过手，连吃饭，穿衣都倍觉吃力的老人。旦真老人不想把时间浪费在过多的争执上。他挥了挥手中的拐棍，制止了老妻和儿媳欲脱口的劝阻。他的脸因为激动而在阳光下泛着红光！

二

吉巴寺院就在村寨对面的尼琼山脚下，与村寨隔着一道很深的沟壑，路虽不远，但对于即使是骑着毛驴的旦真老人来说，还是需要费点时间和精力的。

"你这个比老树疙瘩还固执的老头，为什么不待在家里好好地享受这个难得的暖阳！佛会用无边的法力把你的心意送到彭措那里的。好不容易才见病势有些缓和，你就开始作贱起来！"旦真老人对老妻的唠叨始终保持着宽厚的微笑。他并没告诉她自己去寺院不单单是给老朋友念念经。

他惬意地骑在驴背上，闭着眼睛专注地聆听风儿轻轻拂过耳际的"丝丝"声，胯下的小毛驴卖力地踏着碎步，一路飞扬起薄烟似的尘土。

旦真老人非常钟爱小毛驴忠厚善良和任劳任怨的精神。他极少骑马，倒不是因为他初试骑马时差点被摔成瘸子。他认为马的性情显露出太多的野性与骄横。马，总是令他联想到战争。

"在前面的甲仓树下歇一会儿吧。"旦真老人收回游荡的心思，他听到牵着驴子的老妻发出了破风箱一般的喘气声，他暗暗地责怪自己的疏忽。

旦真老人用拐棍支撑着身子下了驴背。他让老妻先去寻块干净的地方坐着，自己把毛驴牵过去拴在一棵红柳上。

太阳慢慢地升高了。远处的树林，高山以及田野里那些尚未化尽的积雪，在阳光的照射下，发出耀眼的白光！空气中蔓延着炸油馍和煮肉的香味。人们在忙着准备新年的美食哩！

"索性就在这儿打个尖儿吧，老头子！饿着肚皮的感觉远没有站在山顶哼哼情歌那么轻松！"老妻卓尕似乎也因为这个美好的晴天而开怀了许多。她确信老头子的身子还经得住这场走动后，就放心地抹了把鼻涕。"唯一缺憾的是，这冬天的阳光虽好，四周却没有一丝生机。不过这些天，我总是感觉到春天就在不远的尼琼山背后。"

"是啊，迎春花可能在地皮下，有些不太安分了。"旦真老人坐在老妻甩过来的藏袍袖子上。"要知道，这可是旧年的最后一天呢！"他有些心酸地看着老妻黑瘦的面孔，她看起来是那么苍老、疲累，就像是随意扔在路边的一只破口袋。有许多个被病痛和失眠煎熬的夜晚，旦真老人总要摸摸睡在对面的老妻，生怕她的灵魂随时游离了那具没有多少活力的躯壳。

"在我的家乡，大年三十亲人们会聚在一起吃团年饭。大家要等到新年的钟声敲响才睡觉呢！"旦真老人用一种遥远的语气说。"你们那儿睡觉的时间恰好是这里祭奠神山的时候。"老妻用满是皱纹的手从皮裕裣里取出一块新鲜奶酪。她掰了一小块递给旦真老人，"可怜的尚么知道你的倔脾气，只好装上一大堆的干粮以解途中的饥乏。儿媳妇孝顺着呢！你却总是说她说话的声音永远那么含混而又低弱，像冬季里绝望的苍蝇。"

旦真老人侧着身子帮着取出肉和香肠，摆在撕开的塑料口袋上。

"我原想等春天里草儿茂盛了，就和彭措到这儿来烧个茶。寨子里的老伙计们走得差不多了，除了瘫在床上的用足，就剩我俩了。谁会料到他却抢先去了！他怎么就没有挨过这个春节呢？"旦真老人拿起一小块羊肉，他看着头顶的蓝天，深深地叹息。

"没听说老人是点在风口的酥油灯吗？没准什么时候就灭了。好在仁慈的供求松布把你从阎王爷的门槛上拽了回来，我们才能迎来这个宁静的新年呀！"老妻向着寺院的方向，轻轻地磕了个头。

旦真老人不再说什么，他的心绪有些低沉起来。他勾着头，从藏袍的怀里掏出一瓶"五粮春"，这是开春时从县里专程下来调查流落红军生活的一位女记者送给他的，他一直没有舍得喝。

"彭措一生嗜酒如命，却没有尝过一口好酒"！旦真老人小心地拧开瓶盖。他趁老妻回头看树丛中骤然飞起的几只麻雀时仰头舒畅地喝了一大口酒。但他就只喝了那一口，就把剩余的酒全部洒向坚硬的土壤里。这是他敬给老朋友彭措的"过年酒"。"可怜的老家伙，他的灵魂已经在缥缈的天国里游荡着！或许在孤独地寻找遥远的故土"！旦真老人喃喃地自语着。

"原来搞合作社那会儿，虽说地里的粮食填不饱全家人的肚皮，可也足是有些热闹。"老妻见旦真老人的神色有点怪异，她怕彭措的阴影破坏了老头子的心情，就努力地寻找话题。

"是呀。我记得胡豆地里除草那阵子，人们穿着鲜亮的衣服，比开着的胡豆花还热闹！山歌、笑声仿佛要挤破老天的肚皮。更有意思的是大家围着石头灶上的大铁锅旁喝茶！那亲密劲呀！唉，如今，这天地也寂寞了许多！"旦真老人又是深深地叹息。

老妻取下头上的围巾，让旦真老人擦干净手上的油渍，自己也扯起围巾的一角揩了嘴巴。"我一直不明白你一辈子都没怎么骑马，是因为你当初做我们家的上门女婿时骑着毛驴来的缘故吗？"

"我想有一半是那个原因吧。到你们家上门时骑过来的那头毛驴是仓吉活佛赐给我的。它全身长着深棕色的毛，却有一对雪白的蹄子。对对，那蹄子就像阿旺家丫头脚上的白色高跟鞋。跑起来'得得得'很有趣！"旦真老人的神色向往而又专注，他仿佛又看到了年轻时候的自己……

做上门女婿是他流落藏地五年后的事。他十三岁就参加了革命的队伍，一路跟随部队南征北战。他虽然年纪小、个头矮，但他始终记着父母的话：这是一支为穷人打天下的革命队伍。在那个战火弥漫的艰苦年代，作为一名童子军，只能协助炊事班、医务班做点力所能及的事。但是他的机智、勇敢和超越年龄的成熟赢得了战友们的赞赏。大家都叫他"小世希"，说他的名字预示着革命的胜利和希望。特别是担架队那个满脸胡子的罗铭大叔，更是把他当亲人对待，处处照顾着他。然而，罗铭大叔在挺过雪山草地的严峻考验后，却不幸染上流行藏区的一种疾病，最终在一处荒无人烟的草海边落了队，生死不明。

应该说，在旦真老人的生命里，继父母之后，罗铭大叔算是他最亲近的人了。那时候，队伍马不停蹄地前进，随时有人从身边倒下去。革命是那样的艰苦和残酷。他亲眼看着一个又一个熟悉的身影消失在茫茫草原，他的心里充满了战争的阴影……

"哎。有什么资格为自己伤心呢？我是一名幸存者，即便历经沧桑！"旦真老人不住地摇着头。他想到了无数为革命献身的战友们。他能够活下来并且亲眼看到革命的胜利和祖国的繁荣兴旺，怎能不说是幸运的？

"很多年来，我一直没有忘记给救了你的黑衣道士念经祈福！他是否老死在那个空寂的大山里？"老妻含混的声音又从她那没牙的嘴里漏了出来。

"最近，我也老是在梦中见到他。他还是那么高大！"旦真老人喝了一口茶杯里的热茶，他有些特别地看着老妻那张无法辨别感情色彩的黑脸，他们大概有二十年没有提过这样的话题吧！

"我有些惊讶的是，刚才你出门前拔掉唯一的一颗门牙后说话居然不漏气！而且还能吞下大块的肥羊肉。我无法体会没有经过咀嚼的食物落到肚子里是什么感觉？"旦真老人把眼睛笑成了一条缝。他认为老妻提议过的这个野餐真是有着意想不到的情趣！

"我倒更多地认为，你的那双小眼睛能否容得下甲仓树上最小的一片树叶？如果可能，我会用根小棒替你撑开永远像是醉着的红眼皮，以便使你能更加清晰地看到这个世界！"老妻见旦真老人开了心，也忙跟着凑趣。

"哦，可怜的小侏儒！"旦真老人微笑着让老妻用茶杯暖暖手背。"你知道，黑衣道士是给了我第二次生命的人。若不是他，还能有一个永远像是醉着的小眼老头，在冬日的暖阳下坐在田埂 70 上不厌其烦地给你讲故事吗？"旦真老人把目光从老妻盛满笑意的皱纹间移开。他无不感慨地说，"黑衣道士的眼神很凶，看上去更像一个屠夫，若不是那身道士的装束！但他很善待我……"

那是 1935 年的秋天，由毛主席率领的右路军翻过雪山，走出草地，越过一道山梁来到风景秀丽的巴西境内。那时，地里的庄稼尚未熟透。当地的百姓听说"甲玛"（汉兵）来了，纷纷躲进深山。部队在当地停留了一段时间。许多年以后，旦真老人才知道，毛主席就是在那里，召开了著名的"巴西会议"，以英明果断的决策改变了中国革命的命运，实现了长征的伟大胜利。他永远记得毛主席高大伟岸的形象。"文革"期间，由于他说了"毛主席脸膛红红的，很像咱村的巴坚。个子比泽登还高大"。公社的"积极分子"们可没少找他的麻烦。不仅给他扣上"阴谋破坏领袖形象"的帽子，还把他发配到气候恶劣的牧区同一个"四类分子"放了三年的羊。而巴坚和泽登也被赶到大队学习班，接受了长达一年的"批评、教育"。

"昨晚，我做了一个好奇怪的梦！"老妻总是在旦真老人陷入回忆时又突然暴响另一个话题。她不停地呷巴着没牙的瘪嘴，像是要显示没牙说出来的话一点都不影响别人的听觉效果。旦真老人用眼睛丈量着老妻矮小的身子，他想起自己的前妻第一次把侏儒妹妹带回家中的情景。他从未见过那么矮小的人。他几乎就是母亲故事中那个活泼、机灵又好使坏的"侏儒公主"。妻子告诉他，妹妹生下来就是这个样子。没想到妻子死后，按当地的风俗，"侏儒妹妹"理所当然成了这个家传承香火的人选，和旦真老人生活了一辈子。不幸的是，他们生下来的第一个儿子也受到母亲遗传基因的影响，成了名副其实的"侏儒"，并且只活了 28 岁！

"我梦见你穿着新衣服，头上戴着你常说的红军帽。你和大姐手牵着手，飞快地跑到天边，我哭着追你们，大姐却笑着抛下身上的红腰带，说你们找到了一个新家！"老妻说着梦境的时候，凹陷的眼睛里满是泪光！

旦真老人"哈"地吐了口痰，他没有再看老妻暗淡的眼睛。她的话深深地刺痛了他心中的某个地方。旦真老人感觉到有一种冰凉的东西在后背蠕动。

最近，他也老是梦见一些故人，他们赤裸着身子，凄婉地游荡在空旷的野地里……

老妻吸了吸鼻子，她从脖子上取下一串黑色的念珠，开始念经。旦真老人努力地抑制住心中的酸楚。哎！前妻，那是多么美丽的一个女人啊！老天似乎把所有女人的优点都集中在她的身上。她美丽、贤惠、勤劳、聪明，还有一副百灵鸟一样的金嗓子！旦真老人是那么深爱着自己的妻子。是她用一个女人的温情，抚平了他心中的伤痛。然而，那条发狂的野狗，为什么窜到寨子里偏偏咬了她！致使一个美丽绝伦的女人最后疯狂而死！旦真老人恨透了所有的狗，他一生都没有养过狗这样的畜生！

"如果可能，我早就替大姐去了！她对我们家是那么的重要！"老妻抬眼时发现了旦真老人满是伤痛的表情，正后悔不该提起伤心的往事。她有些慌张地看见拴在树旁的毛驴不耐烦地甩着尾巴，就赶忙转移话题，"毛驴真的是一种温顺的动物！黑衣道长怎么会在那么陡峭的山崖上养一只驴？那几乎全无作用！"

"他告诉我，那头毛驴是同他一起来深山修行的朋友骑来的。朋友因不堪忍受与世隔绝的寂寞生活，终于在一个雷雨交加的夜半走火入魔，纵身跳下了山崖……"

这时，横在田野中间的小路上，开始有了陆陆续续去寺院朝拜的人群。他们背着崭新的褡裢，愉快地谈论着新年的种种安排。他们用灿烂的微笑向两位老人表达着心中的问候。然而，旦真老人此刻的心思早已越过无边的天幕，飞回那个遥去的岁月……

在巴西地区停留了一段时间后，队伍又突然向北开拔。在连续行军数天后的一个子夜，他们来到一片茂密的原始森林。为了减轻队伍的损失，上面传令，就地扎营休息半宿。当时的"小世希"因吃了生野菜，正闹肚子。加之连日行军，已是身疲力尽。他什么都没吃就倒头睡在一棵古松旁。等他被一阵刺骨的冷风吹醒时，发现森林中悄无声息。除了几点未灭尽的火星，什么都没有！

"多么寒冷的一个清晨啊！"旦真老人拢紧了藏袍的领子，他好像又一次感觉到森林中那股阴森的气息向自己逼来。

当时，绝望使"小世希"忘记了恐惧。他甩开不知是谁好意盖在自己身上的破毛毯，拼命地在森林中狂奔起来。树枝和荆棘冲破了脸和身上的皮肉都不觉得痛。他不敢喊叫，因为部队的行踪是严密的，大家必须遵守铁的纪律！

"我怎么都跑不出那片大森林啊！我只看见满天的星星在树枝间眨着眼睛！"旦真老人觉得自己的呼吸都因为这个可怕的回忆而急促起来！

"哦呵呵，神母卓玛拉！那么阴森的林子里会有多少野兽和魔鬼呀！一个十多岁的孩子孤零零的，那是多么可怕的事啊！"老妻象征性地往旦真老人这边挪了一下身子，她张扬起脸上的每一根皱纹，然后用一种沧桑的眼光表示着心中的关切。她曾不止一次地听自己的老头子说起那段经历，而每一次她都有一种身临其境的恐怖感觉。她记得旦真老人说过，由于过度的紧张和疲劳，他又一次昏倒在树林里，直到林中的小鸟开始在树丛中欢鸣，他才苏醒过来。而他的浑身上下被露水湿透，衣服烂得没法穿，鞋子也跑丢了一只。

"阳光激起了我求生的欲望。"旦真老人感伤地望着寨子背后曾经是一片秀林后来毁于一场大火的光秃秃的山脊。

"我用一根藤条把衣服捆在腰间，然后朝太阳升起的方向继续走，渐渐地，我发现参天古植物开始稀少起来，光线也比先前亮了许多。终于，我听到远处有大河奔流的声音。"

"我又开始没命地奔跑起来！然而令我又一次失望的是，出现在我前面的那条河水还真够大的。我没有把握能否蹚过去。但是，我已经别无选择。我清楚地看到对面山上有一条小路，所以横下心来……"

"可你还没走到河中间就被急流的河水卷走了！"老妻见旦真老人的神色一直处于紧张状态。她怕过多的叙述会影响老头子的身体，于是就急急地抢过话头。"那条河并不比泽列河浅多少，亏了那块巨石呀！供秋仁布切！"

旦真老人默默地点了点头，那段惊心动魄的经历虽然过去了，似乎也淡然了，可是当他面对自己的妻子，再一次提起往事时，他还是觉得心有余悸。

"直到现在我都回忆不起自己是怎样攀住了河中间的那块巨石。恍惚中我看见一个身穿黑色长袍的巨人，从对面的树丛中钻了出来。他犹豫着看了我几秒钟，然后衣服都没脱就走过来，像提一只落水的小狗一样把我提回了他的住处。"

旦真老人喝了一口热茶润了润嘴唇，又摸了摸自己瘦削的脸颊。他永远无法忘记，黑衣道士把他扔在茅草屋里，丢了两个黑乎乎的烧土豆后，就一直坐在外面磨刀子。当时，他只有一个想法，自己碰上了食人肉的道士，不出几分钟，那把闪着寒光的利刃将在他的脖子上划下致命的血印。他索性就吃了个饱，死后总不能做个"饿鬼吧"？太阳偏西的时候，黑衣道士提着刀走回屋里。他阴晴不定的眼神在"小世希"尚未干透的破衣服上扫荡着。

"我绝望地闭上眼睛把头伸了过去。突然，我听到一阵比夜猫子还要难听的笑声在头顶炸开，我一屁股坐在地上，怔怔地看着他。黑衣人狂笑了一阵，就说些我听不懂的话。他滑稽地做着念经、打坐、升天的动作。我猜他大概在说自己是跑到深山修行，希望成仙的出家人。但他留着极长的头发，几乎及至脚跟。"旦真老人用手指了指自己的脚，好像要强调头发的长度。"第一次听你说起他，我还怀疑他是九头怪变的假道士。从没听说有留有长发的和尚。"老妻稀里糊涂又抹了把鼻涕，接着熟练地往撩起的藏袍下摆上擦了擦手指。

旦真老人尝了点肉肠，他觉得浮在村寨上空的那层青烟很像黑衣道士居住的山谷中的晨雾。

"黑衣道士严肃地看了我一会儿，便走到床边，从柳条编织的床垫下抽出一把刀鞘，

'啪'的一声将刀插进去。又微笑着塞到我手里，然后示意我跟他上山。等到我明白他带我上山不过是为了看看那儿的风景时，已经是临近黄昏的时候。我们大眼对小眼地坐在树跟上，什么也没办法交谈。但是我们一起生活了三个多月。"

旦真老人记得黑衣道士在自己的房屋背后开了块地，种植了一些大豆和麦子。还有很多叫不出名字的花儿……冬天的时候，有一支驮队经过那里，黑衣道士便请求他们把他带出去。走的那天，他为他收拾了一个小包裹，一直目送着他和小毛驴消失在弯弯曲曲的小路上……

原来，那支驮队是旺杰头人家专门运送布匹和盐巴的马帮。他们把"小世希"介绍给当地最有名望的仓吉活佛的大管家，请求收留这个不知从哪里来的可怜的"甲如"（汉族男孩）。善良的大管家见"甲如"身虚体弱，神情恍惚，便生了怜悯之情。他飞快地拨动着手中的念珠，嘴里"啧啧啧"地惊叹着。他喊了一个仆人模样的中年妇女，叫她领走了忐忑不安的孩子。要他以后就跟着她学学放牧。

旦真老人低着头看着茶杯里浮起的一片叶子，把它轻轻地捻起来甩在地上。那个女人多像自己的母亲啊！是她用一颗母亲的心让他学会了藏区的生活，并且给了他一个吉祥的藏名：旦真。他一直喊她"泽吉阿妈"。

"多为那些善良的人念经吧！等·会到了寺院一定记着为她祈祷。"老妻见旦真老人不再有吃东西的意思，就收拾了前面的食物放回褡裢。"我

看日头也渐高了。我听着寺院里有了散朝的钟声，大活佛要给人们摸顶呢！我看你今日气色竟也好了许多。正后悔早上差点阻止你出门。其实，出来透透气是真对了。自打你生病，我就没指望你有亲自去寺院磕头的日子！"

旦真老人赞同地笑了笑："有好几年圈在家里了，生活缩小在方寸之地。我看着这四周的高山树林，就是有股子亲密劲！哎，人老了，看什么都动情！"

"虽说不是第一次听你的故事，可心中着实增添了一些新的伤情。人的命运真是扑朔迷离。那年好不容易有了你家人的消息，后来怎么就断了？全家人愧疚着呢！不过，儿子倒也尽力了！"老妻把拐棍递给旦真老人，颤巍巍地搀扶着他上了驴背，小毛驴又迈开了细密的碎步。

"我知道啊。父亲和母亲也一定把遗憾和思念带进了天国！我总是梦见俩老的坟头长满了凄凉的野草！"旦真老人惆怅地看着拖在地上的影子，他的心中充满了悲伤。

三

寺院的老住持昂旺穷迫听说旦真老人来了，忙把登记布施的事交给身边的大弟子。自己匆匆地迎了出来。当他看见旦真老人憔悴得几乎无法辨认的面孔时，禁不住老泪纵横，百感交集。他紧紧地握住旦真老人的手，不信任地上下打量着他："我真怕心中的恶魔模糊了自己的双眼，使我认为你的出现只是正午阳光下的一个幻觉。然而，佛堂中悠然的钟声和这一个摇着经筒从前面经过的人们，还有握在我手中的这份热情，使我终于相信你是真正地站立在了神灵的脚下。嗨！老伙计呀，你这一病可真不轻啊！我琢磨着你是否也尽了尘缘，要随这个多雪的冬天撒手而去。我连超度的事都暗自准备好了。"

昂旺穷迫替旦真老人抖去藏袍上的灰尘。他用同样感慨的目光看着旦真的妻子："一路劳累了你，难为你这样伺候着他。你的身子也越发不灵便了！今日有祥云降临。大活佛已于三天前出关。他要为天下的苍生祈福！先过去接受摸顶吧。"旦真的妻子合掌念了佛，她蹲在地上，摸索着从皮褙裤里取出两个口袋交给穷迫："这点糌粑是入冬时打下的青稞磨的，很是新鲜。另外装了只羊腿。我们知道你早已不吃荤食，就给弟子们尝个鲜吧！"

昂旺穷迫说："费心了。"他叫弟子带她去大经堂磕头。

旦真老人见妻走远了，就对穷迫说："老朽之躯，本不该来玷辱寺院的祥光。都入八十的人了，还有什么可祈求的？只是此次病体恢复得有些蹊跷，近来又老是梦见双亲及已故的诸多朋友，心想定是欠了些善事。今日，我见风和日丽，便硬拖着老妻来了。"

旦真老人跟在穷迫的身后慢慢摇着经筒。不一会儿，他们就到了大经堂的门口。穷迫先脱了鞋子要搀扶老朋友进去朝拜，却被旦真老人谢绝了。他摘了帽子，把藏袍的袖子缠在腰间打了个结，然后跪在门口："虽说有十多年没能来亲自朝拜，但所有的神灵菩萨皆在心中，从不敢忘记一生得到的保佑。只因我是将死之人，又何需将满身的浊气带入佛门净地！每日里我远远地听着寺院的钟声，便感觉到神灵无时不在身边！"旦真老人慎重地从皮褡裢被取出一包东西交给穷迫："这是为新年的祷告亲手做的十五盏酥油灯，就劳烦你替我供在神灵的脚下，为那些亡灵念个超度的经吧。"

穷迫了解旦真的脾气，只好自己拿了进去。透过穷迫凝重的背影，旦真老人看见一盏盏酥油灯在东巴菩萨的脚下静静地燃烧。那一簇簇摇曳的小火苗像一个个哀怨的幽灵在无声哭泣……

旦真老人虔诚地跪在那里，他在心中默默地祈求着。他祈求神灵保佑自己的父母、妻儿、朋友以及那些无数牺牲在雪山草地的战友们，使他们的亡魂得到一个安宁的归宿……

穷迫替旦真老人点燃了那十五盏酥油灯。并亲自为亡灵做了祷告。他走到门外，等旦真老人退到台阶下，深深地磕了十个长头后，俩人才避开人群，走出小门绕回穷迫的禅房。

旦真和穷迫是为改土队烧茶的那年成了好朋友的。因为俩人多少有点"历史问题"，人们总是和他们保持着一种距离。然而正是这一点他们才有了相互认识、加深了解的机会。就在年轻的改土队以"农业学大寨"的精神掀起一股"开天辟地"的改土浪潮时，旦真和穷迫却在田野边袅袅升起的炊烟里意外地为自己开辟了一片心灵的净地。

穷迫同情旦真的坎坷经历和曲折命运，他用佛教的理论阐释人性的卑劣和疯狂。他要旦真用佛的精神升华心灵境界，彻底洗涤心中的尘垢。他说，人只有经历了人间的磨难之后才能领悟生活的真谛……穷迫使旦真对佛教有了全新的认识。他终于明白，佛教其实是一门博大精深、暗藏玄机的文化瑰宝。它具有非常深刻的哲理性，对人生有着非同寻常的启示和教诲……

恢复宗教政策以后，穷迫毅然回到寺院继续他的修行生涯。但他们始终保持着深厚的友情。

在穷迫的禅房里，旦真老人接受了穷迫为他念的"平安经"，用神水净了脑门及胸腹，俩人方坐下喝茶。

旦真老人喝了两口茶后，便从贴身的口袋里摸出一叠钱放在神案上。他看着昂旺穷迫花白的头发，忍不住流下泪来："你我虽隔着一个尘世，今生却如此投缘。刚才，我望着经堂里那些燃烧的酥油灯，心中的郁结瞬间得以释然。花谢草枯，生死轮回，这是自然规律。人老了，总要以一个方式使灵魂得以超脱，我早已悟了。"旦真老人用衣服的袖口擦了擦泪水，然后指着那叠钱说："这是多年的一点积蓄，即便在生病的时候也不曾舍得花掉。儿子卖掉耕牛为我治病，还借款修了房子。为的是让我这个做父亲的在最后的时刻住得舒坦一些。我心中愧疚着呢！"

穷迫没有打断旦真老人的话，他以一个智者的心境倾听着老朋友最后的嘱托。

"我想用一百元为死去的父母做一道善事。"旦真老人的眼中有些愧色："虽说是少了一点，可也算是尽了份孝心。彭措和我一样，也是流落藏区的汉人。他走得孤单，就用二百元为他念个超度的经吧。另外，我想着妻也是一两年的人了。孩子们手头也不宽裕，我想留五百元暂放你处，将来你好应个急。"穷迫凝重地点了点头。他虽是一个得道的高僧，早已看破尘世的悲欢离合。可是旦真老人类似于"遗嘱"的交代，仍然使他感到心中有了一种难以谅解的伤感。

旦真老人似乎也觉察到穷迫的心境，他把穷迫赠的"吉祥锁"套在自己的手腕上："你我能再度相见话别，心中再无牵挂。这剩下的八百元是我替牺牲了的战友们捐献给寺院的，就请妥善安排吧。今日大活佛摸顶盛事，少不了您去操持。我心愿已了，无须再做停留。"旦真老人说完这些话的时候，觉得心中一下子轻松了许多。穷迫见旦真神色宁静，也便不做挽留。他让弟子包了些熏香和"护身结"送给旦真的家人，并说了"新年祥和，扎西德勒"的祝福话。两人才又搀扶着走到寺院的红墙外，等旦真的妻子牵了毛驴过来后，大家方依惜相别。

四

冬日的白昼总是很短，旦真老人和妻子到家的时候，太阳已经匆匆地溜回了山窝。十岁的孙子毛吉正等在门口焦躁地张望。他见爷爷奶奶终于平安归来，乐得一下子蹦过去搂住毛驴的脖子说："乖乖的毛驴，我就知道你不会摔坏爷爷的哦！去吧去吧，去吃掉马厩里那堆比小山还高的上等草料！那是你应得的回报。"儿子和媳妇也舒展了眉宇。泽夺让媳妇把热在锅里的菜和肉——摆上餐桌，自己伺候二老洗漱更衣。忙活了一阵，大家才围着那张老式的餐桌坐了下来。

泽夺有些惭愧地看着自己的父亲说："阿爸，常听您说起在您的家乡大年三十是家家团聚的日子。您在藏地生活了几十年，我们却从未重视过它！这次，您能康复，对我们全家人来说是莫大的幸事啊！我一直想用一个方式来表达家人的喜悦之情。今天，我见您竟能出门走动，就和媳妇商量，要给您一个意外的惊喜。于是，我们特意做了一桌酒菜，准备一家人热热闹闹地吃个团年饭，用你们汉人的方式迎接新年的到来！"

旦真老人非常感动。他一生都没有享受过这么丰盛的美餐。他理解儿子的苦心，也清楚自己活着对这个家有着怎样的意义。尽管他一生都没有使这个家富裕缺。

旦真老人深深地看着每一个人，深深地看着这个生活了一辈子的家。他那平静的心底又有了一种难以抑制的激情！其实，他是多么的热爱这个家，这是他赖以生存和支撑信念的窝啊！

"孩子，"旦真老人尽量用一种平静的语气说，"阿爸十三岁参加革命，永远地离开了自己的父母和家乡。我记得多病的父亲总是懒懒地抽着旱烟袋。他很慈爱，从不打骂我们。母亲是个勤劳的农妇，地里的活全是她和大哥干的。在我家的后院里有几株枣树，每到秋天，我和妹妹总是攀上树偷枣吃。妹妹老是说，邻居的英莲应该是她未来的嫂嫂。她只比我小两岁啊！哎！今天，她和大哥能否会去父母的坟前烧炷香？也许，他们也不在人世了！我是个不孝的儿子啊！"

泽夺见父亲神情悲怆，知道又勾起了他的思乡之情。在父亲的心里，有一道永远无法愈合的伤口啊！

"其实，您去寺院已经为他们做了最好的祈祷，爷爷奶奶一定能感受到您的孝心"！泽夺为父亲倒了酒，然后跪在他的面前："阿爸，您不像彭措那么孤单。毕竟，您有自己的家和孩子。虽然我们没有能力让您重返故土，一解乡愁。可我们是这样地爱着您呀！"

旦真老人心疼地拉起儿子，又让毛吉过来坐在自己的身边。他气自己差一点就破坏了这个美好的团聚。他怎能辜负全家人的好意？

"爷爷，我都饿坏了！怎么还没人说'开饭了'？"毛吉见大家都沉着脸，就天真地大叫起来。旦真老人这才笑起来，他拍了一下毛吉用剪子剪过的光头说："乖孙子，瞧爷爷都老糊涂喽！说真的，我有缘与这片土地血脉相连，怎能不说是上苍的恩赐？哦，听好了毛吉，爷爷正式宣布'开饭了'！"

泽夺见父亲高兴了，就赶紧让毛吉为爷爷敬酒、夹菜。于是，在散发着淡淡涂料气味的新房里，大家愉快地品尝着新年的美食，愉快地谈论各种话题营造温馨的气氛……

五

旦真老人醒来的时候已经记不清自己是什么时候睡过去的。他只记得毛吉奔出去放响那串早已准备好的红鞭炮时，沉静的村寨曾欢腾了好一会儿！

"嗨，今天真的是喝多了！"旦真老人扶着椅子站起来。他的身子软得像是坠进了云堆里。头和胸像塞了块石头一样难受。他喝了一口碗里的马茶。盘子里的食物早已冷却凝固，唯有火炉上的锅里还冒着一丝热气。

"他们都醉了哩"！旦真老人脱下自己的藏袍，轻轻地盖在毛吉的身上。他深情地看了一眼因不胜酒力和疲惫而静静睡去的亲人们。

旦真老人轻手轻脚地走出屋子，他看见北斗星已经调头偏西。"时间差不多接近午夜了吧？再过一个时辰，姑娘们该起来背回新年的晨水了。"旦真老人抖索着摸到放在墙脚的破椅子，慢慢地坐了下来。

"多么璀璨的星空啊！要是能让灵魂变成天上的一颗星星该多好啊！"旦真老人痴痴地望着夜空，他觉得满天的星星都在为自己闪烁！他仿佛又一次从那些闪烁的星星中看见了一双双熟悉的眼睛，那是父母的眼睛！是战友门的眼睛哪！"一颗遥远星辰的陨落，预示着一个新旧生命的轮回！"他想起穷迫曾经说过的话。

突然，旦真老人看见东方的天空中出现了一颗贼亮的星光。啊！那不是启明星吗？这是拂晓前最为壮观的一颗星啊！它预示着新的一天的到来！

旦真老人好像已经听到了背水姑娘们轻快的歌声划破了村寨的宁静，他似乎预感到，黎明前的大地将会做怎样一次最后的颤动！旦真老人想站起来，可是身子早已不听使唤。他感觉到心中的那团火几乎烧遍他的全身，以至于连呼吸都困难起来。

渐渐地，旦真老人艰难地意识到自己的灵魂开始脱离躯壳，慢慢地、慢慢地飘向东方那颗冉冉升起的启明星……

2004 年 8 月

林中放牧人

一

一丝曙光从黑黝黝的山坳里擦出些微弱的光亮，寂静的山野依然漆黑如墨。

女人打着哈欠把手伸到被寒流覆盖的被子下面，熟练地套上了衣裤。睡在门口的丈夫发出均匀的呼吸声，前半夜他总是担负着放哨的任务。每到秋季，偷牛盗马的事件屡屡发生。

前些时候，女人和她的同伴们从遥远的牧区载着整整一个夏天和秋天的全部收获回到家乡，在搬进林中的第三天，她就听说丧心病狂的盗贼们窜到寨子一次就赶走了阿甲家十三头肥壮的牦牛，行善一生的阿甲老人气得差点背过气去。从此，村里一些上了年纪的老人们对"好有好报恶有恶报"的因果产生了强烈的怀疑。阿甲的孙媳妇美措也因此被无处发泄怒火的丈夫一顿暴打，丰收的喜悦就像一个美丽的肥皂泡，在被打女人嘤嘤的哭泣中消失得无影无踪！

女人悄无声息地下了床，灶里残留的几点火星映照着她黑亮的双眸。艰苦的放牧生活，使她迅速学会了在黑暗中劳作。就是闭上眼睛她也能轻松地穿梭在低矮的木屋和牛圈之间。

女人走到丈夫的床边，心疼地为他掖好被子。当她的手指无意中滑过丈夫高挺冰凉的鼻梁时，一丝幸福的感觉像清泉一样流过心底。

女人蹑手蹑脚地走到涂抹得光洁圆润的灶台前，从还有些余温的茶壶里倒了些水到手心里，仔细地清洗了脸，然后恭恭敬敬地向着黑暗中的佛像虔诚地做了祷告。

女人拉开柴门，一阵山风冷森森地从密林深处袭上来，满天星辰散发着清冷的光辉。女人禁不住打了个冷战！她赶紧将脖子上的围巾拉到脸上，从嘴里哈出去的热气立即在丝织的围巾周围形成了亮晶晶的冰状物。

女人"嘶嘶"地吐着气，俊俏的身子因为山风的侵袭不住地战栗着！女人扭动着纤细的腰肢，从奶牛们饱满温润的双乳下有节奏的挤拉着。一个、两个、三个……女人一边数着奶牛的个数，一边大声地念着"度母经"。白色的乳汁在女人熟练的动作中击打着奶桶，于黎明前的黑暗发出脆生生如同音乐般的韵律……

二

曙光渐渐挣破夜的束缚把层层光明泼向大地。披了一身银霜的山野在牲畜们懒洋洋的哞叫中苏醒了。女人的头发以及长长的睫毛早已挂上了晶亮亮的冰花。女人把挤好的牛奶提回屋子，用细密的纱勺过滤到支在灶上结着厚厚烟垢的大锅里。

女人往灶里添了柴火，撮起小嘴"噗噗"地吹燃了火星。一串幽蓝色的火苗舔着光洁的灶壁在小小的屋子中荡漾开一缕缕松脂的清香。女人舒展眉宇，深深地捕捉着这熟悉的气息。在牧区，女人们用晒干的牛粪做燃料。很长一段时间她都烧不惯那黑乎乎的牛粪饼。

当女人和其他的女人们顶着高原灼热的阳光在一字儿排开的帐篷前晒奶渣、晒撮成一张张像大饼一样的牛粪时，农区山林中那些诱人的草香、果香还有淡淡的松脂香就像草原上铺天盖地漫向天边的格桑梅朵一样令她怀念！

每一次去林中拾柴或是捡菌子，女人总是不忘孩子气地跑到大树下敲下一整块一整块的松油，欣喜若狂地把它们藏进一只红色的口袋。每当女人和同村的女人们像一只只扇动羽翅的蝴蝶一般忙碌在田边地头，女人便从掖在怀中的红布口袋里掰下一小块松油抛进嘴里嚼得山响。她常常炫耀自己有着一口雪白牙齿，其秘诀就在于口袋里那些像蜂蜜一样透明的天然宝物……

初升的朝阳温情脉脉地挤过层层密林，挤过小木屋上那块巴掌大的玻璃窗口，于弥漫着淡淡松脂香的幽暗小屋投下一轮美丽的光环。

女人听到了林中小鸟们破天而过的"呼呼"声，听到了对面村寨此起彼伏的狗叫。女人甚至听到了清晨的第一缕阳光把树叶上薄薄的霜花融化成晶莹的水珠继而落在松叶上的"啪嗒"声！

女人往茶壶里添了水，加了马茶。当她确定一时半刻锅里的牛奶不会煮沸后，便又快速走到搭在屋子旁边的一个矮小的偏棚，放开了几头壮实的小牛犊。看着它们欢天喜地扑向母亲空空的双乳下贪婪地吮吸。女人的心里有些犯罪的感觉。她赶紧打开圈门，"呵呵呵"地吆喝牲畜们走出牛圈。几头老母牛倚老卖老地赖在栅栏前撅尾巴拉屎，空气中弥漫起一团团湿漉漉的新鲜牛粪及尿腥的混合气味。

女人扬起嗓子，赶着牲畜们在婆娑的树阴间穿梭着。山谷的另一侧，也断断续续传来牲畜们踩断枝丫的"嘎巴"声。在这个林子里，只有三家亲戚在放牧。他们各自守着一方草场，相互照应又互不侵犯。宁静和谐之中又多了些依靠。

女人知道，阿爸当初选择这里作为冬季放牧点是很有深意的。当阳山上的大片青草被初冬肆虐的寒气夺去长势时，"圣泉"北面那块被雪水润泽的草坡，却呈现出不可思议的繁茂与生机。那被称为"仙女牧场"的神奇之地，总是在这个万物凋零的季节把她的牲畜们滋养得更加油光水滑！

女人用力舞着"沃尔夺"（投石绳），靠"噼噼啪啪"的声势把牲畜们赶出林子爬向山坡最后像一条串连的黑珍珠一般流淌到山冈背后。

女人拾了一捆柴火，顶着树叶上滴落下来的水珠一步一滑地走回来。

这时，牛圈里早已落满觅食的山雀，牧羊犬吐着红红的舌头，表示着强烈的饥饿和杀气。丈夫依然睡得很香甜。锅里的牛奶刚好煮开。

女人重新洗了手，把煮好的牛奶一瓢一瓢地倒进奶油分离器，右手轻轻地摇着手把。女人一边细致地劳作，一边在心中算起了小账。到林中也快一个月了，虽说水山林中的水草还能维持一段时间，但毕竟已至秋末。奶牛们的性情有些暴躁，奶水远没有刚来时那么足。再过十天半月，女人也要从林中搬回家去忙活打粮食的事。

昨天，丈夫拉了一车柴火回村子，他从邻居那里得到了一个好消息。说是酥油和奶渣的价格都涨了好几块。女人估算着，到林中放牧的这段日子储存下来的酥油和奶渣，按现在的价格，应该有三千多的收入。

心中有了底数，女人欣慰地笑了。这一年，小两口靠放牧就挣了二万六千块。这在过去简直是想都不敢想的事。年初，丈夫提出把责任田承包给别人，夫妻俩干脆就全身心地去放牧。他婉转地表示想和去年在村口问路后来结为朋友的那个做古董生意的西北大胡子做笔交易。他有些不安地说想卖掉家里的一副唐卡，因为目前他们没有钱添置更多的牲畜……

　　没等丈夫把话说完，女人几乎气得晕过去。卖唐卡！那不是典型败家子的作为吗？这可是要遭受代代耻笑的大逆不道的行为！他们村子里的酒鬼阿修恰布原本也是一个富有人家的后代。只因到他母亲这一代守了寡，日子过得捉襟见肘。老母亲西去后，阿修恰布干脆把家里值钱的东西统统拿去换酒喝。到后来没东西就拆墙板。墙板扯光了就掀房梁。村里人谁见他不吐唾沫！老酒鬼最后像一只拔光了羽毛的黑鸦一样抱着酒瓶在世人的唾弃中冻死在支离破碎的房檐下！此后村子里谁若做了变卖家中物件的事，都会被冠以"阿修恰布"的臭名！

　　可是，丈夫说现在光靠那十多亩的田地，一年能有多少收入？村里稍有头脑的人早变着法子在挣钱。跑出租，跑运输，开小卖部，开茶楼，倒卖药材。有本事的就到县城买地皮修房子，然后再倒手转卖或出租给商人。那一年一年挣下来的钱就像覆盖在贡达神山上的一场场瑞雪，丰厚而又实在。小做小挣，大做大挣。只有寨子里的"五保户"索旺整天缩在和自己一样灰暗颓废的墙角捉虱子晒太阳喝烂酒，村里谁不绞尽脑汁想挣钱的道道？

　　丈夫温婉而又耐心地开导着女人。他说自己缺乏经商的头脑，但可以走放牧这条路。现在他们都还年轻有的是精力。村子里靠放牧致富的人不在少数。卖唐卡只是暂时的，等将来他们挣了钱仍然可以把它赎回来。他向女人保证，凭和大胡子的交情可以恳请他给个期限，若两年之内没有能力赎回，大胡子就可以卖掉他们的唐卡。他讨好地暗示女人说他也不过借大胡子的手为他们争取一个好的挣钱机会而已。

　　丈夫的一番道理把女人说得头晕目眩，她一方面觉得丈夫说的不无道理，一方面又觉得良心上受到谴责。那几天，女人吃饭不香，睡觉不甜。眼前晃动的尽是菩萨圣洁威严的眼神。她不敢想象，家里失去了这些东西，该是怎样的暗淡无光！从小她就听到别人羡慕地说她的家就是比别人多了种光芒和锐气。长大后，她才知道，那光芒就是所谓的富裕人家才有的一种特殊的气息。她曾听父亲说过，他的祖辈们一直都是很显赫的贵族，在方圆几百里具有很高的名气和威望。这个被称为"降芭卡"的家族久盛不衰。只是到了他这一代，竟就断了香火。父亲唯一感到欣慰的是即便在那个忍饥挨饿的年代都没有拿一件细小的物件去换取可以维持生计的东西。他一再叮嘱女人，一个贵族后裔是绝对不能让家中的任何东西流失他人之手，即使只是一把银壶、一只铜盆都是有灵气的，一旦丢失，这个家族的运势就会一去不复返。

女人自小受父亲的"贵族论"影响，她不能容忍自己成为一个被人唾弃的"败家子"！她也不允许自己的丈夫仿效"阿修恰布"去变卖家中的任何由祖辈传承下来的物件。

可是女人也实实在在地看到了村子里一年一年的巨大变化，看到了红砖白墙的房屋取代着旧式的土墙老屋。她也听到了货车、出租车在村头寨尾扬起骄傲尘土的时代音符。而貌不惊人的邻居王姆大胆与汉族小木匠自由恋爱远走他乡的举止更是令女人咂舌！

女人矛盾极了，苦闷极了。那段时间，女人故意躲避着丈夫的纠缠。她常常借口头晕或拉肚子不与丈夫同床。然而，当夜深人静丈夫的鼾声不太和谐地从木格子窗口断断续续传到楼下搅得女人更加心烦意乱时，她索性披衣而起，然后偷偷地溜到村寨外转悠。

有了夜的掩护，女人毫无顾忌地放纵着一个贵族后裔的矜持和不屑，她仔仔细细地打量着这个生活了二十多年的小小村落。原先紧紧挨着森林的村寨只剩下几户人家。不知道受什么潮流所驱使，年青一代的人开始往地势开阔的田野中间迁徙。

女人曾听自己的阿爸和寨子里像阿爸一样的老人们不止一次地说起，他们的祖辈因为常常遭受外族和强盗的侵袭，就把房屋建筑在紧邻森林的地方，为的是当险情逼近，就可以迅速地逃进山林以躲避无法预测的杀戮……

现如今，年轻人思想也逐步在解放，为了减少与公公婆婆的摩擦矛盾，干脆和自己选中的心上人另立门户，做一个实实在在的自由人。

短短十多年的时间，村寨扩大了很多，也接纳了很多外来人员。李大海就是一个典型。他原先不过是个收购猪毛和头发的小商贩。后来渐渐地竟也发了点小财。三年后，他在村里人惊诧的目光中穿一身崭新的藏袍走进寡妇卓央的屋子再也不肯走了。又三年后，卓央又在村里人不亚于三年前的惊诧的目光中搬进了李大海为其建造的小砖房过起了小康生活……

女人不断地想着心事。她不知道丈夫早已睡醒。她习惯了丈夫在起床前故意用咳嗽声把她引到床前，然后乘女人低头递给他衣服的时候一把把她揽入怀中，经过一阵几乎窒息般的热吻后才肯放开她。

女人揉着有些发麻的膝盖慢慢地站起来，茶壶里飘出的奶香和蒸汽把她簇拥在一团迷梦的气流中。女人知道，丈夫在她脸上留下一圈鸟啄般的吻痕后还要就着自己的双手喝下一大碗奶茶才肯下床。他老是夸她熬的奶茶天下无双。

女人喜欢丈夫故作夸张的赞誉。这些话总是能唤回她许多青春的心境和萌动的爱意。

女人抬起深情的眼睛，完全出乎她的想象，丈夫已经披衣坐在床上，正在用一双探究的目光看着自己。女人张了张嘴，没有说出话来。她有些羞涩地垂下了眼帘，她怕丈夫发现自己期待他用咳嗽声把她引到床前的秘密。虽然，女人已经是两个孩子的母亲，可天性羞涩的她总是不好意思即便是和自己同枕共眠的丈夫面前表露任何心思。

女人掩饰地转过头，从碗架（其实就是一根截断的树墩）上取下龙碗，用冷水冲洗后倒满奶茶。不等她过去，丈夫却微笑着走过来盘腿坐在狗皮垫子上，他故意盯着女人躲躲闪闪的目光："是什么事情让你想得如此出神以至于听不见我的咳嗽了？"女人顿时像是被捅破了什么秘密似的满脸通红！

丈夫毫不放松地看着女人："把外套拿给我吧。天气真的是凉多了！"女人勾着头不动。她抑制着内心的羞怯，用一种低低的鼻音说："太阳升得老高，屋子里流淌的阳光和热气足够挡住外面的寒气！"

女人把自己屁股下面的狗皮垫子抽出来甩给丈夫："坐厚实一点或许能阻止你那些像晨雾一般从脚底氤氲到心尖的歪念头！牧羊犬才懒得理会牛圈里总是自投罗网的鸟雀们！"

女人说了句不相干的话后终于平息了"怦怦"的心跳。她满足而又感激地看着一大早就调侃了自己的丈夫："我已经把这个月的酥油和奶渣打点好了。等两天你就可以拿到县城去卖掉。"

女人顿了顿又说："听安杰——那个像个鹦鹉一样的小儿子说，阿妈在经堂里唠叨不休，责怪我们把所有的酥油和奶渣都拿去换钱。她说大过年的'降芭卡'的老少只有张嘴等三宝佛恩赐一点油水了！"

丈夫宽厚地笑了笑："阿妈是老观念了。她不能容忍房屋里的恰卡（堆积酥油的柜子）和粮柜老是空着。老一辈因为经历过饥荒年代，他们习惯了储存粮食，即便它们在柜子里生霉腐烂！他们的心也是踏实的。等明年咱也修上一座砖瓦结构的房子让她安享晚年，她老人家一定会纠正自己逐渐落伍的思想！"

"还有呢。"女人也跟着笑了起来，"如果阿妈知道我们今年用卖唐卡的钱添置了这些牲畜的话那才够她唠叨的。安杰那小子还说呢，到了除夕夜阿妈要亲自指挥两个孙儿把几副尊贵的唐卡挂在神龛前做新年的祷告！她担心明年也许就没有力气做这样神圣的事情了！"

女人忧喜参半地看着丈夫，"我真怕到时候我们找不到合适的借口啊！"丈夫喝了一碗马茶，他没有像往常那样夸赞女人，他避开女人楚楚动人的眼神说："就不要为这个担忧了。大胡子走前我和他商量一下，看能否把唐卡暂时借给我们在春节期间用用。哦。对了。"丈夫从外套口袋里掏出一只小巧的鼻烟壶和裁剪好了的正方形的纸片递给女人。

女人不太情愿地接过去把黑色的粉末抖在上面裹成烟卷点燃："你们这些男人怎么老喜欢把自己的鼻孔熏得像个黑烟囱似的，这些看似鸦片一样的东西会让肺变成秋末的蘑菇一样腐烂！"

丈夫吸了吸鼻子说："戒烟可不像你闭一次斋饭那么容易，你得允许我用这样的方法达到循序戒烟的目的！这不，有了这小玩意儿，我已经不怎么怀念让我舒畅了十多年的纸烟了！"他见女人露出不屑的表情就转入正题，"明天村上要开个'牧民定居行动计划动员会'，你去参加一下。牲畜们暂且让邻沟的人照看到。我正好要给小四轮配些零件，干脆明天就赶到县城把你辛苦积攒下来的酥油、奶渣卖掉。那些商人到年末因为腰包鼓起了，他们说不准突然就会把价格压得很低。"

女人点着头："哎，这也是个好注意。不过开会可是件头痛的事情。新选的村长泽让总以为读了点书，每一次开会都要酸不溜丢地念文件、打官腔。谁家里不堆着一大摊子的事情等着去拾掇，他不会以为所有的女人都像他媳妇那样学城里人做做饭，拖拖地就算在过日子吧！"

"将来咱们有条件了，我也让你过上这样的日子怎么样？"丈夫见女人愤愤不平，就逗她开心。"我是那样懒惰的人吗？让我闲着比生一场大病还要难受！"女人给丈夫和自己的碗里撒了糌粑和酥油，然后两人匆匆地喝了早茶。

三

新村委会建在距老食堂旧址五十米远的地方。老食堂20世纪60年代初期"大锅饭"的历史产物，它曾经让全村老小饿得分不清东西南北，后来又一度成为大队仓库、文化室、忆苦思甜展览室以及新世纪村委会前身。

老食堂在历经了几十年风雨的侵蚀后终于于两年前的一场狂风暴雨中"轰然"一声成历史的尘埃！

修建新村委会的钱据说是前任书记王扎揣着一张盖有村委会、乡政府公章的申请报告踏遍县委政府的门槛后争取的。

六十年国庆前夕，村里举行了隆重的村委会落成典礼，县级有关部门及帮乡单位领导都来庆贺，县长亲自下村剪彩。老支书感慨万千地舞着话筒讲话，如数家珍地汇报着在党的民族政策光辉照耀下农村的崛起和蓬勃发展！新任书记也不甘落后，雄心壮志地表达着要把村子建设成具有标榜作用的新农村！

自从实行包产到户以后，村民们好多年都没有看到过那样热闹和隆重的场面了，也很多年没有因领导们感人至深的讲话而激情飞扬了……

太阳升起三丈高的时候，村委会前的坝子里已经黑压压坐满了人。人群里有交头接耳说悄悄话的、有小伙子们往姑娘背后扔小石子挑逗回眸的、有老人们飞着唾沫大声呵斥孩子的……嬉笑声、嘀咕声、尘土味以及人们身上散发出来的各种气味交织在一起。

女人找了个可以晒到太阳的墙角，她发现来参会的人有一大半是妇女同胞后略为松了口气。她最怕村干部一见女人来开会便露出轻蔑的样子："又是一帮不管事的娘们！"

女人坐在一小块木板上，她不停地左右微笑和人们打着招呼。大概一碗茶的工夫，村委会办公室门口挪出了几个人影。女人懒得多看一眼，她从怀中掏出缝了一半的牛皮口袋，埋着头开始飞针走线。旁边的妇女们不是吊羊毛、做针线活就是互相咬耳朵说贴心话。人群里闹哄哄的有股呛人的气息！

"请大家安静，现在开始开会！"新任书记向巴走到台前主持会议。他的眼睛凌厉地扫过闹喳喳的妇女和孩子们身上，"召集一次会像是让你们来比赛做针线、比嗓门劲儿！这么重要的会女人和孩子瞎凑合个啥呀！男人们难道被你们关在牛棚里学挤奶去了不成！看看你们，从你们嘴里飞溅出来的口水可以让冬季的泥土生出青草！"

话音刚落，人群里传来男人们奚落的哄笑。妇女们不服气地往飞扬的灰尘中瞪白眼吐口水，有一两个老练一点的婆子狠狠叶掉含在嘴里的线头咕哝着："神气个啥呀！男人们难道就不是从女人的两腿间钻出来的！大家一样的吃糌粑、喝马茶！啥子会那么重要就不能让女人们来听听！"

"对！"年轻一点的妇女受到了鼓舞："提倡妇女解放都好多年了！现如今，我们还能撑起半个天呢！不就是要分几顶和塑料一样的破帐篷吗？我们还不想要呢！抓紧时间说事吧！一大家子的人像干旱的田地，裂开嘴巴等我们回去做午饭呢！"

哄笑声更加激烈！书记无可奈何地摆着手，"国家为扶持西部贫苦地区投入大量资金，这样的好政策已经落实到家门口了。你们不是做梦都想过上好日子吗？机会来了你们却不知好歹！好吧好吧！还是先请村长给大家交代事情！"他抹了把额头上的汗水和尘土，忙不迭地退到一边生闷气！

村长泽让没有念让村民们头痛的文件，他让会计给每个人发了一本"2009年牧民定居行动计划"的宣传册子，接下来简明扼要地向大家传递了两个消息：一、"牧民定居行动计划"是省委、省政府为着力改善藏区民生、加快民族地区发展所采取的一项重大民生工程。旨在充分尊重广大农牧民意愿下通过统一规划、政府支持、牧民自建的方式，基本解决全省10万户48万未定居、半定居藏族牧民群众住房困难和野外帐篷生活设施更新的问题。最终实现"家家有定居房，户户有新帐篷，村村有活动中心"的目标。

二、2009年是全县实施牧民定居行动计划的第一年，政府要完成实施8个乡（镇）、15个村、2908户的"帐篷新生活行动"。第二年国家还要投资改善牧民定居房，按人口给予建房补贴……

女人生活的乡是一个半农半牧地区，忙完农耕以后，年轻的媳妇们就得驮上帐篷到遥远的草场放牧，直到秋收结束才能搬回村子附近的放牧点来。一顶好的帐篷就是她们遮风挡雨的家。

村长说"帐篷新生活"就是要彻底改变过去"逐水草而居"的原始放牧方式，真正意义让牧民拥有自己的固定牧场和定居房，从而过上科学、先进、人性的现代牧人生活……

村长见村民们无动于衷只好打了个通俗易懂的比喻："'帐篷新生活'，不仅从根本上改变了牧人的生活条件，很大程度上还节省了劳力。简单说就是过去三个人干的事情现在一个人就可以干下来！"

台下的人们有些喜形于色，村长就势指着搭在老食堂前的一顶蓝色帐篷说："帐篷样品就在那里，每个组派个代表去看看。准备购买帐篷的村民等一会到会计这里来作登记。每户人家只能登记一顶，但相互不能转让。"

书记和会计一阵耳语后，由会计出面告诉村民：政府将免费为每户牧民提供一顶新帐篷，内设9件必要的生活用品。政府补贴三分之二的资金，牧民自己只需承担一千元费用……

才安静了几分钟的人群忍不住嚷开了："还不是要交钱！不划算！""就知道没有那么便宜的事情！""听说要发的帐篷是从地震灾区运过来的，质量肯定不好！""这个事情还得回去和男人们再商量！""要交钱我们还不知道去买更好的帐篷！"

喧哗声再一次盖过村干部苦口婆心的解释！大部分人听到说要交一千元心里就犯疑惑了，总觉得有点上当的意思。去参观帐篷的代表们也是各说不一。

人们三三两两地相互怂恿着离开了会场。只有几个年轻人为了多看几眼水灵的姑娘逗留在老食堂前看新帐篷。

五保户索旺借机喷着酒气挤到村长面前撒野："祖祖辈辈都住的是牛毛帐篷，看那顶蓝幽幽的像个雨衣一样的东西，小牛犊打个喷嚏都能掀翻它！还别说是经得住风吹雨打！谁稀罕那破东西！呸呸呸！"

女人被七嘴八舌的人们闹得没了主意。几个要好的姐妹凑到她跟前商量怎么办。女人不识字，但"牧民定居行动计划"宣传册上那些清晰鲜亮的图片她是看得很仔细的。特别是太阳能照明和电动奶油分离器让女人怦然心动！

和她一起放过牧的姐妹们都知道帐篷里黑灯瞎火的艰辛和半夜起来劳作到天亮的酸涩。好些姐妹都因为常年生活在潮湿的环境起早贪黑而不同程度地落下了病根。

女人把缝好的牛皮口袋揣回怀中，她决定还是先去看看帐篷样品。几个姐妹跟在女人后面，她们站在帐篷四周，用力拉、扯、咬、摩挲后确定了眼前这顶蓝幽幽的帐篷并不像是纸一样而是村里人从见过的质地最好的物件后，总算打消了刚才的犹豫，女人带头走到会计面前，在还是一片空白的登记簿上按了指印。

有几个自以为家底雄厚而不屑于购买"像雨衣一样的"的帐篷的妇女明显表示对女人草率决定的不满。她们用高高在上的神态责怪女人没有给人家留下讨价还价的余地。

女人不做争辩，她认真地提醒大家："用你们清醒的脑子想一想，光一个太阳能和电动奶油分离器就值多少钱啊？还有多功能柜子、床、奶渣垫子、水桶、奶桶！这些东西既方便携带又耐得住碰撞。党和国家的政策不同于商贩可以讨价还价吧！如果你们也想让自己或家里的媳妇过上舒适的放牧生活就不要再说这样的风凉话了！"

女人从那些专门做给她看的复杂表情中喜滋滋地回去了。她把会上的情形跟耳朵不太灵便的阿妈说了三遍后同样得到一顿数落。

女人用灿烂的笑靥回报了阿妈的愁眉怒颜，她为阿妈换了干净的被褥和衣服，再到屋里装了点糌粑和盐准备回林子。看到阿妈难以释然的脸色，女人大声地说："以后的好事情更多呢！你就等着好好享受吧！"

四

进入秋季以后，山林显得更加幽深静谧。青绿相间的树林中窜出一簇簇火红的枫叶和金黄的沙棘。云，曼妙地飘浮在高远的天空。偶尔有一两只山鹰盘旋在林子上空发出凄厉的鸣叫。

女人熬了奶茶、做了奶酪。今天是个让人高兴的日子，女人第一次自己做主办了件大事。她有些不明白自己怎么会一改往日的优柔寡断做出让所有人吃惊的决定。她无法确定丈夫是否会支持她。目前他们有能力交出一千元的帐篷钱。女人想象着明年以及将来的许多美好日子，想象着她的牲畜们像珍珠般流淌在蓝莹莹的帐篷前！她的眼前又浮现出自己同意卖掉唐卡添置牲畜的那个夜晚……

那个月光之夜，女人等两个儿子在她的"色拉觉王子"的故事中睡熟后故意避开丈夫火焰一般的目光。她知道丈夫那张帅气的脸从不会因为天气或心境的变化而有丝毫的暗淡和颓废。女人用重重的甩门把丈夫一脸的期待阻隔在月色之外，她把自己依旧青春的胴体裹进柔滑的羊毛被子里。

不知什么时候，女人从睡梦中听到了一声声叹气。她睁开眼睛看到床前有一个浑身哆嗦的人影。女人气恼地掀开被子把冰人一样的丈夫让进来。丈夫连打几个喷嚏，他告诉女人自己生出卖掉唐卡的念头实在可耻，他要靠自己的勤劳和汗水让这个家富足起来。丈夫捧住女人的手真诚地说，他要去县城打工，同村的大老板阿旺答应让他去工地做事……

女人的心一下子酸了起来，她还没有和自己的丈夫真正分开过。打工意味着夫妻俩就要长时间分开。丈夫安慰女人说不要为自己操心，他都收拾好行李了，后天就启程。他会在最短的时间内挣够钱，然后做自己想做的事。比如添置牲畜，比如修座新房。听着丈夫梦吃般的憧憬，女人的泪水已经不听使唤了，父亲去世后，虽有丰厚的家底，可那些都是让房屋生辉却不能换钱的宝贝啊。如今物价在不失时机地猛涨，钱越来越不值钱，万儿把块钱即使在农村也不能办什么大事！

女人的心被丈夫一脸的真诚刺痛了，她绝对不想让丈夫出去受罪，无论是苦是甜，夫妻俩都要一起承担。

女人泪眼蒙眬地看着窗外的月色问丈夫，如果真把唐卡卖给大胡子，他们有把握赎回来吗？大胡子是否会答应他们的要求呢？丈夫对女人的转变感到不安，他担心给自己的女人带来负罪感和压力。所以还是固执地要求去打工。可女人坚决地表示了自己的决定，她唯一的要求就是一定要在两年之内把唐卡买回来。他们得遵守诺言，一定会给出比大胡子更高的价钱……

女人见天色尚早，就把挂在房柱上的猎枪取下来。女人走到牛圈坐在一堆干草上，她取下装火药和砂子的口袋后干脆用袖口擦拭起枪上的灰尘。这些日子，林子里的野兽和盗贼一样猖獗。即使在大白天，牲畜也常常遭受野兽的袭击。

女人自小跟阿爸学会了打枪。十五岁那年她背着家人跑到很远的火烧林打下一只野兔、一头野猪。当时把整个村子都轰动了。吃斋念佛的阿妈骂她是"罗撒女"投胎，阿爸却称赞她是"降芭卡"家族前所未有的神枪手。后来的日子，女人着了魔似的爱上了打猎。父亲索性就带着女儿和心爱的猎狗钻山穿林。他们时常寻找某个林荫或草坪架起三脚石烧一壶马茶，父亲老是慢悠悠地从裤腰带中抽出一只银制的酒壶一边喝酒一边品尝两个人的战利品……

二十岁那年，女人在为"降芭卡"家族生下第二个儿子后，阿爸把祖传的老猎枪重新让当地有名的银匠装饰后正式传给了她……

丈夫是个不爱刀枪的人，他有时开玩笑说一个上门女婿是没有资格舞刀弄箭的。前些年，由于牧区发生很多打架斗殴甚至于刀枪杀人事件，政府开始挨家挨户收缴枪支。女人主动缴出一把才学会使用的小口径保住了家传的老猎枪。

前几天，安杰因为眼红邻居的男孩别了把镶嵌红珊瑚的新匕首，就从院子里搬了把木梯，爬到阁楼取下猎枪后大摇大摆地跑到孩子堆里去炫耀，女人担心孩子玩枪闹出事端就把猎枪拿到山林暂时隐藏起来……

女人慎重地把猎枪挂回房柱，她的脸上洋溢着无限的喜悦和憧憬。丈夫或许正在满脸惊喜地清点着从商贩手中接过卖酥油的钱。当然也说不定在回家的途中了。是的，女人得早一点把牲畜们赶回牛圈，然后等丈夫回来把会上的事情跟他做个交代。他们还得好好地计划一下明年放牧的事情，如果要把责任田继续承包给别人，他们可以再添置几头奶牛，安杰也该回到学校继续念书……

女人喝了一小碗酸奶，她象征性地尝了点奶酪后又放回锅里盖好。女人换了鞋子，围好围巾。她要提前一点去把牲畜们赶回圈里。她有一种急于见到丈夫的迫切心理。

女人顺着小溪边的那条小道走上山冈，她看见挂着金色果子的沙棘树像一把把撑开的大伞从沟谷一直蔓延到山顶。女人弯下腰肢从有些发黄的草丛中从摘下一朵蓝色的喇叭花放在嘴上吹涨后又夹在手掌之间用力挤破。噼噼啪啪的响声唤起了女人的几多情趣和顽皮……

女人踏着脚下丰厚的草坡，她走到那块时常爱坐的长满柴胡和甘松的凸显的坡地，这里，她可以居高临下地看清楚对面的森林和每一个村庄。甲尼村、桃美村、俄果村一个连着一个。这些年，国家的惠民政策让淳朴的村寨逐步从贫穷落后走上小康之路。"退耕还林""退牧还草""异地育人""大骨节移民搬迁"，这些看得见摸得到的事实让女人对自己曾经的落后和固执感到羞愧……

女人感慨地把目光投向娘家所在的村寨。那里有她如烟尘一般缥缈的幼年记忆。女人时常如痴如梦地回忆着那些随着时光淡化而去的美丽片段。村寨背后的松林是一个果香四溢的美丽乐园。母亲总是在一个麦浪翻涌的季节，为她和众多的孩子采回一篮篮野果。在种植着几样蔬菜和土豆的院子里，汗津津的母亲通常来不及歇口气，她把一大篮的野果分七堆放在已经席地而坐的孩子们跟前，自己却退到阴凉处喜滋滋地分享着孩子们的无比快乐……

女人两岁半那年，村里修建了一所像样的托儿所。曾读过初中和半年高中的旺姆阿姨担任所长兼老师。全村几十个孩子按年龄分别安排在四个木板房里。

女人记得那个灰黄色的院墙内还筑有两个很高的花台。每到夏天，五颜六色的小花在小小的院落绽放出一个令人愉悦的缤纷世界！那个小小的空间，几十个孩子挤在长长的凳子上跟着阿姨学习"爸爸""妈妈""爷爷""奶奶""萝卜""白菜"。在每天与伙伴们的相处中，女人撕心裂肺地想念母亲和外婆。放学是她如释重负的时刻，她总是飞鸟一般扑进外婆的怀中，把一天的委屈和思念通通化成满脸的鼻涕和泪水。晚上，女人贪婪地咬住母亲的乳头不放，生怕母亲随时都会抛下她而去……

　　就在女人逐渐适应了那个属于孩子们的世界并且能够从中捕捉一些意外的乐趣时，年轻的母亲却一脸忧郁地把她背到住在另一个村子的姨妈家后再也没有露面。没有兄弟姐妹们的嬉闹，没有外婆唠唠叨叨的数落，没有母亲爱怜而又温柔的爱抚，女人的世界就在三岁的那年变得无限的空洞和寂寞。

　　当女人再次能够在姨妈的陪伴下回到娘家时，慈祥的外婆已经去世。母亲的头上多了些白发。两个姐姐去了外地读书。调皮的哥哥欢天喜地地背着六岁的她满院子乱跑。母亲伤感地与身为贵族后裔的表妹拉家常。

　　第二天，母亲慎重地把几袋青稞、麦子和新做的衣服驮在一头耗牛上，说是娘家的一点小意思。姨妈以一种贵族式的矜持表示了谢意，她用施恩般的口气告诉自己的表姐，说一定会善待孩子，降芭卡家族的所有财产将由这个孩子继承……女人那时才明白，她已经被没有生育能力的姨妈夫妇正式收为养女了……

　　后来的日子，姨妈和姨父真的就像亲生父母一样对待她。她还记得小时候去拉萨朝圣的事。姨妈和姨父轮流背着她匍匐在大昭寺、布达拉宫中的神灵脚下为自己祈祷。可以说，女人对"降芭卡"在众多的姐妹中选择自己作为家族的传承人是感恩的，父亲临终时不忘虔诚地恩谢神灵赐予他们父女之缘，他还祷告三宝佛为家族降临第三个男孩……

五

　　太阳从一层浮云中慢慢地绕向西边，层层叠叠的山峰把影子重跌着投向更远的地方。分散在山头的牲畜们开始陆陆续续地走进林子，女人摘了几片干松后急忙跟在牲畜后面大声地吆喝起来……

　　女人在牛圈里忙乎了一阵后天色已经暗下来，她有些后悔没有让安杰来林中陪自己。女人嘀咕着出去拦好圈门，她给牧羊犬添了些肉食。女人在牛圈里转悠了一会见没有什么动静就回屋拨亮了火光，她把锅里的奶酪取出后又放回去。女人赌气似的大声念"度母经"，可好几次她都念得颠倒错位。她觉得丈夫似乎有意在吊她的胃口，一般去县城，再迟也会在天黑前赶回来的呀！山林特有的寂静和沉重让她有些不安和焦躁。她好想听到一丁点的哪怕是幻觉一样的小四轮"突突突"的声音啊！

夜色越来越浓，透过密密的树林，女人看到寨子里稀疏的灯光和一些照着手电筒跑来跑去的孩子们的身影。女人无所事事地取出安杰留给她的一只破手机，她有些好奇地把它拿到火光下轻轻地摩挲着。女人不会使用手机，儿子告诉她手机里响起"卓玛"的歌曲时按左边的绿色键就可以和阿爸说话了。女人心中没底，但这玩意多少给她一些安慰和鼓励。

女人侧耳聆听着外面的动静，她觉得时间慢得仿佛已经凝固。她从巴掌大的窗口看到"六女星"向自己眨着神秘的眼睛。女人犹豫着走出屋子，她像往常一样清了清嗓子后把手放在嘴边做喇叭状用尽力气向着群星闪烁的夜空发出三声"咕呵呵"！山谷两侧也传来相应的"咕呵呵"！这是三家放牧人报告平安的预定信号。

女人回屋拉紧柴门，她不停地往灶里添着柴火，借着火光，女人努力地驱赶着心中的恐惧和孤独。

女人忐忑不安地屏住呼吸，堆在屋里的柴火已经烧去了一大半，今天是怎么了，丈夫应该到家了呀！如果有什么事耽搁总也该打个电话！邻沟放牧人已经发出了睡觉前的最后信号！

女人紧紧地握住手机，她的手心已经沁出细密的汗水。女人很想给丈夫打个电话，可不知道从哪里下手。她谨慎地握着缺了一半显屏的手机，耐心地等着"卓玛"的歌声早一点响起。

女人有些灰心地继续念"度母经"。不知什么时候，女人感觉头顶的房梁颤动了一下，她警觉地站起来，该不会是丈夫回来了！可是，牧羊犬却扑向圈门口狂叫起来！

女人的心陡然收紧了！她听到了几次类似于房屋颤抖的诡异声响！

狼群！女人的心中闪过一种可怕的念头！女人灵敏地闪到柴门背后，她小心地从门缝里观察着外面的动静。

"嗖"的一声，随着牧羊犬撕扯般的嗷叫，女人看到了一条长长的绳索一样的东西套向圈中的"大花脸"！受到惊吓的牲畜们顿时乱作一团！

啊！是盗贼！女人真恨自己的大意，她怎么就忘记放开牧羊犬了！自己明显就是遭到了盗贼的暗算！他们肯定早就瞄准好丈夫出门的时间，说不定还有内线接应呢！

随着几声踩踏枯草的轻微响声，女人看见黑暗中有两个人影分头绕到牛圈东侧，企图从离牧羊犬远一点的地方打开缺口！

盗贼们是有备而来的。他们的手中肯定有锋利的武器甚至还有枪！女人迅速地想着对策！她转身利索地取下猎枪装好火药，这些少年时代就熟练了的动作不浪费女人一点时间！

女人想了想又一瓢水扑灭了灶里的火，趁屋里一片漆黑，女人拉开柴门几步跨到偏棚下找了个有利的位置。

"谁！谁在外面！"女人向着鬼鬼祟祟的黑影喊到！

女人连喊几声见没有动静就破口骂道"不要脸的盗贼，该下十八层地狱的！就不怕做了昧心事到阎王爷那里煎油锅、犁舌头吗！再不退去我可要用枪打破你的猪头了"！

"哈哈哈哈！"一声放肆的狂笑从夜色中像毒气一样弥漫过来，"这是什么年代的新鲜话呀！小母鸡也想做花公鸡了！我以为是谁家的小子装娘娘腔迷惑我们呢，还他妈真是个娘们！你要打枪真是让爷们笑掉两颗大门牙！喂！小娘们，可别把枪头对着自己的裤裆开火哦！"

"索性这样吧！"另一个声音从房屋背后的大树背后传来，女人已经肯定外面的盗贼最少有三个人，"既然只有你一个人在这空寂的屋子，想来也没有什么情趣，不如请我们几个进去与你成就好事，再送几头肥壮的耗牛让哥们挣个过年的钱岂不是两全其美啊小美人？"淫笑声再次从牛圈外传来！

女人的心跳得几乎要从胸腔里蹦出来！牛圈的栅栏是用锋利的刺蓬围成的，他们一时难以得手，关键是要即刻解决躲在房屋背后的盗贼！女人担心他如果击败牧羊犬就可以直接冲进圈内。

"噗噗"，随着一阵强劲的冷风，牧羊犬的头上又挨了重重一击！没有时间做更多的考虑，盗贼手中的打狗棒已经好几次击中牧羊犬的头部。栅栏那边也有砍刀砍刺蓬的声音！再这样僵持下去，盗贼们终久能得逞的。

女人的眼睛喷出火！她毫不犹豫地对着大树下张牙舞爪的黑影开火了！

"砰"——随着一声撕破山野的巨大枪声，房屋背后的人惨叫一声倒在地下！

"呀呀！尼尔瓦玛（咒骂女人的脏话）！还真他妈动真格的啊！"见

同伴被击中，守候在牛圈东面的盗贼疯了一般向房屋背后冲来！

"砰！"女人以最快的动作装好火药后对准盗贼的发梢又是一枪！吓破了胆的贼猝不及防扑倒在尖利的刺蓬上痛得咬牙切齿！

女人怒目圆睁大声骂道："如果还想活命，就立即滚下山去！不给你们偷鸡摸狗的手上留点记号你们就不知道随便抢别人的东西是多么下流的事情！再继续向前，就别怪我在菩萨面前不发善心打断你们的狗腿！"

女人收了枪，她已经从最初的慌乱中复苏过来。她敢肯定盗贼们已经惊慌失措！他们绝对没有预料到一个女人竟然会玩枪！还玩得如此精湛！此刻，他们唯一的选择就是仓皇逃命了！

女人用袖口擦了擦发烫的枪口，她好庆幸自己学了这一手，要不然今天后果不堪设想！"如果今夜来的是一群豺狼，哪有你们逃生的机会！"女人发狠地看着三个鬼魅一样的影子留下一路咒骂消失在密林深处！

"咕呵呵""咕呵呵"！！女人听到邻沟放牧人急速赶到山头救援的信号，她赶紧用特殊的暗号报告险情已经过去，要他们放心回各自的牛圈守牲畜……

经历一场激战的山林渐渐归于一片死寂！女人望着群星闪烁的夜空，她的长长的睫毛又一次挂上了晶亮亮的霜花。一、二、三……女人习惯地数着圈中的牲畜们。一个都不少！女人如释重负地一屁股坐在地上！

当初，女人从阿爸手上接过枪的那一刻起就发誓今生再也不杀生。在她看来，这支猎枪只能作为家族的一个象征一代代传承下去。女人没有想到，这枪在关键的时候让她化险为夷发挥了应有的作用！或许这是阿爸在冥冥之中在相助吧！

女人不敢回屋，女人站在被夜风侵袭的山林紧紧地抱着早已冰凉的猎枪。她不能确定夜幕之下是否还隐藏着更大的危机……

"你有一个花的名字，美丽姑娘卓玛拉"……长时间的等待和寒冷让女人产生了严重的幻觉。她仿佛听到了那首熟悉的歌声！

女人激动地抓起还在歌唱的手机借着微弱的星光触摸到左边的绿色键用力摁了下去！

"卓玛"——女人第一次听到丈夫这么直接地称呼自己！

"卓玛卓玛"！丈夫一口气喊了好几次"卓玛"！

"今天我们的酥油、奶渣卖了最好的价钱！大胡子已经答应把唐卡转卖给我们！他的车在路上出了些故障，我决定等他！怎么样？林子里没有什么事吧？别害怕啊！不是有猎枪陪着你吗？谁敢欺负我的卓玛我就和谁没完！"

丈夫的话就像刚刚划破夜空的那道流星一样，驱散了女人心中的所有委屈和惊吓！

女人抬起头，那支打断盗贼手臂的猎枪和已经完全断电的半瞎子手机从她冻僵的手中"哐当"一声滑落到坚硬的地面！

"今年，我们能够过个好年了！"

女人一字一句地对着四周黑骏骏的山野喃喃地自语着。她不知道自己的泪水早已滚出眼眶在她丰腴的胸前冻结成两枚晶亮亮的冰花。

2010 年 4 月 14 日

王妃的咒语

一

夺布丹老汉决定从"栓马桩"回到像一朵蘑菇云一般飘浮在半山腰的黑色帐篷时，一丛又一丛的野百合正在措拉玛湖边疯长着。

整整三十年，夺布丹老汉没有离开过"栓马桩"。自从老伴追随儿子长眠在那片冶艳的百合花中，世界便在他的眼中失去了所有的生命和色彩。

夺布丹老汉骑着他的枣红马，沿着灌木丛中的马道慢慢地向前走着。夕阳的余晖从刀刃般的山峰斜斜地倾洒下来，为幽静的山谷增添了一些阴柔和狐媚的色彩。

"拉加就是在这样一个迷人的黄昏被白胡子仙翁指点了迷津啊！"夺布丹老汉记得很小的时候，他的爷爷，一个有着和格萨尔王一样高贵血统的王族后裔，总是在百合花盛开的季节，一次又一次地讲述着关于拉加的故事：

"苍鹰在云端盘旋，澄碧的措拉玛湖波光粼粼。叶尔精扎拉脚下的英俊猎人拉加，他在玉石的宫殿吹奏着心爱的竹笛。轻柔的晚风为他披上了七彩的霞衣，舞蹈的野百合令他如痴如狂……"

夺布丹痴痴地聆听着远古城堡里的美丽传说。血红的夕阳把爷爷和枣红马的影子长长地拉向斑斓着点点霞光的石壁，沉沉的马蹄敲击着空寂的山谷，也敲击着奶奶一脸的惆怅和寂寥。

"当七月的野百合开得如火如荼，多情的格萨尔却为了落入魔爪的彭萨梅措抛下珠姆去了远方！"夕阳在神山之巅绽放出绚丽的光芒，奶奶站在布满油渍的奶桶旁，美丽的眼睛盛满忧伤。

"无恶不作的黑乌鸦趁机飞到珠姆的帐房前，黑色的翅膀扇动着阵阵阴风。它在引诱绝色的王妃出来向它抛掷石头。"

月亮从狰狞的怪石背后诡异地升上来，爷爷和枣红马的影子早已消失在满天星光中。奶奶的叹息像风一样流过寂寞的山冈。

"愤怒的王妃忍受不住黑乌鸦的哇叫，抓起一团油香的奶渣狠狠地打过去。谁知翡翠戒指也随之飞落而去。阴险的黑鸦叼走戒指飞到霍国。添油加醋地说珠姆如何地爱慕霍王！"

"色欲熏天的霍王骑着那匹凶悍的紫鬃马，掳走了守望在玉峰之下的珠姆王妃！"

银白色的月光在奶奶的头上罩上一层迷梦的光环。夺布丹出神地想象着奶奶飘逸如飞的长发，他不明白爷爷和奶奶为什么总是生活在梦一般的传说里。在那些漫长而又孤寂的夜晚，奶奶独自守在山冈，任凭午夜的花香侵袭所有的忧伤和思念……

许多年以后，当夺布丹成长为一位俊美的少年并且学着爷爷优雅的声音在那些令人心旌摇荡的黄昏讲述拉加的故事时，爷爷的浪漫爱情早已像七月的野百合花，在流淌着远古气息的珠姆沟留下了一段香艳的传说后便永远地消失了。

夺布丹终于明白，爷爷之所以着了魔似的迷上措拉玛湖边的那些野百合，是因为他在那里邂逅了一个比百合花还要勾魂夺魄妖娆女人。

爷爷疯狂地爱上了那个浑身散发着野性与狐媚的女人。据说他们的相遇和他们后来所演绎的爱情一样充满传奇。

爷爷始终相信是自己的虔诚和痴迷感化了措拉玛圣湖。即便在奶奶发出恶毒咒语的那个雷电之夜，他预感到从天边霹雳而来的一道道闪电会在一刹那将他的灵魂召回天国时，也几乎是怀着一种感恩的心境完成了在凡间的最后情缘。

奶奶不再幽幽地追溯珠姆王妃的伤痛。爷爷的猝死使她陷入了深深的痛苦与追悔之中。就在爷爷和那个剥夺了奶奶爱情的狐媚女人双双被雷电击毙的第三十个年头，夺布丹远在嘎曲河边长年放牧的父亲也因为忧郁成疾，离开了他所热爱的草原。

奶奶悲痛欲绝，儿子的早逝，彻底击垮了她的意志。就在为夺布丹的父亲办完丧事后，奶奶把他叫到跟前，从自己的嫁妆里取出一串珊瑚项链和象牙手镯，告诉他准备到隔着两个山头的仓旺降措大叔的帐篷去求亲。

奶奶没有争取夺布丹的意见，只是淡淡地说仓旺降措家族多少也传承着一支贵族血脉，他的孙女还是有资格踏入自己作为贵族后裔一般人难以跨越的高贵门槛。

夺布丹难以忘怀那个忧伤而又漫长的夏季。奶奶执意带上爷爷和父亲的遗物沿着措拉玛湖边的野百合花一路磕着长头去了西藏。而山那头，夺布丹未来的小妻子却奶声奶气地唱着歌谣在外公的陪伴下赶着几十头耗牛过来与他成亲了。

夺布丹没有想到，那个即将和自己度过或许就是一生的小女孩，竟然和奶奶惊人地相似！一头黑漆漆的长发松散地束进纤细的腰间，高挑的身材曲线优美犹如措拉玛湖四周起伏的山峦。那双湖水般清澈的眼睛下有着和奶奶一样高贵而又挺拔的鼻梁。就连一个不经意的浅笑都是奶奶的缩影……

二

随着夜幕的降临，城市的灯火在 2000 米的高空中看起来像千万只萤火虫在闪烁。优雅的空姐不时地报告着飞行情况并且提醒乘客系好安全带。

虽说飞机起飞还不到一个小时，可思雨已经感觉到黄浦江上那略带腥味的晚风正在轻轻地洞穿自己的记忆。江面上一闪而过的渔火使她想起初到上海时的情景。

三十年前，也是这样一个璀璨着万家灯火的夜晚，母亲带着 7 岁的思雨来到上海。她永远记得下了轮船后母亲眼中的迷茫和犹豫，尽管她的手中紧紧地拽着一张充满诱惑和希望的名片！

就在母亲焦躁地站在一大堆行李和思雨之间考虑怎样找到一个合适的地方拨通名片上的电话号码时，一辆黑色轿车停在了离她们不远的码头。

一位穿着笔挺西服的年轻人打开车门径直朝她们走来。年轻人从上衣口袋里拿出一张母亲和一位穿中山服的小伙子的合影，在确定要接的人就是眼前这对在城市的繁华前茫然不知所措的母女俩后，赶紧告诉她们是魏先生派他来接人的。

年轻人彬彬有礼地替母女俩装好行李后请她们上了车，在穿行了几条交织着音乐和霓虹灯光的街道后把她们安顿在一座有着大花园的洋房（思雨后来才知道那是解放前一个大资本家留下来的豪华别墅）。

7岁的思雨怎么也想不明白，母亲火急火燎地从成都赶到阿坝，不惜和夺布丹叔叔翻脸，硬把她从那个贫瘠的山沟里带走。在不到一个星期的时间里，又带着自己坐了几天几夜的轮船到了像一个梦幻王国的大上海。

思雨更加没有想到，这个自称是魏先生的堂弟、足足比自己大了18岁的青年，在后来的人生中竟戏剧般地与自己有了一场刻骨铭心的恋情。以至于自己的大半人生不得不在大洋彼岸度过。

思雨和母亲就在那幢只是在批判资产阶级的报纸上看到过的"洋房"里住了下来。偌大的一栋房子就只有女仆阿秀和花匠阿忠两口子守着。思雨母女的出现并没有让他们善良本分的心中增添任何疑虑和不安。

阿秀手脚勤快、寡言少语。她利索地为母女俩收拾了一间可以直接看到花园里大片牡丹花的房子，还细心地为她们的到来插了鲜花、摆了水果。

思雨毕竟只是个孩子，她很快就被眼前的新鲜世界吸引住了。黄浦江码头时常传来的汽笛声让思雨对大城市有了前所未有的新奇和向往。夺布丹叔叔的黑色帐篷和措拉玛湖上的日出落日渐渐地淡出了她稚嫩的记忆。

阿秀很喜欢思雨，每天下午她都要带孩子去花园转转，给她介绍各种花卉的名字、作用及价值。有时候，阿秀还会带她出去逛逛街、买些菜。

思雨牵着阿秀的手每每从那些欧式建筑前经过都要学着花匠阿忠横眉怒目的样子狠狠地朝白色的阶梯上吐口水："呸！打倒帝国主义！打倒侵略者！"之后，思雨还挺骄傲地高喊一声："毛主席万岁！知识青年万岁！"女仆阿秀便抓起思雨的小手疾风骤雨般跑回洋房……

见到魏先生是在思雨和母亲到上海四个月后的事情。这个期间，母亲像一只困兽般焦躁不安。她经常从夜半的噩梦中惊醒。长时间的失眠使她有些歇斯底里。思雨常常看到母亲把堆在床头上的一本本被她视为珍品的中外名著撕成满天飞花。

母亲的反常让她产生了很深的惧怕和陌生。她经常逃过母亲近乎疯狂的眼睛逃到阿秀的被窝里。她突然很想念夺布丹叔叔和莲宝玉则神山上蓝宝石一样的天空，还有那些流动的羊群、芬芳的野花、飞鸟和野兔。

思雨开始痛恨母亲把自己强行带到这个陌生的都市又不给自己应有的爱护和关照！还好，就在思雨决定用沉默和回避对抗母亲时，魏先生回来了。

那是一个宁静而略显闷热的午后。母亲筋疲力尽地在一堆书的碎片中睡去了。阿秀还在厨房忙碌。思雨只好一个人溜到花园，她等阿忠弓腰驼背地推着破自行车出了大门后偷偷地摘了三朵牡丹花凑到鼻子下如醉似痴地嗅着。

突然，一辆白色轿车驶进花园停在她前面还按了一声喇叭。小思雨尖叫一声就往回跑，手中的花散落一地。没等她跑出两步，一双大手把她从背后抓了回去。

思雨涎着口水扭头看到了一张亲切的男人的脸。他的皮肤好白，白色的衣服、白色的皮鞋使他有种震慑心魄的精神和光芒！陌生男人的光芒使她想起莲宝玉则神山之上的霞光！

思雨很快从惊恐中镇定下来。男子笑微微地握住思雨的小手："多可爱的孩子，喜欢这里吗？"思雨这几天特别想回到夺布丹叔叔那里，可她竟违心地点了点头。

男子边走边和思雨说话，一会儿他们就到了母亲房里。思雨担心男子见到凌乱的房间会责怪母亲。可他很绅士（当时思雨还不能用这样的词汇形容他的风度和素养）地收拾了飞絮一样的碎纸。他没有叫醒思雨的母亲。他要思雨先去花园玩玩，说自己也去客厅休息一会儿。

思雨实在感谢那个让母亲找回全部快乐的下午。她在花园里偷偷地观察着母亲房间的动静。她好怕母亲的暴躁惹恼了魏先生。如果她们被魏先生赶出来该怎么办！

两个小时的时间像过了两个世纪一样漫长。思雨在花园里撕下了不知道是第几朵花的最后一片花瓣时，终于等到阿秀喊自己回房吃饭。不由分说，刚冲到门口的思雨被阿秀拖到卫生间彻底地洗了个澡。

到了上海以后，思雨最怕的就是洗澡。她感觉水龙头里的水"哗哗哗"地喷下来时比草原上的一场暴雨还要猝不及防。每一次她都逃命一样四处乱窜！她怀疑母亲是否有什么毛病，有时竟会在浴室一泡就是大半天。一个人身上难道真有那么多洗不掉的污垢吗？她从来就没有看到过草原上大人和小孩洗什么澡！

可阿秀说今天魏先生回来并且给她买了新衣服。所以没有理由让她带着一身的汗臭参加这个特别的晚宴。

思雨换了衣服跟阿秀后面到了客厅。她不相信地愣在华贵的客厅里。母亲一脸灿烂地坐在那里，她也换了一身新的翠绿色的连衣裙，还穿了白色的皮凉鞋！

母亲看见思雨竟然像是分别了好几年那样走过来拥抱她、亲吻她。她不停地喊着："雨雨我的孩子！妈妈对不起你啊！"

思雨感觉到了母亲的战栗和真诚！她快乐地喊着："妈妈、妈妈！"

魏先生、阿忠、阿秀都笑了！阿秀赶紧张罗大家吃饭。思雨从来没有见到过那样精美的菜肴。阿秀骄傲地介绍着菜名，说都是特意按魏先生和母亲的口味做的……

"请问女士，您的咖啡已经凉了，是否再换杯热的？"美丽的空姐笑微微地打断了思雨的回忆。她礼貌地重复了刚才的话。思雨要了份点心，空姐倒掉喝剩的咖啡后继续推着餐车问着其他的乘客。

一个星期前，思雨接到侄女飞燕跨越太平洋的电话，说68岁高龄的母亲知道开通了成都至川主寺的航线后突然决定要去阿坝草原看看。她怎么都无法阻止去意已决的外婆，只好求援远在加拿大的姨妈。

燕子还悄悄告诉思雨，外婆的哮喘病又发作了，医生已经提醒家属让老人静养一段时间！

思雨即刻拨通了母亲成都别墅的电话，她委婉地提醒母亲高原天气的不适和条件的局限。她说自己正在策划与上海一家大型企业合资项目的签订，不久就可以回国看望她老人家。

可是，母亲说她已经通过老年协会的帮助联系到当年一起下乡后来就在当地落户的一位老知青。她们在电话里说了几天几夜的话。老知青告诉她现在的阿坝已经脱胎换骨，经济腾飞、交通便利、旅游兴起！她们约好一起去看看那片倾洒了她们青春与梦想的热土！

思雨知道，母亲其实是无法忘怀隐藏在心底多年的一段情缘和郁结……

三

残阳如血，静静的珠姆沟就像一位沉睡千年的贵妇缠绵于难以挥洒的梦境。夺布丹老汉听到了柏香林深处萦绕的鸟鸣和酥油河边牧人们晚归的踏马声。熟悉的草香混合着熟悉的花香从蔓延在半山腰的灌木丛中飘上来。

夺布丹老汉犹豫着下了马，他远远地望见了一片猩红色的"魔鬼花"簇拥着像一只飞翔的巨鹰一般的红石！那是爷爷和奶奶曾经海誓山盟后来恩断义绝的见证！

夺布丹老汉有些迟疑地走向红色的巨石，他用一种酸涩的目光辨别着刻在石头上的一排模糊的字迹。那是他在年轻的时候用牛角刀刻下来的。有爷爷奶奶，父亲母亲，自己和妻子的名字。

一丝久违的伤痛穿透了夺布丹老汉布满沧桑的记忆！爷爷去世后的那些日子，奶奶总要在某个黄昏去这块巨石前坐一坐，看夕阳的光芒把"酥油河"里的红石映照得像一簇簇跳跃的小火苗！奶奶的忧伤便在那些火苗一样的红石中无边地蔓延……

夺布丹老汉慢慢地绕到巨石的背面，一行红色的字迹赫然跳入他的眼中。他像被电击了似的趔趄了几步！他全身的血液骤然沸腾起来！

哦！措拉玛湖！措拉玛湖！一个充满灵性与传奇的神湖之名被刻在这块巨石上却代表着一个血腥的故事！

夺布丹老汉不住地向后退缩着，他痛苦地捂住被记忆触动的胸口。他仿佛再次回到了那个雷鸣闪电的夜晚，奶奶披头散发地跪在那里向着苍天哀号！他分明听到了一声声毛骨悚然的恶毒咒语伴着霹雳之声撕裂大地！

噩耗从弥漫着野百合花香的措拉玛湖边传来，奶奶咬碎了舌头，筋疲力尽地昏厥在巨大的石鹰前……

赶去收拾遗体的男人们按照奶奶的吩咐，从天葬台捡回来爷爷的三颗牙齿。他们惶恐地告诉奶奶，爷爷和那个女人身上没有一处雷击的痕迹。他们安详地躺在硕大的野百合花瓣中，似乎是一对贪睡的孩子。他们富有弹性的身子甚至让从天而降的神鹰哀鸣不止……

人们开始惊叹，甚至无比惊恐。他们认为夺布丹的爷爷和那个女人的死是个不解之谜。老人们无可置疑地说他们原本就是莲宝玉则神山的儿女，现在不过是还清了在人世间的情债回到仙界罢了……

爷爷的死给珠姆沟蒙上了一层神秘的气息。部落里关于爷爷和百合花女人的不羁之合招致神灵处罚的说法迎合了奶奶内心深处的某中不安和疑虑。

就在各种说法像毒瘤一样在整个珠姆沟蔓延时，奶奶手持代表夺布丹家族威仪的龙头宝刀硬撑着走出帐篷，然后以她惯有的高贵姿态郑重宣布：措拉玛神湖是不可亵渎的。丈夫和狐媚女人的放纵触怒了神湖。她愿意用一半的家产修一座庙宇祭祀莲宝玉则神山，祈求那对因自己的不恭而招致惨祸的不羁灵魂得以安息……

没有人知道奶奶心中的伤痛和悔恨，她匍匐着自己的身体用八年的时光丈量了与神忏悔的漫长距离。之后，奶奶捎来口信，说她在西藏神尼华尔丹拉姆门下接受了剃度并将随其去青海湖修行以度残年……

四

飞机在穿越一段厚厚的云层后逐渐平稳地向前飞行着。机舱内的乘客寂然无声。思雨打开手提电脑，从里边调出一组图片。这是昨天晚上飞燕发给刚到上海的她。侄女飞燕说，外婆看到这些照片后竟然晕倒！

思雨把鼠标点到"雪域阿坝"下面。她的目光立刻就被图片上的景物吸引住了！湛蓝的天空、平坦的草原、雄伟的雪山、澄碧的湖水、流淌的牛羊、散落的帐篷、肃穆的寺院、骑马的牧人！

思雨在众多的图片中还搜寻到久违的莲宝玉则神山和措拉玛湖！还有珠姆沟、酥油河、栓马桩以及萦绕在无数个梦境中的蓝天、白云、鲜花、飞鸟……这一幅幅熟悉而又远去的画面在童年的记忆中曾经是那样的深刻而又难忘！

20世纪60年代，一场轰轰烈烈的"上山下乡"运动席卷了还处于贫穷落后的中国。几千万知识青年随着那场浩荡的运动从不同的城市奔赴到中国最偏远的农村。正在读大一的母亲也由四川成都来到了海拔三千多米的阿坝高原，把十年的青春全部奉献给了那片土地。

思雨记得母亲的日记里曾有这样一段插队前的记载：

12月22日（1968年），全校师生聚集在校园广播前，激动地聆听伟大领袖毛主席向全国的"知识青年"做出最新指示："知识青年到农村去，接受贫下中农再教育，很有必要！"数千名学生顿时欢欣鼓舞，热血沸腾！彻夜难眠！次日，我们在人民广场集会游行，热烈欢庆毛主席最新指示的发表！游行队伍齐声高呼：北京传来大喜讯，最新指示照人心。知识青年齐响应，满怀豪情下农村，接受工农再教育。战天斗地破私心，紧跟统帅毛主席，广阔天地炼忠心……

虽说我们无比留恋大学生活，如饥似渴地等待接受更高知识的洗练，也梦想着用自己的知识和文化去武装自己。但是，毛主席的指示无疑给我们这批城市中的年轻人指明了一条更加长远更加光明的前途！

中国有三分之二的人口在农村。我们应该回到伟大的劳动人民身边，用自己的双手同农民兄弟在农村这片广阔的土地上耕耘出幸福美好的新家园……

经过一个星期紧张有序的分配，我和政治系的刘雨欣被分到川西北高原的阿坝州。据说那是一个可以触摸蓝天和月光的神奇之地。我们将在高原稀薄的空气里开始一种充满挑战的崭新生活！

没有与家人见面道别。匆匆地写了封信给在川大教书的父母和早在三年前就去了北大荒插队落户的姐姐，然后卷上铺盖在车站守了一夜，第二天便踏上去阿坝的长途客车……

思雨看到这些豪气壮志的语言，她似乎能够读出隐藏在字里行间的一个特殊时期的历史剪影。长达二十多年的"上山下乡"运动改变了中国几千万知识青年的命运！无数尚在成长的学生过早地背负了时代强加于他们身上的重担和责任！同时也葬送了一大批可能成为国家栋梁的优秀青年！

母亲正是在那场震撼中国大地的运动浪潮中搁浅了理想的红帆船！她把十年的光阴交付给一片能够生长青稞和麦子也许还有大豆的谈不上丰厚的土地，由可能成为一名艺术家的美丽姑娘变成典型的高原农民……

思雨的眼睛有些湿润。在母亲厚厚五本日记本里，详细记录了做知青前后的所有经历和对生活的感悟。那里面有她十年的辛酸故事，有她对人的潜在本质的洞悉和扭曲灵魂的剖析。她也直白了自己在特定环境中作为普通人所不能左右的思想矛盾和痛苦挣扎。

母亲和刘雨欣阿姨乘坐的客车经过三天的颠簸后终于到了阿坝县。在阿坝县"知青接待处"，她们受到了当地政府的热烈欢迎。

第二天上午，当地有关领导与来自不同省市的六个"知识青年"在县委一间贴有"备战备荒为人民""深挖洞、广积粮"的标语的简陋办公室见面并开了一次座谈会，大家慷慨激昂地陈述了对伟大领袖最新指示的拥护和扎根基层的坚定信念！

下午三点，人民公社派出当时最先进的交通工具——手扶式拖拉机，把尚来不及整理一下头绪的"知青们"分别送到了乡下……

地处川（四川）、甘（甘肃）、青（青海）三省交界处的阿坝县是个农牧交错的特殊地域。那里既要从事繁杂的农业生产劳动,又要到气候寒冷的远牧点为生产队放牧。严重的缺氧和贫瘠的生活环境几乎让她们崩溃!

母亲很多次谈起刚到高原时的极度艰难和不适。她所在的红星公社是当时的县级先进示范点。"文革"的余温尚在那里泛滥!红卫兵小将对这批乳臭未干的所谓"知识青年"嗤之以鼻。他们三天两头"紧急集合",对知识青年所在的生产小组进行突击检查。公社"红卫兵小将"办公室,常常传来"破坏分子"和"落后分子"被揪斗的惨叫。那种杀鸡儆猴的淫威让只会用笔描绘生活的"知青"们热情大减!繁重的劳动和无所适从的生活让他们的脸上蒙上过早的阴影和绝望。

五

夺布丹老汉久久地凝视着四周山峰上飞天而来的无数巨石。奶奶曾说那就是王妃的咒语!格萨尔为救出落入魔爪的爱妃丢下珠姆数年未归,霍王趁机抢去珠姆与其生下一子。格萨尔回归后灭了霍国,还杀死珠姆和霍王的儿子。悲愤之下,珠姆发出了恶毒的咒语。仙境般的莲宝玉则刹那间被埋葬在一座毫无生机的石头城堡之下!格萨尔的千军万马从此被时光的尘埃封存在一段无从考究的历史中……

夺布丹老汉感叹着历史的巧合。奶奶就是在那个足以让人疯狂的雷电之夜发出咒语让自己的丈夫和百合花女人命赴黄泉……

夺布丹老汉一边叹气,一边走向河边一株挺拔的高原红柳。三十年的光阴磨炼出它坚硬的躯干和繁茂的枝叶。当初,他和柳思倩为把这棵红柳种哪里而发生了激烈的争执。

夺布丹坚持要把小树苗种在石鹰前以庇护奶奶的孤单魂灵。可酷爱画画的思倩说河水轻吻岸柳是一种无法用语言来表述的浪漫意境!夺布丹最后在女知青花枝乱颤的窃笑中做出让步……

"柳、思、倩"——布丹老汉用生硬的汉语重复着扣动了他三十年心绪和无限痛楚的名字。那个犹如传说一样迷离的四川姑娘,曾经在他蒙受爷爷奶奶悲惨爱情阴影的心里多么真实地鲜活过!

"文革"刚刚开始,夺布丹作为"破落贵族"后裔,被"红卫兵"和青年民兵率先揪出扣上了"复辟主义思想"的帽子。最后由人民群众指派到"隔绝复辟思想教唆"的措拉玛湖边放牧接受改造。

"文革"结束后，夺布丹因为"改造"较好被摘了"帽子"。但他主动要求留在珠姆沟为生产队放牧"三类畜"。他再也不想回到那个癫狂的人群当中去！澄净的措拉玛湖让他感觉到世间的另一种洁净和安宁。

可是，突然有那么一天，一批手持锄头、铁锹的"知识青年"带着对土地的希望走进了并没有生长任何作物条件的珠姆沟。

知青们不顾一切地砍树挖地，他们把非常珍贵的种子播进了大片被开垦出来的土壤里。

看着被烈日晒脱了几层皮的城市青年，夺布丹能够理解那种被饥饿燃烧了的疯狂和迷茫！他的心中笼罩着太多的愤慨和不解。他不明白人类为什么在某种潮流的驱使下会犯那么多幼稚可笑的错误！鱼儿永远只能在大海遨游，就像天空只能飞翔鸟儿一样。这些细皮嫩肉的年轻人应该用文化和知识去谱写美好的人生啊！

每月一次上山给夺布丹送口粮的妻子告诉他，生产队的大锅饭已经濒临解散，公社领导要求知青们自己去开荒种地养活自己。几天前两个知青试图翻越莲宝玉则神山逃回城里被民兵抓了回来。昨天出早工时，妇女主任发现大队茅房里丢了一个死婴，大家私下谣传是那个云南来的曹丽丽和公社文书造的孽……

冬天，妻子送来了过年用的衣物和糌粑。她说现在的形势没有以前那么紧张。一些"四类份子"可以和贫下中农一起劳动了。公社文书被调到麻风村做看管。前革委会主任因为偷看女知青洗澡被罚到扎嘎沟看守草场。有些传闻说"上山下乡"运动快要结束了，知识青年不久可以回城里去了……

夺布丹麻木地听着妻子带来一些零碎的消息。他对未来仍然心存忧虑。说不准哪天一个新的运动又会把大家搞得鸡飞狗跳！

妻子还告诉她，知青中有个叫柳思情的漂亮女孩成了她的朋友。她要夺布丹用那张老牛皮做个皮靴送给她。她的脚老是生冻疮……

六

思雨不知道自己就出生在弥漫着野百合花香与传说的措拉玛湖畔。母亲的日记里有很多关于她童年的成长历程和种种趣事。思雨知道自己还有过一个美丽的藏族名字：拉么措（仙女湖）。从她能够用一种稚嫩的思维记忆事物时，常常看见母亲站在硕大的野百合花中看绚丽的霞光把措拉玛湖映成一片金红。夺布丹叔叔悠扬的笛声便在母亲色彩斑斓的画笔下无边地荡漾开去……

思雨关上电脑。她疲惫地靠在舒软的椅背上。母亲这一病很让她担忧。四十年来，她与母亲相处的时间实在太少。她必须好好地陪伴母亲渡过这次难关。

对于魏先生的早去，思雨一直深感痛心。他是母亲初中和高中的同学。"上山下乡"那年，魏先生已经调回上海的父亲因为位居军分区高级官员之职而为儿子争取到参军的机会。此后，魏先生在军校的发展也可谓一帆风顺。比起母亲，魏先生是时代的宠儿，他没有经历过那代年轻人所承受的不幸和磨难。或许这就是他们晚年在某些观点上有了激烈分歧的缘故。

一直以来，思雨对魏先生有着比亲身父亲更深厚的感情。他不仅给予母亲一份真诚的爱情，也给予了自己一个幸福美好的未来。

思雨小学毕业后，魏先生又把她送到香港外语中学。在那里，思雨见到了魏先生的侄子俊杰。他已经是一家大公司的老总。

异地相逢，思雨很是惊喜，自然就把俊杰当自己的亲人了。俊杰说叔叔已经给他下了任务，要他好好照看思雨。

因为学习课程特别紧，加上思雨的英文比较差，一段时间她都有些泄气。俊杰给她找了课外老师，每星期把她接出去补英文。有时间还带她去吃西餐，买学习用品。

思雨就是在那个时候认识了俊杰的未婚妻——玛丽。一个美丽泼辣和母亲一样爱画画的美国姑娘。思雨特别喜欢她。她觉得玛丽好像雕塑的维纳斯。只要是她来学校看她，思雨都会扭着玛丽带她去沙滩散步、拾贝壳……

思雨没有想到，就在自己大学毕业的那年，俊杰为了庆贺她学成归来，专门在香港最豪华的一家酒店为她接风。赶来参加宴会的玛丽不幸突遇车祸！

突如其来的惨祸使思雨陷入了深深的自责中。她的内心背负着沉重的包袱。她恨不得就替了玛丽而去！她的肚子里还有三个月的胎儿啊！

思雨没有告诉任何人，玛丽出事的前一天，她梦见了莲宝玉则神山和措拉玛湖，还有那对静静消失在硕大的百合花瓣中的不羁灵魂！她甚至听到了那个传说中鬼魅一样的恶毒咒语！

思雨一病不起，她常常看见一个模糊的影子托起手中的婴孩在夜半的雨声中狰狞地狂笑……思雨陷入了难以自拔的幻影中……

三年后，俊杰从南方一个宁静的山野回到上海。思雨看见他沧桑的背影在秋日阳光下显得那么孤单时，突然发现自己不可挽回地爱上了这个大自己 18 岁的伤心男人

思雨和俊杰很快结婚了。母亲执意把上海的家产留给他们，自己回到成都与姐姐生活在一起。

思雨和俊杰在上海生下儿子后，远在加拿大的公公婆婆要他们回到身边接替生意。俊杰因为是独生子，他们没有理由拒绝老人的要求。他们把上海的公司交给表哥管理，然后移居异国他乡开始了另一种生活……

晚年的母亲把大量的时间花费在写作和绘画上。她的巨幅油画《燃烧》在国内引起强烈的反响。那是一幅凝聚着十年青春梦想与生命呐喊的时代写真！她用艺术的高度诠释了一个折叠的人生历程！

在母亲众多的日记中，始终有一段不愿意披露的秘密。她像捍卫生命一样捍卫着那个秘密。思雨曾试图说服母亲走出那些已经远去的阴影和羁绊。可每当提及那事，母亲都会像触动了某种伤口一样惶惑不安。思雨当然不会想到，那本被母亲锁进箱底的蓝色笔记本里，却是关于自己一段鲜为人知的身世绝密！

七

橘红色的晚霞覆盖了西边的整个天空，从山顶吹来的晚风在酥油河跌荡的浪花间卖弄着无尽风情。

夺布丹老汉抚摸着爬满生命年轮的柳条，他想起思倩曾经说过把黄泥抹在小树的伤口就可以再长出新芽。他到河边拾起一团黄泥抹在刚刚被风吹折的裂口处。

"二十年后，我一定要回到这里。这株小树会是我们重逢的见证！"

女知青的声音似乎还在深邃的天宇间回荡！夺布丹老汉坐到一块草坪上，他远远地看着措拉湖边那些开得如火如荼的野百合花。他的心底涌动起一阵难以抑制的神往和敬畏……

知青们很快又从珠姆沟消失。他们的绝望如同那片裸露在沟谷中的黑

色土壤迅速地荒芜在过早的霜降中。

夺布丹开始做一些冬季前必须做好的事情，他用四天的时间为女知青做了靴子。他在放牧之余收集野果和自然死去的动物肉储存起来。他把自己住的破屋子改成暖和的木板房。他洗干净从灌木丛上刮下来的少许羊毛给女儿做了毡帽和雨披……

夺布丹原以为自己就要在交织着爱恨情仇的措拉玛湖度过孤独的人生。她把三岁的女儿接到身边。在山里，他多少可以为孩子弄到些有营养的食物。

两年的时光就在与女儿亲密的相处中一晃而过。夺布丹打算在春耕之后找个合适的机会把女儿送回去，因为大队要求年满五岁的孩子必须得上"汉话班"。就在她为女儿装好一些风干的野味和小藏袍时，妻子却带着两个神秘的人影闪进了珠姆沟。

妻子带来的居然是两个女知青！夺布丹看到她们惊慌失措的样子，他想她们一定遇到了非常棘手的问题。妻子用藏语暗示他不要多问。她们在夺布丹温暖的小屋子喝了热茶和精粑。

第二天，夺布丹和妻子把两个姑娘转移到那个连野兽都难以触及的山洞。他们担心有人随时追到珠姆沟把她俩抓回去。

妻子这才告诉夺布丹，那个叫刘雨欣的女孩，本来已经和同来插队的男朋友王军订了婚，他们在生产队要了间小房子准备在"国庆节"结婚。可是一个星期前，王军被县上来的一辆吉普车接走。之后，他给雨欣写了封信，说他跟随父亲回城里了。父亲没有能力解决两个人的回城问题。他要欣雨原谅自己并且忘掉他们之间的感情。可怜的姑娘一气之下竟然寻了短见。幸亏被晚上起夜的思情发现得以挽救！

妻子气愤地说雨欣已有身孕。一个被抛弃的未婚姑娘，她该怎么面对今后的漫长人生！夺布丹不知道说什么才好。他在心中他默默地祈求神灵早一点让这些无辜的年轻人脱离苦海！

下午，生产队果然派了几个民兵到珠姆沟寻找两个去向不明的女知青。他们威胁夺布丹若敢藏匿她们，大队学习班可是个耐不住冷清的好去处！

民兵们在珠姆沟搜查了好几天都没有收获，只好悻悻地收兵回去。后来也不知道是谁在生产队造谣，说女知青是被县上某个领导看中带去当秘书了。也有说思情陪雨欣追到城里找王军评理去了。总之，形势的变化使得人们不再有更多的兴趣去关心这些事情。公社领导也被知青们的问题搞得愁眉不展。都乐得讨几天清静日子过过！

可是，夺布丹这边虽然摆脱了民兵的纠缠。雨欣肚子里的孩子却一天天揪起他的愁绪。她们总不能在这个荒僻的沟谷待一辈子啊！孩子总有落地的一天。

好在夺布丹的妻子想了个计策。她骗生产队说丈夫不慎从马背上摔下来折断了腿，她得到赶到山里照顾丈夫。

妻子来了之后，夺布丹在姑娘们躲藏的洞口搭了个小木屋。他把几件皮袄、毡毯和储存的食物送给两个姑娘。

妻子每隔几天就回去打探一些情况。她说县上来了领导，要公社的干部把知青们集中起来开个会。中央已经宣布结束"上山下乡"运动。有能力和可以想到办法的知青可以回到城里。

妻子说县上来的领导还说一定要找到两个失踪的女知青。他们从来就没有让她们做什么秘书。所有的知识青年都在基层与人民群众一起劳动……

妻子带来的消息让两个姑娘悲喜交集。特别是即将生产的雨欣完全陷入了绝望之中。她狠狠地捶着日渐膨胀的肚子号啕大哭……

八

思雨一下飞机就匆匆地赶到陆军医院。当她看见插着氧气管的母亲无力地躺在病床上，泪水立即冲出她的眼眶。思雨几步跨到母亲床前，轻轻地喊着："妈妈，我回来了！"

思雨不断地呼唤着自己的母亲。她看到母亲眼中的恍惚和空洞！思雨紧紧地抓住母亲冰凉的手，她像一个做错事情的孩子一样跪在那里乞求母亲不要抛下她而去！她在母亲的耳边说要陪母亲一起回到萦绕在她们心底深处的措拉玛湖看落日和霞光，还有夺布丹叔叔的黑色帐篷和成群的牛羊！

思雨不知道，母亲此刻的灵魂早已随着滴滴答答的透明液体回到了措拉玛湖边……

夏季的珠姆沟，终日阴雨绵绵，云雾缭绕。思倩把夺布丹送来的肉煮熟晾在房檐下。她把晒干的菌子和蘑菇分类收在木盆里。曼措大姐一整天一整天地擀毛毡给孩子做被子和衣服。

雨欣就快生产了，她的情绪越来越暴躁。国家落实知青政策的消息一次比一次真实地由曼措大姐带回珠姆沟。为了不再让雨欣受到刺激，他们商量说这个消息是误传。等她生下孩子再作商量。

阴霾的雨天终于放晴。月光从山峰之上妩媚地映进墨绿色的湖水。一声响亮的啼哭划破静谧的夜空传向天际。雨欣生下了一个可爱的女婴！

曼措大姐亲自为孩子剪脐带，穿衣服。孩子的降临给这个特殊人群带来了空前的喜悦和振奋！

思倩和雨欣抱头痛哭。泪水带着十年的酸涩在她们受尽磨难的脸上肆意宣泄！

四十天的月子，思倩和曼措大姐精心地伺候着雨欣。孩子的第一次浅笑让他们沉浸在无比的幸福之中……

夏季就在只有五个人的世界中有些酸涩地流转着。夺布丹更加卖力地穿行在陡峭的山崖和密林。雨欣生了孩子后身体一直都很虚弱。曼措大姐每天都去挤一点"三类畜"们少得可怜的牛奶给母女俩补身子。从家里带来的粮食维持不了多长时间。摆在面前的生活是个很实际的问题。

看到夺布丹夫妇早出晚归为大家的生计奔波，思倩感到非常内疚。她实在不好意思继续待在珠姆沟。她想冒着被处分的危险回到生产队。那里多少可以分到与她们所挣工分相应的口粮啊。

冬天的第一场雪就在思倩的焦虑和不安中过早地覆盖了莲宝玉则神山。回家带过冬用品的曼措大姐把揣在藏袍中被捂得热热的一封信交给了思倩。信封上的陌生地址使思倩有些不知所措。曼措大姐说幸亏邮递员刚进村口就碰到她了，要不然这封信还不知道落到谁的手里。

思倩拆开信封，她不相信地张大嘴巴。熟悉的称呼和熟悉的字迹让思倩感到头晕目眩！原来是他！思倩只看了信的一半内容就扑在床上大哭起来！大家惊愕地看着一向文静的思倩。他们怎么知道，思倩内心的激动和伤感！

十年前，思倩和所有被"最新指示"激励得热血沸腾的知识分子一样，不屑与家人和朋友挥泪作别。出发前，思倩给同在一个城市的男朋友魏涛写了封信，约定他五年后再见！她要带着在农村那片博大的土壤里收获的非凡成果和心上人共谱爱的浪漫曲！

思倩怎么会料到，心中的红帆船却在这个狂放着落后与贫瘠的高原大地永远地搁浅了！贝多芬的"月光曲"、约翰·辛格的"康乃馨·百合"，李清照的"如梦令"在二牛抬杠、挖地翻土、举锄舞镰的劳作中支离破碎！

残酷的现实迅速把他们变成连温饱都难以渴求的凡尘俗民!

魏涛在信中感慨了时光的流失和青春的珍贵。他说自己正在国内一流的军校任教官。他要思倩尽快办好回城手续!如果需要,他会想尽一切办法帮助她……

思倩的心情一落千丈。强烈的自卑感扑灭了刚刚涌上心头的火焰!她已经不是当初那个用理想的色彩描绘人生的活泼姑娘啊。她的衣服旧得失去了最初的颜色,脚上穿的是善良朋友节省出来的藏靴!

思倩逐渐征服了心中的欲念。她平静地烧毁了魏涛的信。她把五个月的孩子抱到阳光下亲吻。这个不幸的孩子是她和雨欣共同的财产。她要维护这个生命的茁壮成长……

夺布丹破天荒回了趟村子。他得打探清楚县上是否真的在落实知青回城的事情。他不能眼睁睁看着如花一样的两个姑娘把青春继续荒废在这个不属于她们的世界。

夺布丹带了足以让两个女知青长夜难眠的消息。分在红星公社的八名知识青年已经有五个办好了手续。曹丽丽因为作风问题不能回城。现在就是思倩和雨欣该拿主意的时候了。

夺布丹夫妇开导着两个心灰意冷的姑娘。他们愿意把孩子留在身边抚养。曼措大姐真诚地说,只要有她一口吃的就少不了孩子的。一个未婚姑娘带着孩子在城市生活会有很多难以想象的困难……

雪水从莲宝玉则神山之上款款流来。寂寞的沟谷涌动着青草的芳香和春的气息。

思倩坐在屋外的木墩上,正在逗孩子咿呀学嘴。雨欣软软地靠在床上。她的腹部在剧烈地疼痛。血从肿胀的子宫里水一样流下来。雨欣咬着牙不吭一声。她不能让给予自己无比关怀的朋友们失望。曼措大姐今天就会回到珠姆沟。她会带来决定两个知青命运的消息。前几天,她们把要求回到城里的报告让曼措大姐交给人民公社。

雨欣的脸色越来越黄,汗水渗透她的全身与血水流在一起。那个可恨的雷雨夜啊!雨欣咬破了嘴唇神智迷乱地想着那个葬送自己一生的可怕夜晚。

生产队的"文化室"里,愤怒的人民群众正在声讨"阶级敌人"新动向。发烧四十摄氏度的雨欣迷迷糊糊睡在床上说胡话。一个人影躲过一道闪电溜到雨欣的窗前。黑影把罪恶的手伸进没有玻璃的窗口偷偷地拔掉门闩……

雨欣受尽病痛的身子被黑影重重地压住了。他像一只发狂的野兽撕扯掉雨欣的衣服。雷鸣闪电的暴雨夜掩盖了黑影肆无忌惮的宣泄和雨欣无助的嘶喊……

雨欣一个星期没有去生产队参加劳动。她的手中紧紧地拽着一枚毛主席像章。一天出早工时，雨欣在僻静的墙角堵住了王军，她把那枚毛主席像章狠狠地甩到王军仓皇的脸上愤然离去……

思倩开始给孩子喂奶。各种鸟雀在屋檐下欢鸣着飞来飞去。春天如此真实地走近她们的面前！

雨欣强忍住疼痛，她把几张草纸折叠好放在身下。她喊来思倩说想到外面去呼吸一点春的气息。思倩好高兴雨欣的振作。她们把孩子放进用柳条编织的摇篮里睡好。

思倩搀扶着雨欣来到了措拉玛湖。她们沿着湖边那些美丽的小碎石慢慢地走着。春风轻轻地吹过湖面荡漾起一阵阵如梦的涟漪。这是一个多么澄净和宁静的一片世界啊！能够在这样的洁净的地方了却一生，没有遗憾！雨欣幽幽地说。

那天，思倩和雨欣说了好多的话。她们既为自己的命运哀叹，也为未来的生活寄予希望……

日落的时候，雨欣说想一个人坐一坐。她要思倩回去看看孩子有没有睡醒？

思倩从曼措大姐手中接过批准她们回城的通知欣喜若狂地跑到湖边。

一切都凝固了！湖水凝固了！山峰凝固了！世界凝固了……

九

暮色从措拉玛湖边漫向沟谷。狰狞的山峰诡秘地俯视着大地。

夺布丹老汉深深地叹着气。文静的思倩和美丽的拉姆你们都还好吗？人生如梦，世事难测。时光阻隔了他四十年的牵挂和期待啊……

得到思倩和雨欣被批准回城的消息。夺布丹特意上山打了几样野味。他得为两个姑娘庆贺一下。十年是一个绝对漫长的时光。她们已经失去了最美好的青春和耕耘爱情的机会。这个原本不属于她们的世界给予她们的是太多的不公平！

夺布丹骑着他的枣红马，装在褡裢里的野鸡颤动着五颜六色的羽毛似乎也在为两个姑娘的解脱而高兴……

夺布丹心中想着怎样为姑娘们饯行，他担心城里的生活可能动荡不安因此还得想办法说服她们，暂时把孩子留下来。将来雨欣安顿好生活也有能力接走孩子的时候，夫妻俩绝对支持。夺布丹只顾高兴，他没有留意到哭昏在措拉玛湖边的思倩和抱着孩子的妻子……

雨欣就那样走了，她走得那样无助那样失落！她的心早就被那个恶魔一样的雷电之夜吞噬！为了孩子，她忍受屈辱准备和一个品德败坏的人走完人生。可是，她最后还是被践踏了自己贞洁的男人遗弃！雨欣不想继续拖累夺布丹大哥、曼措姐姐和与自己共同承受十年磨难的好朋友。属于自己的路已经到了尽头。

雨欣原本想带着女儿一起到那个不可知的世界里永远相守，可思倩是那样地爱着孩子啊！她完全把自己当成了孩子的母亲。在这个被遗忘了的角落，孩子是她们共同的信念和希望！没有了孩子，思倩也会疯狂的！

雨欣无限疲惫又无限伤感地走了。她没有留下什么感天动地的遗言。她的走是对一个浮躁时代的终结和封存。她把自己洁净的灵魂交给了弥漫着野百合花香与神奇传说的高原神湖……

夺布丹和曼措大姐为思倩收拾了一口袋晒干的菌子和蘑菇。他们把她送上大队手扶式拖拉机。十年的时光可以让思倩带走的只有对夺布丹夫妇的感恩和对雨欣的深切思念！她答应夺布丹夫妇，等自己把所有的事情安排好，就来接走孩子。她发誓，一定要靠自己的努力为孩子找到一个避风港！思倩走前把仅有的二十斤粮票和十尺布票塞进孩子的小被褥……

进入 20 世纪 80 年代以后，国内形势大好起来。那些被不同时期运动冲击得忘乎所以的人们逐渐还原了应有的本质。他们把过多的责任推卸给历史。

政治风暴的结束让中国逐渐趋向于安宁和发展。实行包产到户使人们更加安分守己地经营着自己的舞台。

夺布丹和妻子带上三个孩子，他们把分给自己的牛羊赶到水草丰茂的措拉玛湖放牧着。四岁的拉姆整天跟着哥哥姐姐穿行在祥云一样的羊群中……

思倩回到老家成都，父亲已经退休在家。母亲赶到北大荒照顾待产的姐姐。思倩又去她和雨欣原来的学校把情况做了汇报。一个富有正义感的老教授说一定找到有关领导给她们一个交代。之后，思倩又找到雨欣老家广安一个偏僻的农村。结果发现她的父母都已离开人世。

等待了两个多月，老教授带话给思倩。因为知青问题太过复杂，政府还没有出台实质性的政策。他要思倩耐心等待静候佳音。父亲也劝思倩休息一段时间然后复习功课，争取参加高考。

半年后，母亲带着姐姐和孙子回到成都。一家人团聚，自然悲喜交集！姐姐给思倩讲了自己的经历。她说和她一起去那边的知青有好几个都已经死去……

思倩不知道怎么度过那些苍白的日子。她和姐姐不能老待在家里吃闲饭。她到处去找人做家教，可大多数一听说是刚回城的知识青年，眼中流露的是怜悯和同情。遇到心好一点的赶紧塞给她几个钱，说孩子的学习不能耽误！

思倩灰心了。他们的确已经被时代遗弃。改革开放的年代让人们淡忘了曾经把上山下乡推向高潮的"老三界"们！他们的呼吸远远跟不上日新月异的城市节奏！

思倩更加茫然了。她牵挂着珠姆沟里的小拉姆。她要尽快为孩子找到一个落脚点！

就在这时，魏涛来了。他打听了近一年的时间才得知思倩已经回城了。他迫不及待地赶到成都来看她。思倩见到魏涛像抓住了一棵救命稻草！她只有一个小小的奢望。就是求魏涛给自己尽快找个工作。

可是魏涛的决定使非常自卑的思倩瞠目结舌！他说这次来接她去上海先结婚，再说其他的话。思倩完全不敢相信幸福会这样突然地来到她面前。她语无伦次地说着不不不怎么可能的之类的话！

思倩不想这么草草就跟了魏涛。她觉得自己根本配不上曾经深爱过的恋人。她惶惑不安地请求魏涛给她一些时间。她还得把留在阿坝的孩子先接回来……

魏涛清楚思倩的心思。也许他得给她一些时间来恢复自信。十年的时光让她的心中蒙受着太多的尘埃！

魏涛走了。他说在上海等思倩。他答应让思倩把留在那边的孩子接回来。他保证一定会让她们过上幸福的生活。

两年后，思倩回到了珠姆沟。她远远地喊着"拉姆""曼措大姐"！

沟谷的静寂让思倩嗅到了一丝不祥的气息。她看到了夺布丹大哥突然老去的背影。他和拉姆静静地坐在弥漫着野百合花香的措拉玛湖边伤心地吹着竹笛……

夺布丹告诉思倩，她走后的第二年夏天，他们的女儿不懂事地爬向措拉玛湖边的悬崖想摘下最大的一朵野百合花想送给小拉姆，谁知道脚下的泥土早已松软！曼措见状扑过去救女儿结果两人双双掉下山崖……

思倩的泪水模糊了双眼！圣洁的莲宝玉则啊，您怎么就看着这么多好人在您的脚下长眠而去？那些作恶多端的坏人却一次次蒙蔽着您的眼睛！

思倩悲痛欲绝！她怎么能接受这一次又一次失去亲人的痛楚！她长久地跪在飘忽的经幡下失声痛哭！

十

天边滚来一阵响雷。大片大片的乌云黑沉沉地压向山顶。夺布丹坐在狂风肆虐的沟谷，他看到远处的山峦在眩目的电光下变成了舞蹈的少女！

思倩在夜幕落下的静谧中抱着睡熟的拉姆走进夺布丹的屋子。她径直走到夺布丹铺着狗皮垫子的木床。她不顾这个曾经给予自己和雨欣珍贵友谊的男人的抗拒和惊慌！她要嫁给他。和他一起承担曼措大姐和雨欣没有完成的责任！

思倩是炽烈的也是真诚的！她觉得眼前这个男人是可以与他一起承受生命挑战的人！她要把自己十年的激情和爱都给予为她们做出巨大牺牲的真正男人！

两个饱受痛苦的人终于融为一体！他们呐喊出郁积心中多年的悲痛和愤慨！

雪山沉默，神湖无语。只有如火的欲望和的炙热的火焰……

清晨明丽的阳光照耀着小小的木板房。思倩换了藏袍，她提起奶桶走向牧场。这里将是她谱写生活的新的开始……

然而，夺布丹在思倩醒来之前骑着他的枣红马赶着牲畜去了很远的地方。他给思倩留下了一句话：回到城里，给孩子一个幸福的未来。长眠在地下的亲人才会安宁……

暴雨劈头盖脸吞没了整个大地！夺布丹站起来。他激动地迎接着这个久违的雷电之夜！他清楚地看见了像少女一样婀娜的山峦在天边舞蹈！啊！我的拉姆！我的远去的亲人们！

夺布丹无比向往地对着远方的山峦张开手臂！拉姆来了！女儿来了！妻子来了！所有的亲人都来了！

云朵上的焚

　　雪从高高的云朵中悄悄地飘下来，继而又把寂静的村寨染成一片银色时，花花蜷缩在新买的丝绵被子里做了个奇怪的梦。她梦见自己变成一只小凤凰，从阻挡在凤凰寨四周的高山峡谷中飞出去，飞到传说中那片广阔的草原。那里有比蓝宝石还要明净的天空，有比天空还要深邃的原野。成群的牛羊在缤纷的花丛中流淌，悠扬的牧歌在天际边回荡。花花快乐地飞翔着，七彩的羽毛在云层中弹奏出美妙的音乐。她看见了美丽得如同一部神话的花海，看见了住在花海中的英俊王子。他们一见钟情。王子骑着白色的马儿，在开满格桑花的原野和她举行了浪漫的婚礼……

　　花花从梦中醒来的时候，一缕阳光正好从凤凰山顶斜斜地滑下来，滑过院墙上覆盖着第一场冬雪的玉米垛，最后穿透淡绿色的窗帘滑到孕育了一场美梦的丝绵被子上。这时，母亲的房里有了轻微的咳嗽和浓烈的烟草味，饿极了的猪仔们不耐烦地拱着圈门，雀鸟们扑棱在房檐下，叽叽喳喳地寻觅食物。浓烈的烟草味终于伴着"嘎吱嘎吱"的踏雪声从母亲的房里一直曼延到村寨中间的石板路上。

　　花花微眯着眼睛，似乎舍不得从那场美丽的梦境回到现实。崭新的丝绵被子簇拥着她山桃花一般娇美的小脸。昨天。母亲揣上卖猪攒下的2000多块钱，带着花花上了"烟草味"的灰色小面的，风风光光地逛了趟汶川县城。他们几乎踏遍了汶川的大街小巷，高档商场，个体店铺，无一漏过。直到三个人的肚子发出强烈的抗议，"烟草味"才歉意地把母女俩领到一个叫作"好又来"的中档馆子，热情地点了一大桌菜。意外的是，花花的母亲和"烟草味"竟也点了四两烧酒，分半倒进两个透亮的玻璃杯子，然后两人轻斟慢饮。"烟草味"似乎很动情，他殷勤地给花花和花花的母亲夹菜，不停地重复着"这几年苦了你娘儿们"的话。

花花发现，朴素的母亲格外打扮了一番。穿上了压了许多年箱底的绣花布衫和枣红的夹袄，脚上是一个月前亲自做的"云云鞋"。"烟草味"却是一副"城里人"打扮。藏青色的廉价西服里面是 V 字领的黑色毛衣，不知是为了陪衬母亲身上的枣红夹袄还是想为被岁月榨干了水分的脸上增添一些光彩，他特意打了条枣红色的领带。花花知道，母亲其实做了两双"云云鞋"，只是不知道那双是不是做给"烟草味"的。

花花心不在焉地听着母亲和"烟草味"的谈话。她的眼睛贪婪地捕捉着街道上来来往往的人流车辆。花花非常羡慕那些洋气十足的城市女郎。她们走路和说话的样子像极了电影明星。她们的长筒靴子在水泥路面发出骄傲的回音，好像在宣言与众不同的身份和地位。她们简直就是整个汶川街上是最亮丽的一道风景。她们永远无法体会生活在大山深处那种窒息的感觉和脸朝黄土艰辛劳作的酸涩。当她们用最优雅的姿态品尝餐桌上一道道美味佳肴时，谁也不会领会"谁知盘中餐，粒粒皆辛苦"的无尽内涵。

花花的思想随着大街上不断交替的画面起伏不定。她也看到了和母亲一样的农村妇女和汉子挑着担子穿行在人流中大声叫卖，看到了他们与繁华的城市不太协调的卑微目光。一些半大的孩子，缩在街角守着一筐核桃或水果，天真的眼里满是羡慕和渴望。

花花的心绪突然间低落下来。她收回游离不定的目光，低着头仔细地审视自己一身俗气的大花棉袄。她的自卑感强烈地占据了所有的思想。她恨不得马上逃离这个让她无比向往却又高不可攀的城市。

母亲和"烟草味"好像已经忘却了花花的存在，他们的脸上流淌着一丝暖暖的色彩。他们大胆而又深情地凝视着对方，用一种心的感应传递着彼此的爱慕。花花显得孤独而又愤怒。浓烈的烟草味和烧酒味呛得她头昏脑涨。她几乎要吐出刚刚吃进去的所有食物。可是，母亲一脸的陶醉和爱怜使她强忍住想要爆发的吼叫。多少年了，母亲一个人支撑着没有男人的家，她从未看到母亲像现在这样满足和幸福。

花花不得不仔细地研究一下令母亲如此心仪的"烟草味"。她睁大水灵灵的眼睛，从头到尾地进行了一番"扫描"。"烟草味"其实并不难看，除了左耳根下一道浅褐色的疤痕，五官倒也端正。加上说话的语气很温和，给人一种稳重和可靠的感觉。也许母亲的选择是正确的，在经历了人生最悲伤的考验后，"烟草味"填补了她心中的空虚和疲累。给了她一个男人的关注和扶持，对此，母亲是感激而又内疚的。

"好又来"的生意很兴隆。精明的女老板洋溢着满脸的热情招呼着不同身份的客人。她见花花清秀得如同一朵带雨的山桃花，开玩笑说要讨她做自己的儿媳妇。她还送花花一盒精致的糕点，惋惜地说这样水嫩的闺女搁在农村真是埋没。

花花的母亲和"烟草味"终于结束了漫长的"宴会"。母亲无不心疼地拥抱了一下花花。一股酒香从母亲的嘴里荡漾开来，花花竟有好一阵的陶醉。她真想就一直依偎在母亲温润的胸前。对"烟草味"的介入，花花有着强烈的不满和排斥。

"烟草味"大方地结了账。他堆着比冬日的暖阳还要厚实的笑，说花花好不容易上趟县城，一定要多买几件过年的衣服欢喜欢喜。之后，花花母女跟在"烟草味"的后面又不厌其烦地逛了所有的商店。直到把事先预备购物的蛇皮口袋装得满满的，三人才坐上灰色的小面的，风风光光地回到了寨子。

"我要飞出大山！"脱口而出的话惊飞了落在玉米垛上偷食的一只画眉。正在院子里喂猪的母亲诧异地望着女儿的窗口。她大声地问花花是不是做噩梦了。花花没有回答母亲。她拉上柔软的丝绵被子蒙住了自己的脸。她多么希望能像梦中那样，飞到一个没有大山的阻隔，没有峡谷包围的地方，她多么渴望能遇到心中的白马王子，带着她离开这个高耸在云端里的孤独羌寨。

花花的心又一次驰骋在那个逐渐淡去的梦境。她在努力地回味梦里的点点滴滴。她要抓住那个令她痴迷的王子，她要把梦里的一切变成现实。可是，厨房里不时飘来的香味和母亲轻微的咳嗽使她不得不气恼地掀开带给她一场美丽梦境的丝绵被子。

"烟草味"的确是个周到的人。昨天，他在一家打着"大甩卖"招牌的商店里，让花花选了一套粉红色的床上用品。花花偏爱粉红色，这是一个容易让女孩子产生许多幻想的色彩。新添的被子和床单使花花的小世界变得缤纷而又温馨。

就在三个月前的一个夜晚，"烟草味"伺候半瘫的黄脸婆喝了一大盅中药后，又转悠到村寨中间的石板路上，喷发着一路的烟草味走进了花花母女烧得暖暖的土灶前。他谨慎地从羊皮褂褂下的衬衫口袋里掏出包得严严实实的红布放在花花母亲的手心，在寓意深刻地看了几眼坐在面前端庄的女人之后，宣布了一件足够让花花母亲唏嘘不止的决定。

"烟草味"说闺女长大了，和母亲挤在原本就很窄的木床上总不是个办法。好在今年因倒腾了一些药材生意，倒也赚了个万儿把块钱。他决定在紧邻厨房的墙角给花花修个小小的卧室，作为她十七岁生日的一份特殊礼物。

花花母女睁大了两双水汪汪的眼睛，弄不清是自己听错了还是"烟草味"不小心说偏了嘴。见母女俩一脸的怀疑，"烟草味"的嘴角流露出一丝猎人期待猎物上钩前的那种浅笑。

果然，三天后，"烟草味"带着五个工人模样的人走进了花花家的院子里。经过几番舌战，那个长了一口黄牙的工头说三个月后交房子。

接下来的日子里，赤着脖子的工人们整天忙碌在水泥和砖瓦之间。小小的院子显得拥挤而又杂乱。母亲更加卖力地做饭、喂猪、打柴。花花守在家里，有一半监工的含义。想到很快就可以拥有一个完全属于自己的小天地，花花对"烟草味"的反感似乎也有些淡化了。毕竟，"烟草味"是另一个家庭的顶梁柱。他没任何责任对花花母女这样。

花花穿好衣服，经过院子的时候，花花感到眼睛被雪地上的阳光刺痛了。她快步走向厨房。母亲做了她最爱吃的煎饼和酸菜面。花花简单地洗了脸，然后坐到靠窗的地方，出神地看着雪地上鸟雀们追逐的影子。母亲担忧地观察着一语不发的女儿，花花一脸的迷茫让她不知所措。她并不知道，一个美丽的梦境把女儿的心带到了很远的地方。

"我要飞出大山！"花花又一次从心底发出了这样的呐喊。她为自己陡然产生的勇气而感动。她那双水汪汪的眼睛里燃烧着一种向往和憧憬。花花的母亲轻轻地叹着气，"烟草味"的介入使她们之间少了很多沟通的机会和语言。

卧室竣工的那天，母亲和"烟草味"弄了一桌酒菜，请五个工人热热闹闹地吃了顿饭。"烟草味"还给花花添置了床和衣柜。那天，花花亲亲热热地喊了"烟草味"一声叔，乐得他不停地说"好闺女好闺女"。但也就是那天晚上，"烟草味"理所当然地占据了花花母亲的床。隔着厨房，花花清楚地听到了"烟草味"狗熊一样的咆哮和母亲压得低低的轻吟。她感到了莫大的羞辱！"烟草味"处心积虑地把她隔绝在另一个空间，为的是可以随心所欲地霸占自己的母亲！他的目的就是要把花花从母亲的床上赶走，以便使自己无所顾忌地发出狗熊一般的咆哮。那一晚，花花彻夜失眠。她恨极了"烟草味"，他简直让人恶心！花花也恨自己的母亲，她不明白母亲抛开山桃花一样娇美的女儿让一个浑身散发着烟草味的男人睡在身边究竟有什么好。

也就是从那天开始，花花不再和母亲说话。她故意躲避着母亲无不羞愧和乞求谅解的眼睛。太多的时候，花花把自己关在红瓦白墙的小房子里，打发着无边无际的孤独和失落。"烟草味"仍然我行我素。他越来越多地出现在母亲身边，俨然以一家之主的身份安排着家里的一切，母亲对其已是唯唯诺诺。看着花花一副倔强的样子，母亲几次把"他其实就是你的……"话强咽下去。

"烟草味"是谁，这对十七岁的花花不太重要。他既不是继父，更不是大舅。花花知道自己有过父亲。他是全村有名的木匠。小时候，她常常跟着父亲走家串户，她喜欢看着父亲变戏法似的从墨斗里拉出长长的黑线，然后在不同宽度的木板弹出笔直的黑线，她喜欢听父亲推着刨子翻飞漂亮刨花的"嘘嘘"声。那是整个寨子中最响亮的音乐。到谁家的房子落成了，都会请父亲吃上一顿丰盛的晚餐。花花就坐在父亲的腿上，享受着比过年还要快乐的心情！

长得矮小的父亲经常给花花一些意外的惊喜。比如木制的小狗或是一只栩栩如生的木鸟,这些可爱的小玩具给她的童年增添了无限的快乐和情趣。

父亲的突然去世,给花花的心灵罩上了很深的阴影。母亲更是悲痛欲绝。家境的跌落迫使花花辍学。花花变得沉默而又内向。

花花的思绪依然在飞翔。母亲的不安和疑惑并没有使她停止自己的遐想。梦里的草原令人心痴神往！英俊的王子更是让人梦牵魂萦！

"听说你杨大婶家的二娃要回来了。"母亲在苦苦地搜寻了一遍不太灵活的脑子后，终于找到了一个还算是新鲜的话题。她不想再和女儿僵持下去。她想重新找回她们之间的和谐。花花是她的一切。她不能因为"烟草味"而和自己的骨肉有丝毫的隔阂和疏远。寨子里的人都知道，二娃三年前离开大山，到南方打工。过年的时候，二娃给家里寄来了一万块，给当家的兄弟买了一台小四轮。这件事轰动了整个寨子。人们争先恐后地议论着，用一种眼红的口气谈论着二娃的发迹史。

花花和二娃是光屁股一起玩大的。后来二娃上了初中、高中，但终究因为离高考分数差了三分而与大学梦失之交臂。但二娃并不甘心，他说要到外面去闯一闯，说不定能学到点什么本事。他还预言，不出十年，那些看腻了高楼大厦的都市人会纷纷涌到大山。凤凰山将是都市人回归自然、观赏山野风光、探询羌文化、追溯历史走廊的必然选择。对高中生的狂语，族长表露出极大的轻蔑。他威严地要求杨氏好好管教自己的儿子，不要成为寨子里受人讥笑的对象。

可二娃还是走了。他不顾母亲的哀求和寨子里一双双怪异的目光。他连换洗的衣服都没带就走了。当二娃的母亲在焦躁和不安中稳稳地收到儿子寄给她的一万块钱时，好奇的人们又用一种复杂和研究的口气分析二娃在南方究竟在做什么样的生意。

"二娃是个很独立的孩子，你们一直是要好的朋友。这次回来，你要请他到家里来吃顿饭。"母亲见花花的脸上有了表情，暗暗地庆幸自己还真是找对了话题。

听说二娃要回来，花花的心情开始好起来。这个孤寂的大山，压得她喘不过气来。她期望二娃能给荒凉的寨子一些精彩的信息，给她孤独的生命注射一点新的血液。她厌倦了周围的崇山峻岭，厌倦了明江河千年不变的怒吼！她要做一只骄傲的凤凰，在无边无际的天空下翱翔！

花花重新打量着自己的母亲。她用久违的笑回报母亲在飘下第一场冬雪的时候传递了一个可以让自己兴奋的消息。母亲明显地憔悴了，女儿的敌意无疑摧垮她所有的意志。花花意识到自己在母亲心中的价值。她为自己的报复感到内疚。

二娃回来的当天晚上就来看花花了。他长得更加殷实，人白了，也俊了。说话的口气比以前还爽朗。他给花花讲自己刚进城时的茫然和无助，讲打工仔们走南闯北的艰辛和无奈。他给花花买了一条粉红色的纱巾和一只笨笨的玩具熊。

那一晚，母亲把一大捆柴火丢在土灶前，知趣地喝退了刚刚走进院子的"烟草味"。

二娃的到来，扫去了压在花花心中的所有烦闷。她的一双水汪汪的眼睛在山桃花一般的脸上闪着光芒。

"那边有蓝宝石一样的天空和一望无际的草原吗？那花的海洋里是否

住着骑着白马的王子？"花花的语气充满梦的色彩。二娃认真地告诉她，他去的地方没有草原，但有比蓝宝石还要蓝的海洋。蓝色的海洋里中没有骑着白马的王子，但有比王子还要威武的轮船和海军战士。他问花花是否愿意跟他去看看南方的海和南方的椰树，还有穿着筒裙的南方姑娘？

"我要做一只凤凰，一只长有七彩羽毛的凤凰！我要飞出大山，飞到美丽得如同一部神话的花海。那里有我最真的梦有我最向往的王子啊！"

二娃听不清花花犹如梦呓的话。但他清清楚楚地看到了花花眼中的忧伤和失落。

花花的母亲因为女儿的好心情而开怀了许多。她选了个吉日，请"烟草味"和两个小伙子把两条喂得滚肥的猪宰了。晚上，二娃提着三瓶酒和一盒补品到了花花家里。他把三瓶酒送给宰猪的人表示慰劳，补品自然是花花母亲的了。

吃饭的时候，二娃亲热地喊着"他婶他叔"，把个"烟草味"叫得手脚都不知搁哪儿才好。

借着酒意，二娃恭恭敬敬地给花花的母亲和"烟草味"敬了杯酒。他慎重地告诉他们，过了年后想带花花出去。他在南方的生意还算过得去，但缺人手。他想带花花出去帮忙。当然，二娃告诉二老，这其实已经在正式向花花求婚了。他希望能得到花花母亲的同意。在南方做生意并不是一辈子的事。将来他们还会回到寨子。

花花的母亲有些措手不及，她用探询的目光在看花花。"烟草味"不置可否地吧着长长的烟杆，浓烈的烟草味弥漫了整个屋子。

二娃走后，"烟草味"又一次钻进了母亲的房子。花花孤单地躺在"烟草味"为她营造的世界里。她不知道自己应该高兴还是害怕。她无法想象南方是什么样的。虽然她也从来没有见到过草原，可梦里的草原那么真实，真实得无法从记忆里删除。二娃怎么就不能带她去草原，在蓝宝石一样的天空下放牧那是多么浪漫的事情呀！

母亲的房间里又传来了"烟草味"狗熊一般的咆哮。不知是因为喝了酒还是被二娃的孝心感动，"烟草味"的咆哮一阵胜过一阵，完全覆盖了母亲压抑至极的轻吟。花花厌恶地用被子蒙住了头，她不想听到母亲无济于事的反抗和徒劳的挣扎……

衣锦还乡的二娃，成了寨子里的座上客。每天都有人请他过去喝酒吃肉。

威严的族长也睁大了自以为看够人情世故的眼睛，颇有兴致地要二娃给他讲山那边的故事。二娃还经常跟新当选的村长在寨子四周的田埂边转悠，指指点点地议论着什么。

快过年了，寨子里的人开始陆陆续续下山购买年货。"烟草味"更加频繁地踏入母亲的房间，也更加殷勤地承担起家里的所有重活。他帮着母亲拾掇墙上的玉米，把过冬的柴火整齐地码在屋檐下，他做出来的腊肉又香又嫩。如果家里缺了什么，他会开着灰色的小面的，扬起一路尘土去县城买回来。花花不得不承认，"烟草味"的确为母亲分担了很多的劳累。他们之间也许真的有很深的感情。

二娃成了寨子里的红人，成了小伙子们模仿和姑娘们暗恋的对象。他每天都会来花花家坐一坐。他对花花是爱怜有加。看着比自己小四岁却有着与年龄不相称的忧伤女孩，二娃的心都碎了。他在外面也认识很多女孩子，可没有一个能像花花这样令他心动。这个空寂的大山带给她的只有窒息的忧伤和惆怅。他要带花花去一个缤纷的世界开开眼界。

花花也喜欢二娃。不是因为他成了寨子里的红人。她很欣赏二娃做事的干练和为人的坦率。他能够看懂花花藏在心中的秘密和伤痛。花花从二娃的眼睛里看到了"烟草味"看母亲时的那种火焰。她想一个男人只有面对最心爱的女人时，他的眼睛才会发出火焰一般的光芒吧。

无论怎样，见到二娃，花花的心情就会莫名地愉悦起来。她越来越多地期待二娃铿锵的脚步从村寨的石板路上一直响到她红瓦白墙的小房子跟前。就像母亲期待浓烈的烟草味从寨子的大小巷子一直蔓延到自己的房间里那样。

也许，那个美丽的梦境在预示着一个新的爱情故事。那骑着白马的英俊王子就是从大海边回来的二娃？

一天晚上，二娃又坐到了花花家烧得暖暖的土灶前。他告诉花花的母亲，过了年就要出去忙生意。他想把亲事定下来。但不忙结婚。一则是因为还想拼搏两年，多积攒些钱。等自己有了实力，要在寨子里搞一个规模较大的旅游接待点。这个打算已经得到了村长的支持。二则是因为花花还小，等她跟着自己磨炼成熟后再娶她。二娃还说定亲的事不要张扬，只说花花出去打工挣钱。

花花的母亲同意了二娃的要求。但实在舍不得让女儿离开自己到陌生的城市。她嘱咐二娃要真心对待花花，不能让她有丝毫的委屈。二娃满口答应。

自从和二娃定亲后，花花发现那种窒息的感觉在逐渐消失。她终于可以离开大山，做一只美丽的凤凰自由飞翔。也许那里并没有辽阔的草原，没有开放着金色花朵的海子，但有和草原一样宽阔的大海和比姑娘还要婀娜的椰树。那个陌生而又新奇的地方，她和自己的王子将开始一种全新的生活。花花的心又时常驰骋在南方那片蔚蓝的大海边……

母亲仍然忙碌着。砍柴、做饭、喂猪，把家里收拾的一尘不染。她觉察到女儿脸上那种幸福的光晕和眼底的希冀。她在感恩神的安排，在花花的心境处于低谷的时候让二娃回来了。女儿的变化给了她极大的安慰。

这天，"烟草味"在花花母女烧得暖暖的土灶前吃了一碗酸菜面。之后，他和花花母亲商量采购年货的事。这一次，母亲无论如何都不肯接受"烟草味"递过来的3000块。她说过年的钱早有着落，实在不能再给他添任何的麻烦。"烟草味"又说花花翻了年就十八岁了。衣裳应该穿鲜亮一点。硬塞给花花500块钱要她"买自己看中的衣裳"。

晚上。花花没有听到让她惊悸的咆哮声。母亲和"烟草味"压着声音似乎在谈论花花是该嫁人还是招个上门女婿。母亲说刘婆子又在替族长家的孙儿求亲。她还说将来谁要是上了自家的门做女婿，院子和房子都得扩大。她没有告诉"烟草味"花花和二娃定亲的事。

第二天，"烟草味"把灰色的小面的开到花花家的小院里。出门前，花花突然决定不下山了。她请母亲帮她买个装衣服的小箱包就可以了。母亲难得上趟县城，她想给母亲和"烟草味"一个轻松的空间。如果她去了，母亲会有许多的不安和焦躁。和二娃的接触，使她体会到感情是个很奇妙的东西。它可以改变一人的思想和目标。她喜欢和二娃单独相处，"烟草味"又何尝不是这样。花花为自己的成熟和宽容感到欣慰。"烟草味"其实不是个讨厌的人。花花决定原谅他占据了母亲身边原本属于自己位置的过错。

时间很快就过去了。二娃并没有在花花的期待中出现在她那红瓦白墙的小房子前。花花不知道，二娃此刻正和年轻的村长坐在被雪水润泽的田埂边，在设想如何利用萝卜寨古朴的建筑风格和古老的羌文化打造出大山深处最具风情的旅游民俗村。二娃兴奋地告诉村长，等他有了钱，第一件事就是要在明江峡谷上建造第一家羌山酒楼。

二娃没有过来，花花自己吃了午饭。母亲走后，屋子里少了很多的温暖和依恋。花花走到院子里，她看到所有的窗子都被母亲贴上了红色的剪纸。贴在自己窗子上的是一对嬉水鸳鸯。厨房的门上是大大的"福"字。花花从母亲细致的劳作中嗅到了新年的气息。她在心中更加地思念起母亲来。

花花走到母亲的房里，从装有针线的抽屉里拿出一张红纸和剪刀。她拖了张小板凳，坐在院子里细心地剪裁起来。两只可爱的小猪在花花的巧手中诞生了。花花把剪好的小猪贴在母亲房间的门上。她在心中默默地祈祷，愿这只肥胖的小猪给母亲带来平安和福气。

寨子里有几声脆脆的响声，是顽皮的孩子们在放鞭炮。母亲他们也该回来了。花花回到屋里，在烧得暖暖的土灶前理菜。她要炒几个好菜，好好地慰劳一下母亲。她想象着母亲和"烟草味"开心和幸福的样子，他们会不会又去了那家叫作"好又来"的馆子。说不定他们又叫了二两酒，分半倒进透亮的玻璃杯子里轻斟慢饮。

母亲其实是幸福的。花花常常看见母亲偷偷地拿出另一双云云鞋，在朦胧的月光下深情地抚摸上面的图案。她的眼睛陶醉而又神往，她花瓣一样的唇间荡漾开一缕又一缕的笑……

天边堆起了浅浅的暮色。二娃还是不见身影。母亲他们不会就在县城过夜吧？花花有些烦躁，耳朵里总是小面的爬破的轰鸣声。她甚至感觉到浓烈的烟草味会很快地从田燦下的公路上一直蔓延到自家的小院里。

花花把菜重新放回蒸锅里热着。她渴望母亲大声地称赞自己的手艺。她们很久都没有亲亲热热地一起吃饭了。一段时间里母女俩一直回避着关于"烟草味"的话题。母亲经常忐忑不安，她总是把预备说出的话在女儿冷漠的眼神中咽回去。花花从来没有像现在这样想念自己的母亲，也从来没有像现在这样感觉到母亲的重要性。

花花坐在靠窗的地方，她听到了心脏在胸腔里急速跳动的声音，眼皮也在剧烈地跳动，这使她无法安静地想一些问题。

花花焦急地等待着，天已经全黑了。奇怪的是，今天下山买年货的似乎都没有回来。她没有听到邻居们惊喜地吆喝孩子们出来搬年货的声音。偌大的一个寨子突然间沉寂下来，沉寂得让人浑身起鸡皮疙瘩。

不知过了多久，花花的头脑开始生产错觉。她看见母亲和"烟草味"坐上凳子，正在津津有味地品尝花花做的菜。母亲看起来那么年轻，那么美丽，花花从母亲的身上找到了自己的影子。她们是凤凰山上最美的两朵山桃花。

花花想告诉母亲，她的房门贴上了自己亲手剪裁的福猪。她想实实在在地喊"烟草味"一声"爹"。她要真心地祝福母亲和"烟草味"白头到老。

她想过年前让"烟草味"正式搬到家里来住。她要说他们本来就该是真正的一家人。可是，母亲和"烟草味"并不领会花花的心思。他们开心地吃饭，愉快完全没有感觉到花花的存在。

花花看到母亲和"烟草味"手牵手地进了房间。门上的小猪怎么变成了大大的"喜"字？

花花气恼地别过头，她又看见二娃阴冷着一张灰白的脸，正定定地看着她。她想扑过去骂他，骂他没良心，骂他在母亲走后没来陪她说话。

花花满脑子都是幻觉，母亲和"烟草味"不见了。菜依然在锅里热着。灶里的火发出噼噼啪啪的响声。花花站起来，她使劲地拍打着脑子，好像要拍出阻止她正常思维的东西。

二娃站在原地，阴冷的脸在痛苦地抽搐。他上前两步，一双大手搂紧了花花娇小的身子。花花这才知道，二娃的出现不是幻觉。他的大手抓得花花很疼，她想挣脱二娃的手。她不明白二娃怎么会如此粗鲁。

"听我说，花花。"二娃咽了口唾沫，突发的事故使他找不出一句合适的话来稳住花花。他意识到这个晴天霹雳的消息会带给花花毁灭性的打击。花花怔住了，二娃的神情令她恐惧，她惊恐地张大了嘴。

"刚才，你母亲他们在回来的路上和一辆大卡车相撞！他叔当场就断了气。你的母亲正在医院抢救……"

花花的脸突然失去了血色。她感到头晕目眩，她听到了山崩地裂的响声，听到了冰雪峡谷中孤狼的哀叫！她又一次感到那种窒息的气流向自己逼来！她声嘶力竭地喊了声"母亲"后就昏厥了……

两天后，花花的母亲也因为失血过多停止了呼吸。临终前，母亲拉着花花的手，请求她不要恨"烟草味"。告诉她，"烟草味"就是她的亲爹。她乞求女儿原谅自己没有告诉她真相。

母亲和"烟草味"的葬礼很简单。族长同意以夫妻的名义将两人合葬在一起。但不能刻碑文，因为"烟草味"家里半瘫的老婆还活着。

春节过后，花花随二娃登上了南去的列车。三年后，二娃和花花的"羌山酒楼"在凤凰山隆重开业。

2007 年 12 月 12 日完稿

摇曳的格桑花

灶里的火燃得正旺，暗红色的火苗欢快地舔着擦得油亮的铝锅底。锅里炖着喷香的手抓肉，正扑嘟嘟地往外冒气，油珠儿不时滴在火苗上，发出"哧哧"的声响。

阿棋玛大婶用火钩捅了捅灶里的火，揭开锅盖往里掺了一点水。然后用手指理了理已经梳得很光洁的头发，便坐在灶边那张毛茸茸的狗皮垫子上，开始织起即将完工的小褡裢。

这时西边的天空堆满了金红金红的晚霞，把整个嘉郎山映得黄灿灿，亮闪闪，像是谁不经意撒了层金粉。

远处的哈曲湖，映着燃烧的晚霞，映着静谧的格桑花，似乎要拥住这灿烂的瞬间。

牧场的黄昏是迷人的，也是牧民们最忙碌的时刻。扬着牧鞭赶牛回归的小伙子们，系着彩裙挤着牛奶的姑娘们，找不着自家牛犊四处乱窜的孩子们，吆喝的、欢笑的、吹口哨的、构成了欢腾的黄昏交响乐……

嘭——一根黑色的毛线在阿棋玛大婶灵活穿梭的手中断了。这已经是第三次了。怎么回事？阿棋玛很纳闷。她是有名的编制能手。自家用的帐篷，晒奶渣的毛垫，遮风挡雨的毛披，无一不是从她那双巧手中诞生。可是，今天——唉，她轻轻叹了口气，是因为他？想到这里，阿棋玛发觉脸颊有点发烫，心跳也在加速。都这把年纪了还有这样的情怀和情思？她暗暗地骂着自己。

她放下手中的活，站起来伸个懒腰，走出帐篷看了看早已安静的牛羊。望了望那条弯曲的小路。便装了一簸箕牛粪，折回帐篷，把火重新捅燃。又伸手摸了摸那桶温热的酸奶子。

"十五晚上，我一定赶回来，等我。"那天早上，她送他上路，在那片开满格桑花的草地，他无限深情地说。

她相信他。二十多年来,他一直那么关心她、深爱着她。他的纯朴与宽厚,善良与真情,使她决定把自己的下半辈子交给他。

他就快到了,阿棋玛大婶计算着路程。今天,她比往日起的更早。她领着帮手们把挤牛奶、打酥油、团牛粪等一大堆事忙完了。一下午的时间她都忙着炖羊肉,做酸奶,赶织那张准备送给他的小褡裢。

她洗了头,还特意换上那件女儿送给她的新毛衣。枣红色的毛衣衬托得她的脸更加红润。年轻的时候,她可是个大美人。那时,追求她的人可以装几卡车。二十多年过去了,岁月并没有在她的脸上留下多少痕迹。相反,经历二十多年风霜的她,更有一种沉静的风韵。

阿棋玛大婶一边想着心事,一边忙着手中的活,不一会儿,小褡裢就织好了,这是用自家的羊毛织的褡裢。它针眼细密,做工精致,寄托着阿棋玛大婶的一番情意。

夜,逐渐变浓,一轮新月从东山升起,千丝万缕的月光透过帐篷,直洒在吐着火苗的灶上,洒在阿棋玛大婶凝重的脸上。

他为什么还不来?锅里的肉炖得很烂很入味,正是他喜欢吃的。也许,他有事,晚些才会回来。她望着那瓶特意插上的还滴着水珠的格桑花,开始想心事,二十多年来的许多事……

阿棋玛出生在一个富贵人家。她是独苗,父母视她为掌上明珠。从小,她就生活在幸福、温暖的环境里。她自幼聪明活泼、心地善良,全然没有富贵人家子女的骄傲任性。她富有同情心,常把家里的好东西拿给那些穷人的孩子们。大人、小孩都非常喜欢她。

十八岁的阿棋玛,出落得像格桑花一样美丽,像百灵鸟一样快乐,像哈曲湖一样纯洁。她像传说中的"若尔盖姑娘",牵动着多少草原小伙子的心。

高中毕业以后,她在家等升学通知。她是班里的尖子生,品学兼优。她相信自己一定能够考上大学。

秋天的草原,像一个待嫁的新娘,散发出诱人的气息。那大片大片的帮尖花,色杰花,把草原点缀得更加亮丽、闪耀。

这一天,邮递员才旺大叔来了,他举着邮包,兴奋地喊"孩子们,录取通知书来啦!"阿棋玛丢下手中的木桶,和几位同学奔过去,"呐,彭措的、尼西措的、阿足的,咦?怎么没有阿棋玛的?"才旺大叔惊讶地翻邮包。"一定有的,大叔,慢慢找吧。"阿棋玛心急如焚,可仍然冷静地说。"真的没有,上面教给我时说有三个同学的,这……""真的没有啦?大叔?"大家把邮包翻了个底朝天,就是没有。

"孩子,别急,也许搁在县里了,明儿我去问问吧。"看着发愣的阿棋玛,才旺大叔同情地安慰她。

晚上,阿棋玛没有参加同学们的欢庆会。她呆呆地坐在门口,任阿妈怎么劝说都不肯吃饭。她知道,上大学的梦已经破灭了。她不相信自己没有考好。被录取的几位同学成绩一直不如她,尤其是书记的儿子阿足,是班里的差生,怎么都考上了呢?阿棋玛百思不得其解。

第二天,阿棋玛睁着红肿的眼睛,赶车去了县城。她要问个明白,自己为什么落选。然而,县里的有关人员说,这是上面决定的,他们也没有办法。她只好失望而归。

回到家的阿棋玛,整天闷闷不乐,无精打采。牧家的帐篷里,再也听不见她欢快的歌声。

后来,她从别人那儿打听到,原来是书记走了后门,让自己的儿子顶替了她的名额。她十分气愤,去找书记评理,谁知书记一口否认,"哪有这样的事?你没被录取是你家成分不好的缘故吧"。书记的话击碎了她仅剩的一线希望。

祸不单行,这年冬天,阿棋玛的父亲也病逝了。临终前,老人拉住阿棋玛的手,哽咽着:"孩子,我走后,阿妈就全靠你了,一定要好好生活,社会才是真正的人生大学呀。"

冬去春来,一年已经过去了。随着时间的流动,阿棋玛的心渐渐回复了平静。草原上又响起她那优美的歌声。

这年夏天,阿棋玛满十九岁了。做媒提亲的,差一点挤破了她家的帐篷,他们当中有牧场的小伙子,有外地的干部,甚至有县城下来的工作组的人……可她从没点过头,不是因为没一个让她动心的,而是她始终怀着一桩心事。每年秋季,县里给牧场一个招干指标。她是高中毕业生,很有希望。为这事她专门去找了书记。而书记也表示,一有消息,一定通知她。

九月的一天,阿棋玛正坐在草堆上看小牛吃奶,邻居的卓央来找她织羊毛口袋。她俩天南地北地聊了一会,末了,卓央有点惋惜地问:"你为什么放弃招干的机会?这虽然比不上大学,总也是国家干部呀。""什么,招干指标都下来了?"阿棋玛大吃一惊,她为什么不知道这事?"你还不知道啊？上个月已经进行了考试。书记的小儿子去了。"

啊？又是书记的儿子！他们为什么总是和她做对？怪不得这些天书记的眼光总是躲躲闪闪。愤怒和委屈像决堤的潮水，猛烈地撞击着阿棋玛的心。她忽地站起来，一下子跑到书记的家。正在喝着奶茶，满嘴油渍的书记见到阿棋玛闯进来，有点心虚地站起来："呦，是阿棋小妹呀，坐坐。旺么，快上茶！""为什么不告诉我？"阿棋玛带着哭腔，冷冷地问道。"啥事呀？"书记装糊涂。"招干的事。""哦！哦！看我这记性，不是大叔我整你，上面指明了，要招根红苗正的人。你家那成分……你说我有什么办法？"书记满脸无奈。"成分不好，就一定是黑根歪苗？"阿棋玛的眼中喷着火，哭喊着跑出去。

再次受挫的阿棋玛，变得更加消沉、孤单。她常常坐在没有人的地方，静静地看重远处的哈曲湖。她开始懂得隐藏自己的感情。在那些漫长而又落寞的日子里，她和星星交谈，和月亮对话，与天空诉说，在大自然的怀里，她觉得自己那么渺小，那么无助。

光阴似箭，阿棋玛迎来了她21岁的生日。这一年里，牧场里发生了许多事，读大学的书记儿子阿足因品行不端被退学，他的小儿子因打群架被判劳教二年。场里又新来了一对父子，据说是某个历史问题下来接受群众监督。

场里分牛肉和酥油。场长让卓央和阿棋玛送一些给新来的父子俩。她们刚走到门口，便听到里面传来爽朗的笑声。她们拉开毛毡门，把东西放在桌上。"谢谢你们，这儿的草原真美，愿我们能成为朋友。"一只白净的手伸过来。阿棋玛抬眼看去："是你？"俩人同时叫起来。因为站在她面前的竟是高中同学才旦。"这是……"阿棋玛大惑不解。"哎，说来话长，有人诬告我父亲曾给国民党的兵带过路，父亲被扣上特务的帽子，我也因此被大学开除了。这不，还让我们双双下来劳动改造。"才旦的眼中有一丝嘲讽。"这还不好呀？有机会在这么美丽明净的草原上生活，简直太妙了！"才旦的父亲幽默、乐观、丝毫没有挫败感。

从那以后，阿棋玛也会躲着人去才旦那儿坐坐，偶尔也送东西给他们。他们谈读书时的种种趣事。也谈对人生的看法和自己的理想。

也许同样是失落者，在日复一日的交往中，阿棋玛和才旦之间产生了一种微妙的感情。他们从对方的身上看见了自己的影子和追求。相处的日子越久，他们之间的感情也越见深厚，以至于到了难分难舍的境地。

盛夏的一个晚上，天边突然布满乌云，一会儿便下起暴雨。阿棋玛拖着病体，和阿妈一起把刚出生的小牛抱回来，让它们睡在干草上。随后回到自己的床上，这时，有一个黑影正悄悄地向她的床边摸来。"谁？"阿棋玛惊得坐起来。"别怕，是我。"一道闪电照亮了黑暗中的人。"阿足！""是我，阿棋玛。我，我是来向你求婚的！"阿足喷着酒气，向她扑来："我一直暗恋着你。从读初中起，我就爱上了你。本来，我想等大学毕业以后娶你，带你离开这个苦地方。可是，我，呃，被开除了。我还等什么？嫁给我吧，做我的妻子，给我生好多好多的孩子！""滚开！"阿棋玛一巴掌打在阿足的脸上。"如果不是你，我早就上大学了。你还好意思还提这样的事。我死都不嫁给你！"阿棋玛气得发抖，恨不得扭断他的脖子。"哼！只有跟了我，你才有好日子过，今晚，我要定你了！"阿足淫笑着，一把掀开阿棋玛身上的羊毛被。"快来人，阿妈呀……"没等阿棋玛喊完就被阿足的大手捂住了嘴。阿足像一头发狂的野兽，撕扯着阿棋玛的衣服！

　　正在绝望之际，只听"阿呜"一声，阿足倒下去了。"畜生，快滚！要不然我就会揍扁你"！是才旦！阿棋玛奔下床，一头扑进才旦的怀里，伤心地哭瞅。

　　"别哭，才旦握着拳头，怒视着阿足仓皇逃去。然后扶着阿棋玛颤抖的身体，关切地问："你没事吧？""幸好你来了，要不然……"泪水再一次冲出她的眼睛。才旦掏出手巾，爱怜地擦去她的眼泪。他重新点上油灯，轻轻地扶她回到床上，盖好毛被。他握住阿棋玛的手，眼底是一片柔情。这次的重逢，使他深深地爱上这位有修养、美丽大方的高中同学。多少个不眠的夜里，他提醒自己，不能因为自己的身份连累了她。他强迫自己不去想她。可是每一次的痛苦挣扎，却更加加深了他对阿棋玛的感情。

　　今晚，他想着生病的阿棋玛，想着她家的几头小牛犊。他匆匆赶来，谁知正赶上阿足这流氓。

　　看着惊恐不安的阿棋玛，才旦的心被深深的刺痛。一股巨大的力量使他一下子拥住阿棋玛，"让我来保护你吧，这样，谁也不敢再来欺负你了！"

　　此刻的阿棋玛，心潮起伏，难以平静。经过这么多的波折，她又何尝不想有个人关心她、疼爱她，建立一个温暖而又安全的家。更何况，她也早已爱上这位不畏逆境，热情开朗的小伙子。

　　她抬起泪眼，凄楚地点点头，哽着嗓子说："别让我失望，我不能经受更多的打击了！"

第二天，阿棋玛把自己的决定告诉了阿妈，阿妈忧心忡忡，"才旦是个很不错的小伙子，可他的身份……"阿棋玛理解阿妈的忧虑。但她心意已决，任谁都改变不了。

那天，她和才旦打了一斤酒拿了根哈达，去找书记要求结婚，书记睁大那双被酒精熬红的斗鸡眼，有点口吃地说："你、你疯啦？才旦是特务的儿子，你是富农的代代，你们怎能生活在一起？"阿棋玛知道多说无益。他们从场里回来了，才旦后悔地望着阿棋玛："也许我做错了一件事？"阿棋玛坚定地说："别说了，我相信自己的选择。你们都是好人，他们毁了我的前途，我不能再让他们毁了我的爱情。"

他们择了个吉日，在一个迷人的月夜，略备酒肉，来到那片开满格桑花的草地。他们以明月为媒，草原为证，没有仪式，没有祝福，两颗心就这样跳在了一起。

阿棋玛和才旦住到了一起。这下，牧场像翻开了锅。领导的批评，群众的指责，各种污言秽语纷纷袭向他们。他们被扣上"奸夫淫妇"的帽子。每星期被批斗一次，连那些刚学会说话的孩子们都会指着他们说：不要脸。面对这一切，阿棋玛认了，忍了。每当她拖着疲倦的身子，从批斗场回来，接触到丈夫那双又爱又怜的目光时，她觉得所受的苦是值得的。他们的爱情在苦难中更显诚挚、珍贵。就在他们结婚的第二年。阿棋玛生下了一个女孩取名叫央金。小央金的出生给这个患难之家带来许多欢乐。祖孙三代挤在破旧的帐篷里，倒也度过了一些甜蜜的日子。

"嗷呜……"一声凄厉的狗叫声打断了阿棋玛大婶的思绪。她揉了揉有点酸涩的眼睛，用手轻轻拍打发麻的双腿。这声狗叫声再次把她的记忆带回那个遥远的冬天，一个奇冷而又伤感的冬天。

那年的冬天，风很大，雪很厚。场里已经停止发给他们牛毛和日用品。他们的生活全靠家里那头老牛和才旦父亲那点少得可怜的生活费。他们的帐篷，已经破得遮不住风雪。三岁的女儿因缺少营养显得面黄肌瘦，整日啼哭不止。

一天，才旦为了给女儿增点肉食，便不顾妻子的阻拦，带上铁丝，上山捕猎。直到傍晚，阿棋玛听到狗叫，赶紧跑出来。夜色中，只见放羊的尕让背着才旦回来了。尕让一边喘气，一边说："刚才，才旦帮我赶几只跑到山那边的羊，谁知天太黑，他从山上滑下来，头碰在一块大石头上昏过去了。"阿棋玛心如刀割。她赶紧把才旦扶到床上，盖上毛被，又拿了根破毛巾，流着眼泪擦拭他脸上的血迹。"喝点狗血能醒过来。"阿妈睁着浑浊的眼睛，望着漆黑的夜空，无助地说。

突然，尕让掏出腰间的匕首，一下子冲出去了，一会儿，他提着心爱的小黑狗，一刀捅进了小狗的颈窝，随即取了木碗，接住喷涌的狗血。"这……"阿棋玛眼窝发热。"救人要紧！"尕让一步跨到床前，扶起昏迷的才旦，轻轻把狗血喂进才旦的口中。没多久，只听才旦的喉间"咯"的一声响，他醒过来了，阿棋玛悲喜交加，一头扑到才旦面前，嘤嘤地哭起来。

当她恢复平静，想回头对尕让说声谢谢时，早已不见了人影。那只小狗留在原地，她明白他的好意，她领下了这份清。

一星期后，才旦能下地了。可从此落下了病根，每到深夜便咳个不止，渐渐的竟咳出血来。在那段艰难的日子里，尕让常常帮助他们，他把节省下来的羊肉、酥油送给他们，有钱时还给小央金买些糖果来吃。

尕让是个孤儿，他性格内向，忠厚老实，不善言语。可他有一副好心肠。他终年和羊群在一起，不分春夏秋冬，总是披挂着油腻腻的皮袄和那张破褡裢。都三十几岁的人了，还未成家。

由于生活贫困，加上过度劳累，才旦的病日渐严重。阿棋玛日夜照顾着病重的丈夫。她四处求人，为别人织帐篷、羊毛口袋，用那些少得可怜的钱为丈夫买点药和补品。可丈夫的病仍不见好转。就在一个飘着雨丝的清晨，他睁着那双饱经沧桑的眼睛，疲惫地走了。那一年，草原上开满了格桑花，开得很艳，也很凄美。

人活在这个世界上究竟为了什么？阿棋玛常常这样想。也许，有些人生来就是受苦的，失去才旦的痛苦，使她几度想轻生，然而，阿妈佝偻的背影和女儿瘦弱的身子，迫使她咬牙度过一个又一个难以想象的困境……

粉碎"四人帮"的喜讯，像春风一样吹遍了达雅草原，阿棋玛一家迎来了出头的日子。才旦父亲被平反，恢复旧职。场里也分给阿棋玛家一顶帐篷，两头奶牛和 500 元的救济金。

那一天，阿棋玛跑到才旦的坟前，哭了一下午。她要把淤积在心中多年的辛酸与悲苦，尽情哭给永远不再回来的丈夫听一听。

风在呜咽，草在低泣。那一朵朵格桑花亦在阿棋玛悲切的哭声中颤动着，似乎也为死去的冤魂叹息！

改革开放的浪潮，再次唤醒了草原儿女的梦。阿棋玛以独到的眼光看见了畜牧业发展的好前景。她承包了一部分牲畜，办起了私营牧场。她请了几个帮手，其中有主动要求帮忙的尕让。他依旧是那么忠厚，那么尽心，使阿棋玛有了一个可靠的帮手和支持者。经过十年的苦心经营，阿棋玛终于实现了自己的理想。拥有了完全属于自己的牧场，打下了雄厚的家底，她的女儿也圆了她的少女梦——上了大学。富裕起来的阿棋玛，并没有忘记过去的艰苦日子。她依然过着简朴的生活。她迟迟不愿搬到新修的瓦房，她不习惯住在看不见天空，望不到月亮的房子里。她喜欢睡在帐篷里，静静地听雨点落在小草上的沙沙声，她喜欢拂晓里那一两声远处的狗叫；她更喜欢那种与天地融为一体的美妙感觉……

她抽出一笔资金，修了房子，请了教师，为场里办了所正规的学校。让牧家的孩子有了更好的学习条件。她还承担起两位孤寡老人的生活。平时，只要谁家有困难，她都热心相助。她宽厚待人，从不记恨那些曾带给她许多困难的人，人们亲切地叫她阿棋玛大婶。

女儿大学毕业后，分在城里工作。她常回来看看不再年轻的阿妈。有一次，母女俩挤在一个床上，女儿勾住她的脖子，亲昵地说："阿妈，阿爸死得早，你一个人支撑这个家太不容易。如今，你干了自己想干的事，也该享享福了。阿婆老了，女儿又不能常陪你左右，你应该再找个陪伴你的人。"

女儿走了，她的话深深地触动了阿棋玛大婶早已死寂的心。丈夫去世以后，她万念俱灰，她把对丈夫的思念和全部的爱寄托在女儿的身上。现在，女儿已经长大成人。做母亲的不能永远留她在身边。随着年龄的增长，阿棋玛大婶时常产生一种孤独感。作为一个女人，她同样需要有人关心，同样渴望人照顾和疼爱。她的年迈的阿妈，除了念佛，再也没有精力关心周围的一切。包括她苦命的女儿和心爱的外孙女，也许，女儿的话是对的。应该有一个能与她共享生活的甘苦，陪她过完已经不长的人生之路的人了。四十八岁的阿棋玛失眠了。在她纷乱的脑海里，渐渐出现了一个人影。他的脸，那么刚毅，他的眼，那么执着，他想起了那个雨夜。

秋日的雨，缠缠绵绵，无休无止。连日的劳累，使阿棋玛病倒了。她关照好一些事，便疲惫地回家躺下了。夜里，雨下大了。阿棋玛大婶发着高烧。恍惚中，她仿佛看见才旦向她走来，他还是那么俊朗，那么充满活力。他拉着她的手，来到那片铺满格桑花的草地。他拥着她，热烈地亲吻她。他们把长久的思念，化为彼此的激情……

一滴清泪滚出阿棋玛大婶的眼睛：我的才旦真的回来了吗？她睁开干涩的眼睛，啊，她的身边果然躺着一个人。他竟是尕让！羞愧和愤怒使她挥手打了几个耳光在尕让的脸上，她不顾惊愕的尕让，跑到才旦安睡的地方，哭成了泪人。

从那以后，她再也不敢看尕让的脸，她处处避免与他相对。他们的关系一时变得很难堪。

夏天的大雅草原永远那么迷人，那么富有生命力。这天，阿棋玛大婶备了很多酒菜，她来到丈夫身边，想好好陪他说说话。

她取出两只酒杯，倒满了酒。她先为丈夫敬了一杯，然后一口喝干了手中的酒。她想起了她和才旦的新婚之夜，两人举杯盟誓，要永远相依相伴。可最后，他依然离她而去。

才旦，如果有一天，我和另一个人生活在一起，你会怨我吗？阿棋玛大婶流着泪，默默地问着自己。

二十多年来，尕让给了她那么多的帮助和安慰。特别是承包牲畜以后，他更是尽心尽力。在她无助和失意的时候，他总是那么及时地出现在她的身边。仿佛他生来就是为保护她而来。更难得的是，他从未趁人之危，打她的注意。如今，他也老了。脸上爬满了皱纹，头发开始花白。从他那蹒跚的脚步中，阿棋玛大婶感觉到一种深切的，属于老人的寂寞。

不知什么时候，一个人静静地站在阿棋玛大婶的背后。不用回头，她知道是尕让。二十多年的相处，使她对尕让有了一种不亚于才旦的熟识感。即便一声呼吸，一声脚步，她都知道他的存在。

"如果他泉下有知，一定会为你的真情而感动。"尕让接过她手中的酒杯，喝干了剩余的酒，他深深地看着这个女人。二十多年的光阴，已夺走了他们的青春。这二十多年里，他的心从未离开过她，他把自己的一腔真情，化为珍贵的有情。在他的心里，阿棋玛永远那么年轻，那么美丽。她是他心中的天使，是草原女神的化身。他亲眼看着她走过了一条又一条艰难而苦涩的路。她的坚强，更加巩固了她在尕让心中的位置。

在这个世界上，他们已经走完了一半的人生。属于他们的时光也许不会太多。尕让很庆幸，此生，自己真真实实地爱过一个人了。即使不能与心爱的人相守至终，他也知足了，因为爱情在他的心里，已经构成永恒。

尕让伸出不再强壮的手臂，他紧紧地握住阿棋玛大婶的手，很轻很温和地说："明天，我要离开这里，以后，多保重。""你要走？"她吓一跳。"对。我的存在已打乱了你平静的生活，我唯一可以做到的，也只有远离你的视线。但是，我永远不会忘记和你在一起的每个日子。"

才旦走了，永远地走了。而另一个深爱她的男人也将离她而去。阿棋玛大婶的一生，似乎注定了只有离别。她努力回忆着点滴的往事。她越来越清晰地发现，其实，这些年，她是那么地依赖尕让，他已经成了她生活中不可分割的一部分。也许，她早已把他视为此生唯一能依靠的人了。

失去的已经永远失去了，她怎能再失去已经拥有的一切？第二天，阿棋玛大婶早早等在那条弯曲的小路上。当她看见双让披着晨辉和他的枣红马出现在草原时，再也抑制不住心中的激情，她迎向双让，替他取下那张用了二十多年的破褡裢，深情地说："留下来，达雅草原是我们的家！"

那天，尕让还是走了。他对阿棋玛大婶说。十五晚上，他一定会回来，只是他必须去那位曾经收留过自己的老阿爸坟前烧炷香，告诉他自己终于有了一个家，有了一个心爱的妻子，他不再是一个孤零零的老人了。

月儿更圆更亮，它把全部的温情，毫不保留地倾洒给了大地。嘚嘚——一阵熟悉的马蹄声由远而近，把阿棋玛大婶从沉思中唤醒。

是他，尕让回来了！一抹温情流过阿棋玛大婶的心间。她赶紧起身，手捧那张崭新的小褡裢，迎向明朗的月色里。

野　妹

野妹结婚的时候，才十三岁。

和所有的孩子一样，野妹满脑子想的只有玩、疯呀，全然不知什么叫生活。直到抚养了她十二年的养母把她叫到跟前，含泪告诉她准备招婿的事，野妹才仿佛有了点心事。

春天，总是迈着柔柔的，轻轻的脚步走来。它像一位蒙住面巾的少女，永远是羞羞的，怯怯的，甚至是惶惶的。但它却带给你那么美、那么真的感觉。

野妹喜欢春天，不知是因为那些刚破土而出的青草有股特殊的清香味，还是那小得有点可怜的淡蓝色的迎春花惹她动心。说不出更多的理由，她就这样，不知何时起，悄悄地爱上了春天。

"野妹，明年春天，我们去哈里都温泉泡脚玩好吗？"那天，读初中的好友阿月说。"明年去行吗？阿母说今年要招婿。"有了"丈夫"，她还能这样玩吗？她不明白阿母和阿爹为什么这么早给她提亲。她怎么也读不懂二老那略显无奈的复杂眼神。

"天上缀颗金星星，地下开朵迎春花。新郎新娘喜相逢。"野妹躺在长满青草的山坡上，想起了儿时和伙伴们常唱的歌谣。

天上也有新郎和新娘吗？有好多次，野妹从被窝里偷偷探出头，透过玻璃窗，遥望夜空中横穿而过的银河，她便有一种神秘的感觉。她仿佛看见，一对新人艰难地守望在银河两岸，总也不能相见。

"野妹，我是新郎，你是新娘。将来，我们结婚好吗"？邻居的玩伴吉吉总是对她这样说。

野妹要招婿，村里的人都知道。孩子们常围着她喊："野妹要招亲喽！野妹要当新娘喽！"而大人们总是反复地说："还是个孩子，唉！"说得野妹怔怔的、酸酸的，莫名地想哭。

"阿母，我不要招亲，我不要新郎！"一天，野妹忍不住心中的惶惑，扑在养母的怀中怯怯地说。

"孩子，我们老了，需要依靠呀。""野妹会为二老送终的。""可我们不在了，你一个人孤独啊。""野妹常和伙伴们玩。""傻孩子，那时，他们都有了各自的家，谁和你玩？""家里还有小猫、小狗。""唉，真是个孩子。人总得结婚，谁也躲不了。""那，就招吉吉吧！我们说好将来要结婚的。""可他不是你阿爹的亲人呀！""为什么非要是阿爹的亲人？""这个家，一半是他的。"野妹不问了，因为她愈加不懂了。

就在那年春节，野妹的生活中多了一个人。

那天，野妹被左邻右舍的婶婶嫂嫂们从酣睡中抱起，她们嬉笑着为她梳洗打扮。那沉重的珊瑚项链，银带奶勾，象牙手镯，以及镶有水獭豹皮的藏袍，裹得野妹缓不过气来。

当汗流浃背的野妹被四个大姐姐扶出新房时，她却差点笑出声来。因为她看见了那个无数次令她想象，描绘过的人——新郎。

他比野妹还矮一个半头。充满幼气的小脸上闪着一双圆溜溜的大眼睛。他的两条尚在发育的细腿，插在一双黑色的长筒皮靴里。翠绿色的腰带间别着一把比他自己还长的镶有珊瑚、松耳石的藏刀。两只肉乎乎的手，挺神奇地握着刀柄。稍做走动，空空的靴子便发出"嗯突突"的声响。

还没来得及收住笑声，主婚人便极其庄重地宣布婚礼开始。他以唱歌般悠扬的声音为新人祝福。并请求圣神的三宝佛为新人带来好运，带来福气。之后为两个孩子挂上象征吉祥的哈达……

传统的藏式婚礼，没有闹洞房、戏新人的习俗。婚礼主要以饮酒、对歌和讨金为主。

也不知过了多久，野妹觉得浑身酸软无力。眼皮也在下沉。终于，她以解手为由溜了出去。

当焦急万分的姐妹们找到野妹时，只见她躺在堆满麦秆的晾架下，小脸被冬日的暖阳晒得通红。她的头上，新衣上落满草屑、灰尘。

婚礼结束后，阿母疼爱地把野妹抱上床，让她美美地睡了过去。另一间房子里，新郎则光着脚，和几个半大的男孩玩捉迷藏。还时时拿出那把漂亮的藏刀炫耀一番。而门外，吉吉领着一帮"打手"横冲直撞，大肆喊叫："野妹是我的！我要做今天的新郎！野妹，快出来呀！我不许你做别人的新娘！谁敢抢走你，我就杀了他！野妹！野妹……"

家里突然出现一个看似顽皮的小弟弟，怎么也不能令野妹习惯。她不喜欢两老亲昵地唤他"儿呀"。她更恨他嘟着厚嘴皮子向阿爹告她的状。他们就像一对要不拢的姐弟俩，常年拌嘴，甚至动手打架……

冬去春来，时光在四季交替里匆匆流逝。野妹和她的小丈夫也逐渐长大。他们不再有许多可笑的争吵，他们极少说话。野妹悄悄地注意到，她那顽皮的小弟弟已经变成了一位十分英俊的小伙子。他的身材高大结实，微黑的脸轮廓分明，浓眉下的黑眸透着英气。

记得有一次，阿母挺神秘地和她耳语："该带个孩子了。"野妹很难为情。过早的相处，使她对自己的丈夫只有兄妹般的感情。她似乎从未想过要和他做夫妻间该做的事。阿母的话告诉她一个道理："结婚就得生孩子！"野妹知道，她的同龄女伴们，已经是一个或两个孩子的母亲了。

她终于明白，十八岁那年，阿母借口手脚不便，不再上楼与自己同睡。她清楚地记得，当她看见送被盖进来的丈夫时，故意将热水袋中滚烫的水淋向他的脚背，使他从此不敢跨进她的房间。

从那以后野妹不再和他独处，她开始明白一些男女间的事。可在她的心目中，他根本不像丈夫，好多时候，她觉得他们简直就是一母所生的同胞姐弟。

而另一个使她不愿接受他的原因是吉吉。他俩从小玩在一起，可谓青梅竹马，两小无猜。多年来，野妹始终保持着自己的这份情意。每到周末，她就坐到自家门外的小土包上，静静地等着从学校回来的吉吉，然后把自己编织的手套、口袋以及各种食物通通塞进吉吉的书包。吉吉把自己买回来的发夹、手绢、连环画放在野妹温热的怀里，两人有说不完的话。晚上，睡在床上，两人还隔着墙板讲故事。尤其是长大以后，他们更是视对方为知己。

野妹不抱怨命运，更不抱怨自己的养父养母。他们待自己胜过亲生女儿。她逐渐明白老人对这桩婚姻的许多无奈。为了延续家族的香火，他们不能不这么做。

可是，人的感情又是那么复杂。野妹在深深理解二老苦衷的同时，却勉强不了自己的感受。

记得有一次，野妹刚从地里干活回来，就被等在那儿的吉吉拦住了。"野妹，我马上要高中毕业了。""哦！""我准备放弃高考。""这，这是为什么？"野妹不解地瞪大眼睛。"你不明白？"吉吉的眼里闪着忧伤。"不明白。都读毕业了，不考大学太可惜了。"野妹转过头，望着山顶那片游动的白云，掩饰着内心的不安。"这么多年，你还不明白我的心？"吉吉的神情黯淡。"记得小时候我说过的话吗？我要做你的新郎。""那已经是多么遥远的事，怎能当真？况且，我早有丈夫。"野妹的声音哽在喉间。"都什么年代了，你还受包办婚姻的约束？只要我们真心相爱，就可以永远在一起。有了丈夫算什么？可以离婚呀！知道吗？没有感情的婚姻是不道德的！"不不不！野妹在心中不断地叫着。离婚？怎么可以？"她怎能让自己的养父养母伤心、失望？她并不知道，没有爱情的婚姻是不道德的。她虽然没读过什么书，可她聪明伶俐、温柔善良。她深深懂得做人的道理。她十分清楚，做出违背良心的事才是不道德的。

她承认，自己真是很爱吉吉。也许，今生不会再有什么人能取代他在自己心中的位置。但是野妹从没打算要和他在一起。特殊的原因使她在十三岁的时候便失去了选择爱人的权利。她只想把对吉吉的一片真情作为一生最美丽的篇章，永远地珍藏起来。

这些年，两位老人明显地老了。野妹知道，她必须承担起家庭的重担，必须接受这个存在的婚姻。

想到这个无法改变的一切，野妹极力隐忍郁结多年的心事。她冷静地面对吉吉："不管怎样，我都不会离婚。我只希望你别放弃学业，将来会有一位有文化的漂亮女孩陪伴你。让我们来生再结缘吧。"

不容吉吉说话，野妹逃一般地回了家，她不知道自己的坚强能维持多久。她担心自己会被对方的眼睛融化。

从那天以后，野妹把吉吉送给自己的礼物全部锁进了那只木箱子里。同时也锁住了自己那颗跳跃的心。

春耕以后，两位老人收拾好行李，安排野妹的丈夫到很远的山那边放牧。临走前，阿母把野妹拉到一边特意嘱咐："我知道你不喜欢你丈夫，可他毕竟是你阿爹的亲侄儿。为了这个家，我们只有这样。请你理解我们的心，早点让我们抱上孙子。"

春天，依旧是那么清丽，那么清秀。顶着一头的蓝天白云，踩着一脚的香花绿草，野妹仿佛又寻回了失去的童年，她似乎又和一群孩子满山满坡地跑呀、追呀、唱呀。

"天上缀颗金星星，地下开朵迎春花……"天上的星星依旧金光闪烁，地下的迎春花依旧亮丽飘香。然而，我的"新郎"却再也不能与我相逢。野妹靠在一丛狗尾花前，看着一对追逐的彩蝶，心中感慨地想着。

"野妹，快下山来！"丈夫的叫声打断了野妹的思绪。她赶紧起身，利索地挖了几株邦贝（一种草药），便奔下山来。

"看你，跑成这样！"丈夫一边指责，一边递给野妹一张干净的毛巾。野妹惊呆了。结婚这么多年，尤其是两人长大以后，她还是第一次听到他用如此亲近的语气同自己说话。她分明看见丈夫眼中一丝不易察觉的爱意。

"看，邦贝都撒了一地！"野妹这才收住目光，慌乱地捡拾地下的邦贝。"你去歇着吧，'老花头'跑到山那头去了。我去赶回来。"丈夫抛给野妹几粒野草莓，带上俄尔多，走了。

从那以后，野妹也时常找些话题跟丈夫闲聊。有时候，他们也谈得很投机。渐渐地，野妹发现自己的丈夫，也有许多动人之处。他很诚实，善解人意。好几次，野妹甚至想，如果没有吉吉，或许，她真的能慢慢爱上他。

也许，我们真的该有个孩子，野妹想。

一天晚上，野妹特意弄了两样野味，还准备了两瓶自家酿的青稞酒。她为丈夫铺上厚软的垫子，热心地为他端茶递水。他们边吃边聊。野妹很感动，丈夫原来是个十分宽厚的人。他早已知道她对吉吉的心，他甚至请求野妹的谅解，是他剥夺了她选择爱人的权利。

看着自责不已的丈夫，野妹的眼睛湿润了。命运又何尝没有捉弄他。他比自己还小，就稀里糊涂地做了别人的丈夫。他几时又拥有了选择的权利？

既然，上天做了这样的安排，又怎能不说是缘？于是，野妹诚心地说："即已成亲，就别再说其他的了。"她给丈夫递过一杯青稞酒，用很低的声音说："今天，你把褥子搬进屋来吧。"

于是，在泛着绿绿春意的晚上，这对成亲八年的夫妻终于同床共枕。他们像饱含花蕾的迎春花，热情地等待开放。

当野妹的肌肤接触到丈夫强健的身体时，一种全新的饥渴燃烧着她的整个心灵。她不由自主地抱紧了丈夫，用同样的热情渴求着他火一般的爱抚……

突然间，丈夫推开了野妹滚烫的身子。他的脸因痛苦羞愧而涨得通红。他愤怒地掀开被子，疯狂地嘶吼着冲向旷野，全然不顾惊愕不已的野妹……

经过那个难堪的夜晚之后，丈夫总是找借口留宿山头。即使偶尔回家，也是烂醉如泥。

野妹的心逐渐冰冷，她感觉到命运再一次捉弄了她。虽然，她不知道丈夫的所作所为是出于什么原因。但是直觉告诉她，她是圆不了这场夫妻梦。

这天，野妹把牛赶到一个僻静的山脚。她采了一大把迎春花，织成一个美丽的花环戴在头上。她斜躺在柔软的青草上，嘴里轻轻地咬着一株嫩白的草根。淡绿的草汁流进野妹的嘴里，甜丝丝的。

"天上缀颗金星星，地上开朵迎春花！"日月星光昼夜交替，迎春花谢了又开，可是，谁才是梦里的郎君？野妹闭上眼睛，心中充满酸楚。

太阳火辣辣地照着大地。满山的青草透着暗绿的倦色，细密的汗珠肆意钻出肌肤，滚动在野妹的脸上，身上。

"你疯了，这么毒的太阳还敢晒！"丈夫的声音传进野妹的耳中，她没理睬。

"快躲到那边的林子里，要不然真的会晒出病来！"丈夫蹲下身子，去拉野妹发红的手。"别碰我！"野妹甩开丈夫的手。"谁要你关心！晒死我不是更好吗？"她恼怒地坐直身子，扯下头上的花环，扔出老远。

"这样真的不行。"丈夫不顾野妹的反抗，硬拉着她跑向那边的树林。他寻了棵较大的红柳，脱下自己的衬衫，让野妹坐在上面，然后背对着她坐下。默默地看着远方。许久，他才转过头看着野妹，似乎有点犹豫地问："你生气了？"野妹低头不语。"说真的，那天很抱歉！"不提那事，野妹还能沉默，现在。丈夫居然还敢提那个着实让野妹羞愧难当的夜晚，她的心中又涌动着一种莫名的委屈和恼怒。她移开目光艰难地说："你以为我很浪荡吗？若不是为了这个家，我怎么也不会……"泪水，像断了线的珠子，大颗大颗地滚出野妹的眼睛。

多少日子以来，她克制自己不去想吉吉。她努力和丈夫接近，希望发现他身上所有的优点，使自己慢慢能接受他，爱上他，尽管这样做太难为自己。可是，想到两个可怜的老人，野妹还是希望和自己的丈夫有一个新的开始。然而，他却……野妹怎能不伤心？不生气？

"真的很抱歉！其实，我的内心深处是多么痛苦！我恨自己，不能像一个真正的男子汉一样保护你，疼爱你。我甚至酗酒！"他猛扯自己的头发，显得焦躁不安。

野妹用手背擦了擦眼泪。她该说什么才好，她曾下了多大的决心啊！野妹的心陷入了绝望的境地。

她迷惑地看着他的背影，迟疑地说："也许，你心中另外有个人？""不！"他猛然回头，恨不得看进她的心里："虽然，我们都只是孩子的时候就成了亲，但从小我就对你有一种说不清道不明的感情。这几年，我发现自己竟是那么爱你！"他用一种非常特别的眼神看着她，很动情地说："有时候，我觉得你是那么遥不可及，也许，对我而言，你只能是一种幻想、一种梦。""那么，为什么你？"野妹感觉闷得发慌。"你不会明白的。"他的声音很遥远，眼中的伤痛渐渐变深。

"不明白什么？"野妹咽了口口水，酸涩地说："如果你还是一个男人的话，就要了我！现在，就现在！"她的脸发红，呼吸有点紧迫："你应该明白老人的意思。为了这个家，你知道该怎么做！"

是的，他怎会不知道自己该做什么？他怎会傻得连妻子的暗示都不懂？可是……看着野妹如花的脸和饱含泪水的秀目，他的心中有好深好深的遗憾。拥如此娇美的妻子，怎不是他的荣幸？

他拉起野妹，让她靠在自己厚实的胸前，手指轻轻拨弄野妹松散的头发。许久，他又用那种十分遥远的声音说："你还记得我十七岁那年参加过村里的一次赛马会吗？"你不会忘记当时我被那匹烈马怎样摔伤？"他的脸僵硬起来："当时，寺远的老藏医告诉我，若不及时诊治，会造成可怕的后果。那时，因年龄小，且不知事态的严重性，又羞于开口，便隐下了从事。"他的眼神空洞而茫然："就是那次，我就失去了做一个男人的资格。""现在你该明白，为什么我总是不敢接近你，我怕我的无能会伤你更深。你也该明白，我这几年是在怎样巨大的痛苦中度过？"他转过脸去，直直地看着地下那只被烈日灼烤得四处乱窜的蚂蚁。

听着他的话，野妹感到自己的心被一片片撕碎。她做梦也没想不到结果会是这样。她怎么也不敢相信自己的丈夫竟然是……

泪水再次溢出野妹的眼眶，她怎能不大哭一场？她要哭出心中所有悲伤和失望。她哭自己，哭丈夫，她更苦寄予了多少希望于她的养父养母，他们谁也不好料到这桩婚姻隐含着多大的悲剧！

然而，再多的眼泪又怎能改变这痛苦的事实？当野妹慢慢恢复平静之后，她非常清醒，其实，此刻最痛苦绝望的应该是他，自己的丈夫。他身为男人又失去了做男人的能力，还有什么比这更加伤心的事？

　　野妹捡起铺在地上的衬衫，轻轻披在丈夫的身上。她把脸贴在丈夫因激动而颤抖的脊背上，很平静地说："不管你是什么样的人，我发誓，这辈子，我都守住你，绝不做任何对不起你的事。""不！"他使劲摇头，"我之所以告诉你事情的真相，并不是想获得你的好感或同情。经过许多矛盾、挣扎，我决定离开这个家。你应该也有权利选择自己的幸福。你去找吉吉吧，你们才是天造地设的一对"。"不要说了。"野妹用手按住他欲起的身子，真诚地说："如果说，过去我徘徊在爱情的十字路口不知所措，那么现在，我真的要和你一心一意守住这个家，相信我，我不是一时冲动。为了两个老人，我不许你再说离开的话。""可是，这样太委屈你了。我怎能再耽误你？""我愿意这样，怎能怪你！""野妹，我对不起你！"两个人忍不住抱头痛哭起来！

　　野妹完全了解丈夫的隐秘之后，意外地平静下来。她决定，用一个妻子的全部温情抚平丈夫那颗受伤的心。她像所有好妻子一样，把干活之余的全部精力放在丈夫身上。他们也像所有夫妻一样，同床共枕，亲密无间。

　　秋收以后，野妹和丈夫搬了回去，看着小两口恩爱的样子，老人们由衷地感到欣慰。这个特殊的家又有了一丝新的喜气。

　　一晃又是几年过去了。野妹已经21岁了。她那个"不争气"的肚子又操起两位老人的心。看着别人家的孩子一天天长大、长高，阿母的眉宇间又时常皱起一缕愁绪。她跟在野妹的身后，不厌其烦地唠叨着："你就争点气，快点生个一男半女，也好让你阿爹放心。他身体不好，说不准几时入土，你总不能让他带着心事离开我们吧？"野妹使劲点着头，表示着她的决心。只有夜深人静时，她才敢偷偷地流上几滴眼泪。她了解每个人的心，可有谁知道她的苦衷？

　　初冬的气候还有些凉意。这天，丈夫陪二老去寺院跪经，留下野妹守家。她生了火，翻出丈夫的几件冬衣，坐在火边缝补起来。

　　突然，随着几声脆嫩的笑声，阿月推门进来。野妹又惊又喜："死丫头，这几年你都去了哪里？叫人好想！"几年未见的阿月着实变了。她甩了甩乌黑的秀发，兴奋地搂着野妹："坐下谈吧。我的经历够你听的。"野妹熬了壶香浓扑鼻的奶茶，拿了张小凳子，坐在阿月的对面，笑着说："谈呀，谈谈你为什么'失踪'这么多年？"阿月很轻松地靠在沙发上，顺便捡了颗大豆丢进嘴里："那年高考落榜以后，我和几位同学凑了点钱，一起去闯世界。开始，我们给别人当保姆，洗衣做饭，还到工地上去做装车工，真是苦。可我们没泄气，拼命地四处找事做。然后用打工的钱做点小生意。慢慢地竟也做大了。后来，我和另一个同学单独开了饭馆，生意做得挺火红的。我还买了小车呢！"阿月拉着野妹的手，一口气说完了她的"发迹史"，然后拖着野妹往外走："我带回来好多东西给你们呢。走，我们去拿东西，顺便瞧瞧我的车。"

"哦，好漂亮的车。我见都没有见过。一定很贵吧，看看，里面干净得不像是有人坐过！"野妹羡慕地摸着贼亮的车门，口里啧啧地称赞着。

阿月的嘴角绽开了满足的笑意："这车叫'桑塔纳'，二十多万哩！""哇！好贵哟！阿月你真行！我家一年的收入也才两千多！"

"好了，快拿东西吧。"阿月从车里递给野妹几只漂亮的纸盒。

回到屋里，野妹往灶里丢了几根柴火，给阿月换了杯热奶茶，自己坐回那只小凳子。

"看，这只盒子里是给你买的衣服、首饰和女性用品。那两个盒子是补品，给伯父伯母。"阿月忙不迭地向野妹介绍着，"这顶狐皮帽子和皮靴是送给你的那位的。"

"让你破费买这么多衣服，真是不好意思。"野妹感动地说。

"别说傻话了。我们从小一起长大，感情胜过姐妹。你那么聪明，那么善良，如果你也能读书，一定比我有出息。可惜！唉，不说这些了。诺，这才是最重要的！"阿月提起一只最大的盒子，塞在野妹的怀里。"这是给孩子们的。我是猜着他们的年龄买的，也不知大小合不合适？"

"孩子们？谁家的孩子们？"野妹不知道阿月在说谁。"你的孩子们呀！我走那年你没有孩子，都这么多年，你起码也有三个了吧？"

野妹的心一下子收紧了。她低下头，含混地说："我没孩子，一个都没有！"

"你没孩子？这怎么可能？你和丈夫还好吗？"阿月不信。野妹垂着眼皮，不知如何开口。"你们俩谁有病不成？"阿月追问。"没有。""那为什么不要个孩子？""别问了，阿月，别问了，求你！"野妹鼻子发酸，她努力不让自己哭出来。

看着反常的野妹，阿月的心头闪过好几个念头。她蹲在野妹膝前，不安地望着她："告诉我，野妹。我们之间不该有秘密。说不定我能帮你？"

野妹不说话，她把脸埋在自己的手心里，掩饰着内心的悲切。

"你知道我的性格。如果你不说，叫我怎么放心？"阿月急得直搓手。"你叫我如何开口？我……"在丈夫面前，野妹必须是一个心如止水的好妻子。在老人面前，野妹又必须是一个充满幸福的好女儿。她把一个女人的所有追求深深藏进心灵深处。她不让任何人发现自己有丝毫的委屈和不满。但是，面对自己的知心好友，野妹再也伪装不下去了。半晌，她才抬起头，在阿月关切的注视下，说出了事情的原委。

"怎么会这样？这、这太不可想象了！"阿月得知野妹的丈夫居然是一个废人时，非常震动，她怎么也没有想到自己这位美丽绝伦的好朋友过着这么酸涩的日子！

阿月很悲哀。虽然，改革开放后的人们在许多观念上有了转变。可是，在一些偏远的农村，人们的思想仍然停滞在那种落后的年代。在他们看来，包办婚姻是父母绝对权威的象征。那些敢于冲破陈规旧习追求自由爱情的年轻人，仍然受到指责和嘲笑。

阿月在深深理解野妹的同时，心中升起沉沉的无奈。她试着开导野妹："你可以告诉两位老人，也许，他们会同意离婚。""不。"野妹平静下来。她淡淡地说："我不能让所有的人因为我而伤心、失望。我已经想开了。虽然我和他无法要孩子，但是将来我们可以领养一个，只要大家过得平安，我什么都认了。""可是，你却……""别说了。"野妹不让阿月说出那句她已经猜出的话，温柔地说："人的感情是复杂的。过去，因为吉吉，我真的很讨厌他。也希望他能离开。可是后来，我了解了他的一切之后，又舍不得他离开。毕竟我们那么早就生活在一起，不成恋人，也该作对亲密的伙伴。"野妹的眼中闪着一种圣神的光彩："我们能聚集一室，也是缘分。我珍惜这缘分。"

阿月叹着气，她永远也看不懂野妹深如大海般的心。

春天，又一次悄然来临。那密如星棋的迎春花在绿草中展开幽蓝色的花瓣，在风的轻抚下欢快地飘舞着。悠长的河流，淌过大山威严的脚背，把如春的情怀拉向远方……

30岁的野妹，依然那么热爱春天，春天，总是能让她忘记心中的忧伤。春天，总是能唤起她几多深锁心间的甜蜜回忆。春天，总是能使她升腾起一缕莫名的希望！

她又像孩子般无拘无束地躺在长满青草的山坡上，让心随着游过树梢的阵阵春意，向那无际的云端蔓延。

"天上缀颗金星星，地上开朵迎春花！"儿时的歌谣伴着她度过了多少春与冬，秋与夏？她的少女梦想，真的就被阻隔在无期的想象中吗？

野妹的心，不再容易激动。她把心中的喜怒哀乐升华为一种淡淡的恬静。人们眼中的野妹，虽然谜一样难懂。但闪现在她身上的那种无法掩饰的美丽与高雅，又激起人们对她的无比仰慕与尊敬。

"你应该到外面去开开眼界，这样，你的心中就不止只有家乡的这片蓝天！"阿月的话，也曾使野妹动心。看看山那边的人和事，或许真能有一种的新生活，这未必不是好事。她常常这样想。然而，另一个声音又时时提醒她："你唯一该做的就是好好维系这个家！"

"野妹，我一直视你为亲生女儿。我从未给你提出过分的要求，出了这桩婚姻。我和你阿母已是风烛残年的人了。在我过世前，你就为这个家添个孩子吧！"野妹的耳边又响起不久前阿爹找她谈的话。

她慢慢低下头，把鼻子凑近一朵刚开的迎春花前。淡淡的花香使她有了一会儿的陶醉。迎春花，你为什么不叫留春花？你为什么不能永远地留住春天？野妹气恼地折下才展开的花朵。一片片撕下它的花瓣，让它随风飘去……

春节里，阿月又回来了。她告诉野妹，打算在家乡投资，建造一个大型的藏药制药厂和砖瓦厂。她说："家乡虽然落后，可这儿有宝贵的自然资源。我们完全可以用自己的双手和能力建设家乡。改变家乡贫穷落后的面貌。我之所以建造这两个厂，第一是把家乡的资源开发利用起来，和外面的世界沟通起来，第二是为乡亲们创造一条致富的路。""真是太好了。如果成功的话，你就是咱村的大恩人！"野妹由衷地佩服阿月。

"我打算从村里带几个去学习这方面的技术，大概需要一年。开春以后，就动工。"阿月的目光在野妹的脸上停留了一会儿："如果你同意，让你的那位也去吧。将来会有用的。""这个，我得征求老人意见。"

经过一次严肃的家庭会议、两位老人同意野妹的丈夫外出学习技术。老人们很支持阿月的这个做法。

动身前，野妹和丈夫久久不能入睡。他们谈了许多许多。丈夫依然那么愧疚。他这辈子太对不住野妹。他希望野妹放开一切，去追求自己的幸福。他还郑重其事地告诉野妹，吉吉就住在县城做生意，还是独身。

丈夫走后，野妹整日忙着干活，照顾老人，似乎她的存在只是为了别人。

那天，野妹又带上锄头，顶着淅淅沥沥的细雨和着汗水流进野妹湿热热的衣服里。

"野妹！"突然，一个熟悉的声音传进野妹的耳中。她猛地直起身，怔怔地望着有些陌生的，同样湿透全身的那个人他竟是吉吉！

突如其来的相见，使野妹有点置身梦里的感觉，她不相信地扑闪着沾满雨珠的长睫毛，说不出一句话来。

雨更细更密。透过灰蒙蒙的雨帘，他们盯盯地打量着对方。"野妹，这么多年，苦了你！"终于，吉吉忍不住激动地走近野妹，怜惜地握住她沾满稀泥的手。

泪，又一次不争气地流出野妹的眼睛，这几年，野妹已经极少流泪。在她看来，爱哭的女人一定有一个可以依赖可以撒娇的丈夫，然而残酷的现实不允许她的生活中拥有如此动人的篇章。她是老人的依靠，丈夫的慰藉，是一个家庭的精神支柱，生活怎允许她做一个娇娇女！

此刻，面对旧时的情人，野妹多么渴望能靠在这个人的胸前，放下心中的沉沉重负，享受一点，哪怕是片刻的宁静和安慰。

可是，她的眼前又闪现出丈夫茫然孤寂的身影。是的，她曾在丈夫面前发过誓，这辈子，要守着他，绝不做对不起他的事。

想到这一切，野妹抑制住涌动的激情。她掩饰地去拾地里的杂草，迅速地擦去脸上的泪水，她不想让吉吉看透自己的伤痛和矛盾。

许久，野妹才平息了心中那股跳动的火焰，她努力做出轻松的表情，平静地看着这个令她无数次呼喊过的男人："你不该来这里。""为什么？"吉吉伤感地皱眉，"这还用问吗？我有丈夫，有一个幸福的家，我不愿意有任何人来破坏这份宁静的生活。"

野妹拿起锄头，想继续干活。

可是，吉吉不给她动弹的机会，他拉起野妹，捧住她凄楚的脸，"不要对我说你如何如何的好。知道吗？这次是阿月和他带着我来找你的。我什么都知道了。我多么痛恨自己，一直记恨你选择别人。竟从未关心过你的生活，让你承受这么大的痛苦！"他让野妹依偎在自己强壮的臂弯里，然后把自己的脸紧紧地贴在野妹湿淋淋的头发上，用一种非常轻柔的声音说："不要再折磨自己了。我会用整个生命给你一个女人应该得到和拥有的全部幸福。野妹，跟我去吧，去放松一下自己，抛开所有的束缚，时间会告诉你该怎么做！"

有那么一会儿，野妹真的很震动，很陶醉，甚至有一种按捺不住的憧憬和向往。她用三十多年的时间为自己编织了一个梦，一个归宿。如今，这个梦就在眼前，跨一步，她就圆了这个梦。一个女人的全部幸福就是爱情，没有爱情，人生就索然无味，黯然失色。

有那么一会儿，野妹真的有一种冲动，一种希望。眼前的这个人，注定会让她幸福，让她成为十足的女人。

跟他去，和深爱的男人生活在一起。这样真的就了无牵挂吗？一个更为强烈的声音陡然震醒了野妹，她一下子挣扎出吉吉的怀抱，为自己的迷乱自责。

是的，野妹用一生的幸福换取了这个家的宁静。没有一个人希望它产生动摇。野妹很感激，这么多年，吉吉依然爱着自己，他也太不容易了。这样的好人也应该有更好的女人陪伴他。

看着吉吉依然深邃的双眸，野妹心中释然了。三十多年来第一次真正地释然了。爱是一种奇怪的东西，它可以改变一个人的全部。

野妹从来没有如此平静过，满足过，她似乎看见一个焕发生命光彩的自我。野妹的眼神很快又黯然下来，千年世俗，祖祖辈辈不都是这样过的吗？野妹啊，你也太胆大了，竟然生出如此意念！

天，开始放晴。一片湿热的雾气弥漫了整个田野，野妹慢慢掏出方格小围巾，替吉吉擦去头发上的水珠："怎么能离开呢？你走吧，以后别再来了。你会找到比我更好的爱人。"

野妹鼓足勇气才说出了这番话，声音小得几乎只有自己能听见，她虽然痛苦和矛盾，泪水不听使唤地往外涌，但还是坚决地拒绝了吉吉。她不知道吉吉是怎么走的，但她知道，吉吉永远也不会放弃对她的爱。

金秋时节，阿月为她的两个厂举行了盛大的开工典礼。

那天，野妹爬上自家的楼顶，远远地看着热闹的工地。当工地上响起阵阵鞭炮声时，野妹的眼里充满了神往，她羡慕伙伴们，她向往有一天自己也能走进工厂，跟伙伴们一起上工。想着想着，野妹不禁哼起了那支古老的歌谣："天上缀颗金星星，地上开朵迎春花……"

歌声凄楚而甜美。平日里白晃晃的阳光晒得人都很疲懒，今天的阳光似乎也有了一丝生气。

灯火深处

一下午的时间，苏婷都泡在"蓝玫瑰"美容院里。美容师高丽丽给她上了最后一道软膜后为她盖好被子，然后去了另一个包间指导两位实习生给一位做过剖腹产手术的年轻妈妈做保养。时钟指向四点的时候，老板娘曾姐过来叫醒了还在熟睡的苏婷。她等苏婷完全从朦胧状态中恢复后便开始给她做肩颈和腰部的按摩。

苏婷是"蓝玫瑰"的贵宾。她的阔气和不凡的气度都是精明的老板娘给予其特别关照的原因。除了这个，苏婷和曾姐在私下已经成了无话不谈的知心好友。自从在这个城市定居下来之后，苏婷几乎就没有再认真地考虑是否结交个朋友或可以说说贴己话的情人之类的事情。她把所有的精力都倾注到自己的公司中。女儿在法国完成学业后怎么都不肯回国帮自己打理生意。女儿学的是法律专业，可她受男友的影响后疯狂地爱上了建筑设计。一对被爱情燃烧得分不清国界和肤色的年轻人，信誓旦旦地扬言要做国际级的建筑学博士。

苏婷没有强迫女儿改变理想。每一个年轻人总有那么一段狂热的成长过程。这个时候若是强行制止会适得其反。暂且等她飞扬几年吧，他们还有许多的时光去磨炼去拼搏。对于女儿，苏婷都给予了一切可以提供的条件和空间让她发展。她唯一要求女儿的就是将来必须得回到自己的身边……

曾姐打开几瓶精油，用纤巧的手指点在苏婷的颈部、胸部和腹部，然后顺着每个部位的穴道轻巧地来回滑动。玫瑰精油的暗香在静谧的空间散发出令人沉迷的气息。每周三，是美容院特别为"钻石级"客人苏婷做免费美容、美体回馈日。若是曾姐在她都会亲自过来服务。

今天是周日，苏婷把去 C 市考察投资市场的任务交给助理小董后通知美容院两点准时过来。之前她并不知道曾姐也提前回了 B 市。一周前她们还约定在C市最著名的玉泉山泡温泉过周末。

苏婷没有问曾姐提前回来的原因，就像曾姐也不曾问自己为何选择今天来美容院做保健的理由。她们的沉默似乎是对彼此最好的答复。女人之间的默契有时是非常微妙的。即便于一声呼吸或一眸眼波大家都会有一种心照不宣的意会。

对于晚上的这个聚会，苏婷曾心存几分忐忑。倒不是因为林翔约的都是些颇有名气的作家们。她考虑最多的还是自己是否有必要以一种容易让人揣度的身份出现在林翔身边。

从昨天早上接到林翔约她在市中心新开张的豪国酒楼共进晚餐的电话后，苏婷的心就没完没了地跳个不停。这个有些突然的邀请也打乱了她去C市的计划。她不得不委婉地向助手小董找了个还算合理的借口后亲自开车送他去了机场。

苏婷知道，林翔是不会问自己是否愿意赴约的。他看似温文尔雅的外表里总是透着几分威严。苏婷总是一次次降服在他那特具感染力的男性的声音里。她绝望地发现自己永远都不能对林翔的任何要求表示一点哪怕是略显矜持的拒绝和推辞了。

曾姐见苏婷的脸上泛起了红晕，便知道她睡意已退。她拿了条柔软的大毛巾帮着苏婷翻身躺在上面，接着打开另外几瓶不同颜色的精油抹在苏婷的整个背部。等精油完全被肌肤吸收后，曾姐站到苏婷的背后，用于前一倍的重力开始推拉、揉捏、拍打。随着精油的渗透，苏婷感觉到了通体的清爽和舒畅。一夜失眠带来的疲惫已经得到修复。不用想，苏婷都可以肯定自己又该是怎样的容光焕发了。

曾姐是个细致的女人。她从苏婷不太规律的脉搏中嗅到了一些属于女人的悸动和快乐。躺在眼前的"睡美人"一定有非常重要的约会。她已经想好了给苏婷上一套最适合出席晚宴的妆容和发型。苏婷其实知道自己来这里除了给林翔一个姣好的形象外更多的原因是为了逃避一种等待。虽然算起来也不过就是十来个小时的时间，但有了期待就等于煎熬。苏婷最怕这种折磨。

上午，苏婷到公司交代了一些事情后开车去了趟位于城郊的"玫瑰园"。她和保姆阿娇把屋子隆重地装饰了一番，把晚上所需要的东西全部准备妥当才离开那里。

苏婷觉得选择到美容院来打发下午的时光是明智的。当她被曾姐扶起来站在占据了整个一面墙的镜子跟前时，自己都被全身焕发出来的光芒所震撼了。苏婷难以置信地凑近镜子，从美容床上走下来的她被曾姐打造得简直是天衣无缝。白皙光滑的皮肤似乎凝着一层水珠一般娇嫩。紫色的眼影使原本就很清澈的眼睛多了些梦幻的色彩。一对可爱的酒窝恰到好处地衬托着性感的双唇。她最钟情的"百惠"式短发经一支紫色钻夹斜插后更显优雅高贵。苏婷完全陶醉于镜子中的自己。她强忍住因为感动而差点奔涌出来的泪水回报给曾姐一个拥抱。

苏婷打开关闭了四个小时的手机，三条短信迫不及待地发出提示音。第一条是小董报告到了 C 市的消息。第二条苏婷没有兴趣看。一看号码她就知道又是 B 市国土局的那个蔡胖子在向她献殷勤了。想到那顶几乎全秃的脑门和色眯眯的眼神，苏婷心中有了好一会儿的不快。第三条不是林翔发的。是 10086 推荐春季保健方面的信息。

苏婷叹口气，她怅然若失地穿好衣服同曾姐走到休息室坐下喝茶。半个小时后，林翔终于来电话了。他问苏婷在什么位置，问是否需要过来接她。苏婷拿着手机发现自己竟然不知道说什么了。曾姐听出点大概后示意她自己开车过去。苏婷明白曾姐的意思，她是要自己在林翔的朋友们面前长长脸。她也知道，搞文学的人大都是些目光犀利言辞刻薄的人，在他们眼里除了自己似乎满世界的人都是凡夫俗子。太张扬或太拘谨都会招来不必要的讥讽和不屑。更为可恶的是，若是一不小心得罪了他们，你很有可能就被塑造成某个作品中最不堪的人物遭来千人痛骂万人唾弃。

苏婷与曾姐默默地用眼神解读着彼此的心声。喝完一杯茶后，时间刚好是六点。"路上或许堵车，可以出发了。"曾姐替苏婷拿开杯子亲手为苏婷披上貂皮披肩。她对苏婷说了这句话后微笑着走出了休息室。

苏婷的确感动于曾姐的这种超前理解。从她踏入美容院到现在曾姐始终没有问她一句为什么。也许她根本就不需要问就知道了苏婷的秘密。苏婷曾经向这位和自己一样独自打拼天下的好友提起过与林翔的那段刻骨铭心的恋情。但有些难以启齿的隐秘她只能深深地藏在自己的心里。

苏婷没有乘电梯下楼，她需要用一点时间来整理纷乱的思绪。八层楼的阶梯足够让她想一些问题。苏婷无法确定林翔是否知道今天是情人节，他在这个特殊的日子邀请自己参加与朋友们的聚会意味着什么呢？苏婷发现自己的心情随着聚会时间的逼近变得有些忧虑和不安。

豪国酒楼其实离"蓝玫瑰"不甚远，直线距离也就三公里多一点。抛开下班高峰期的堵车，一个小时便可到达。苏婷把时间计算得很合适。就在林翔和他的朋友们刚刚坐下来相互问好的时候，苏婷迈着优雅的步子出现在1号包间门口。不等林翔开口，苏婷得体地向大家点头致意。她乘服务小姐为自己脱去外套的时候迅速地瞥了一眼林翔身边的空位，那个显然是留给自己的。苏婷大方地随引领小姐走过去坐下。

林翔笑微微地站起来握住苏婷的手，他有些激动的眼神使苏婷打消了进门前的所有顾虑。看得出来，林翔的眼睛是期待和火热的。苏婷读懂了隐藏其间的万千语言。若不是有那么多朋友在场，他们一定会用长久的拥抱来宣泄对彼此的思念！

苏婷轻轻地说了句："翔哥，好久不见！"之后便觉得喉咙里有什么东西堵塞着她说不出下文。林翔深情地看着依旧美丽如花的苏婷："外面风大，没着凉吧？"他的声音还是那么充满磁性和感染力。苏婷摇了摇头，她见大家都默不作声地望着自己就悄声说道："介绍一下你的朋友吧。"林翔这才爽朗地笑起来："这是我高中同学苏婷。是咱们州内走出去第一个搞房地产的女强人。在蓉城也算是赫赫有名的女富豪。她曾经是州级机关一名优秀的女检察官。90年代初停薪留职后下海经商。"话音刚落，大家便报以热烈的掌声，其间还夹杂着几声夸张的赞叹。

苏婷刚要躬身向大家致谢，林翔却按住她的肩膀继续介绍自己的朋友，他指着坐在自己右边的那位长得有点像弥勒佛的中年男子说："王志强，大名鼎鼎的诗人，《蓝天文学》的总编。近些年潜心研究佛学。"林翔见王志强习惯地摸了摸鼻子上的那颗黑痣就开玩笑说："一颗文学巨星在这片丰厚的沃土升起！它将带着东方的文明飞向全球！"人群中爆发出善意的笑声。

王志强双手合十，故作慈眉善目地说了句："善哉善哉。""这位看起来像一只温顺的羊儿一样的先生是来自明江上游的羌族诗人，《羌族诗刊》的总编刘庆。"鼻梁上架着一副宽边眼镜极富书卷气的刘庆把手指顶在头上"咩咩"地叫了三声。

"这位是来自九寨的集画家、作家、摄影家和评论家为一身的玖玖先生。"随着大家愉悦的笑声，林翔的手无意中已经从苏婷的肩上滑落到纤细的腰际。苏婷敏锐地觉察到林翔手心的温度和力量。那是一种可以让时光凝固的幸福感觉。苏婷竟然听不清接下来都介绍了些谁。她多么想让这种感觉多停留一会，哪怕从此天各一方、永不相见。

可是，苏婷很快就从沉迷中复苏，宴会还没有开始，自己怎么就没了头绪呢。她拂了拂额前的刘海，悄悄地掩饰了适才的失态和迷乱。

"晓风，《雪域》杂志主编。"苏婷凝神听到林翔那种男人赞美女人时才有的愉快声音。她用女人特有的细腻观察到到场的几个美女个个不凡。原来，美丽和才华可以如此宠幸于一个女人。晓风，一个高挑优雅有着欧洲轮廓的大美人，举手投足间似乎都荡漾着缕缕晓风，人如其名。梦琴，在政界和文学上颇有建树的才女，清纯灵秀如一朵绽放于高山的雪莲。雨田，典型的古典美女，有着一双可以融化冰川的笑眸和绝尘身姿的女诗人。其诗集曾获得全国少数民族文学"骏马奖"。

就在林翔举杯预备祝词的时候，一阵轻快的笑声带着些许歉意从门口风一样飘了进来："对不起！我迟到了！"

"呵呵！我们的月光仙子终于到了！"斯斯文文的刘庆几步抢到门口拉着飘逸着一头长长卷发的高个子女郎的手说："这是来自天边的——达瓦拉姆！"不知道为什么。苏婷一看到长发女郎立即感觉到一种扑面而来的青草的芳香！她从心底对于刚来的藏族美女有了强烈的好感！她抬起闪闪发光的睫毛，欣赏地看着"月光仙子"和每个朋友握手拥抱。看得出来，她是这群人物中最受欢迎和喜爱的人了。的确，她的身上就是有一种可以让所有人飞扬就的感染力！

几分钟的介绍在轻松幽默的气氛中结束。林翔重举酒杯感慨地说："我调任 B 市都快半年了。由于公务繁忙加之要熟悉新的工作环境，今天才召集大家聚会实在有些惭愧。今后，我就要在这个城市长期生活，希望大家经常联系加深感情。这第一杯酒就祝福我们的友谊天长地久！"

杯盏交错、笑声四起。苏婷长长地松了口气。她发现林翔的这帮朋友远没有她想的那么可怕。他们很真诚很实在，丝毫没有大作家们的高傲和轻狂。是的，他们曾经生活的地方就是一个纯朴宁静的世界，那是一个崇尚阳光和信仰真理的神奇之地。

苏婷不怪林翔没有告诉自己已经调到省城工作的事情。他没有义务把什么都通知给她。除了那段早已成为历史的一段感情，他们甚至算不上是可以正常来往的朋友。

林翔以他一贯的亲和力和朋友们碰杯说笑，他们谈到晓风即将出版的诗集，谈到梦琴竞选女县长的筹备情况，古典美的雨田倾诉着5·12地震中获得"骏马奖"的悲喜泪水。

刘庆和王志强争着问达瓦拉姆有关草原的发展和变化，他们都曾经在那个瞭亮着牧歌的地方生活了好多年。达瓦拉姆一边说着发生在草原的种种趣事，一边打开一捆《梦幻草原》的精装画册，她十分自豪地把画册赠送给在场的朋友。走到苏婷面前的时候，"月光仙子"指着画页中"湖光月色"的图片很认真地说："苏姐，我有个感觉，你是懂得草原的。因为你的眼睛里，有属于高原神湖的洁净和灵性！"

苏婷有好一阵的感动和震惊！这个初次见面的藏族美女竟然有如此犀利的洞察力？她原以为那些所谓的纯真和洁净早已埋葬在都市的名利追逐中了。达瓦拉姆的话让她在深深惭愧的同时也唤醒了隐藏心中多年的草地情结。虽然时间匆匆过去几十年，可所有被时光尘封的记忆却在许多孤独的旅程中叩击着她的心扉！

苏婷小心翼翼地翻阅着精美的画册，犹如触摸一段落满尘埃的往事。画册中的草原一如时常出现在梦中的那般熟悉而又陌生。

小时候，苏婷曾随父母去离州府最近的一个草原生活了三年。被派遣到草地工作组的父亲说，他们将去的地方因为印刻着一段悲壮的长征足迹而被一位伟人命名红色草原。

记得当时他们一家乘坐一辆破旧的北京吉普翻过岔子梁子（长江黄河分水岭）。六月的草原还吹着丝丝凉风，无际的原野轻托着重叠的山丘和高峻的雪峰。河水在五色斑斓的花海间缠绵舞蹈。苏婷怎能忘记初到高原的激动和晕眩。越来越宽的视野让她有一种失真的感觉。

军人出身的父亲用拳头擂开差不多就要脱落的半块玻璃窗，大声地唱起"骏马奔驰在草原上……"母亲从写有"为人民服务"的书包里掏出画笔，把如画的美景迅速地"剪切"下来！

在草地生活的那段日子平淡得如同一杯白开水。苏婷一家在用廉价的被盖面子隔成两间的木板房里学会烧牛粪，学会吃糌粑，学会在昏暗的煤油灯下为日常琐事唠叨埋怨以至于撕破嗓子骂人摔东西！

偶尔有热心的牧民骑马从乡下赶到县城给父亲送来一块落了好多苍蝇

蛋的牛肉时，母亲就会拉上苏婷到一公里外的小河边用那把棕色的小毛刷把肉洗净了放进篮子，然后到附近的供销社打一斤白酒。

苏婷惦记着母亲悄悄用五张角票买下的花花绿绿的水果糖，她比任何时候都卖力地写着作业。扑着油烟和灰尘的布帘后面是母亲哼着小调用豆瓣煎炒牛肉弥漫开来的阵阵香味儿。

父亲老是"呵呵呵"地干笑着在木板房里走来走去，饭桌上像卫兵一样挺立的酒瓶使他有足够的耐心忍受满屋呛人的油烟和劈头盖脸的燥热。父女俩各怀心事地等待母亲掀开那扇布帘端出让他们垂涎三尺的炒牛肉……

后来，苏婷上了城关小学。从此，她和一帮拖着鼻涕穿着藏袍的孩子们就整天浸泡在高原强烈的紫外线中学习、唱歌、跳舞、做游戏。苏婷的学习成绩一直很好，这使她在班里有了很高的威信。她时常能得到一些孩子从家里偷来的风干牛肉或一小块印着小黑爪的酥油。课间活动是她回报"贿赂"者们的时候。她按"进贡"的多少依次帮同伴们做作业、编作文……

苏婷最难忘的日子是夏季到泽洛叔叔的牧场过野餐。母亲提前一天就把洗干净了的野芹菜、蘑菇、半袋大米、一瓶清油和几件旧衣服用一只纸箱打点好。

当一轮旭日红彤彤地跳出氤氲着晨雾的地平线时，苏婷一家坐上那辆破吉普"哐唧哐唧"地上路了。

泽洛叔叔一家早早地等候在开满鲜花的草坪，夏日的清风把他们的藏袍吹得像扑棱着翅膀的鸟儿。泽布让哥哥和银措姐姐腼腆地接过苏婷带来的水果糖，他们的小脸因为兴奋和不会汉语而被羞成了一枚熟透的野草莓！

泽洛叔叔把煮好的羊肉、肉肠、奶茶、酸奶统统端到花朵密集的草坪，他是个高大英挺的豪放汉子。他和父亲喝酒从不用杯子。他们大口喝酒的样子就像是吮吸甘洌的山泉！

茹姆阿姨穿上母亲的蓝底碎花对襟衫，衣服上残留的肥皂香气使她有些不知所措。母亲笑盈盈地替她整理好被风吹乱的发丝，然后手牵手地带她去河边洗头。她们虽然无法用语言交谈，但对彼此的相知相惜尽在眼中……

苏婷最喜欢溜到牛圈帮着刚出生的牛犊寻找母亲吃奶，泽布让哥哥不好意思帮忙，只得跑到密密层层的花卉中翻跟头、吹口哨。好不容易帮小牛吃够了奶，银措姐姐远远地站在对面的山丘示意苏婷赶快上去。

当三个孩子气喘吁吁地跑到山顶，兄妹俩却要苏婷闭上眼睛由他们牵着再走一段路。约走了十分钟的时间，一阵奇异的芳香随着缕缕轻风扑满而来！苏婷急忙睁开眼睛一啊！这不是梦吧！她使劲地眨巴着眼睛。在他们的前面，不！确切地说应该是偌大的天幕之下，横陈着一片旷世美景——

一袭蓝色水带把巨大的原野簇拥在自己的臂弯，星星点点的湖水像散落在人间的夜明珠。一大片一大片的蓝色薰衣草铺天盖地漫向天边。成千上万的蝴蝶在草滩和花海间翻飞起舞！

三个孩子像发现了一个奇异的梦幻王国。他们张开手臂，呼啦啦扑向那片童话般的美丽乐园！

苏婷后来才知道，那条河就是著名的"蝴蝶河"。多年以后，那段冰蓝的记忆总会使她疲惫的心灵得以洗涤……

二

"苏姐，我们可以给您敬杯酒吗？"高挑的晓风带着其他几个美女已经站在她的后边。苏婷赶紧从回忆中挣脱出来。她微笑着一一碰过每个人的酒杯。

"翔哥，你应该买个马呀！有这么个楚楚动人的美人陪你过情人节可羡慕死刘庆他们了！"

梦琴见林翔一个劲儿地向后挪椅子就故意顶在背后不给其开溜的机会。"对！这个建议太好了！我们支持！""翔哥，快点举杯呀！""可别辜负了眼前的良辰美景哦！"大家七嘴八舌地越说越开心。林翔只好站起来。他笑眯眯地看着两朵桃花飞上苏婷光洁的面颊就说："大家可别误会哈！首先我真的不知道今天是情人节。其次，我和苏婷的确没有大伙儿所想象的那种浪漫故事……"

"有谁相信狼和羊可以相安无事！你就别在那里'此地无银'了！先陪美人喝了杯中酒再说！再企图狡辩就要罚喝交杯酒了！"一直保持沉默的王志强也跟着凑起了热闹。

"嘿嘿！我怀疑有些人自己倒是急着想喝交杯酒了！"刘庆故意斜眼瞟着对面"慈眉善目"的王志强。

"谁再多嘴耽搁我们敬酒就罚他五杯！"雨田见苏婷端着酒杯进退两

难，脸上的颜色比葡萄酒还胜几筹就威胁着闹得最凶的刘庆。

还是林翔老练，他借刘庆的话把矛头指向王志强："原来你是企图抛砖引玉，别着急，有你小子喝的！哈哈！下一个就轮到你了！"

王志强见引火烧身只好乖乖地闭嘴。

"苏姐，我祝你天天开心！""祝苏姐心想事成！""愿苏姐越来越美丽！""我祝苏姐健康、快乐、幸福！每年的情人节收到一万支玫瑰！""到我们的草原来，我会让你纵马驰骋！"美女作家们的祝福使苏婷有一种想要飞翔的惬意感！

王志强倒也知趣，他看晓风她们不依不饶地朝他走来，就自觉地站起来把面前的两只酒杯都斟满了。苏婷好惊讶，因为这时她才看到还有一位戴眼镜的瘦女人略显羞涩地坐在王志强的身边。林翔一定在自己心旌摇荡的时候介绍过她。可糟糕的是，自己竟然没有听到。她用询问的目光看着林翔，林翔会意地凑到她的耳边说："不怪你，我没有介绍她。她一直躲在志强的背影里，刚刚'浮出'水面的。"苏婷不确定林翔说的有几分真实，但她多少还是感到些许的安慰，要不自己也显得太没礼貌了。

"这位是某某大学的美术系教授方素素。本人的红颜知己。"王志强知道自己没有退路，索性找个借口想堵住美女们的进攻。

"是喝一半还是干掉！"他用豪气万丈愿为知己死的英雄气概问逼在两边的四个美女。羞涩的瘦女人竟在众目睽睽之下娇嗲地捶了他一下。那柔情蜜意的眼波足够让王志强分不清东西南北中了！

趁美女们发愣的空隙斯斯文文的刘庆又大声嚷嚷开了："得得得！谁不知道你有一个国色天香的红颜知己让大伙儿羡慕！再得意下去小心我在嫂子面前说漏了嘴哈！"嘻嘻哈哈的笑闹中苏婷的心里倒有几分踏实了。原来，"不明身份"的并非只有自己。很显然，王志强和女教授的亲密关系在朋友圈里好像是公开的秘密了。

接下来的气氛更加融合起来。迫不得已喝了交杯酒后的方素素娇滴滴地为王志强挑菜、递水、擦汗，全然不顾大伙的调笑。唉！又一个为爱迷失方向的傻女人！苏婷真怕从女教授的影子折射出自己的隐秘。她可不想做个俗气的女人，尽管她那么深爱着林翔。

苏婷胡乱想着心事，林翔的手还是那么有意无意地滑动在她的腰际。他问苏婷是否愿意跟他一起去给朋友们敬酒。在这样的一个特殊的场所，苏婷已经无法挣脱涌向心头的丝丝波澜。她担心自己的不慎暴露了心中的情感。她丝毫不想给林翔的前程和家庭带来任何影响。尽管她明白林翔注定是此生的挚爱和唯一，可她始终把这份情定格在一份纯洁的友谊中。

说真的，苏婷非常感谢达瓦拉姆，她原以为自己不可避免地随波逐流了，不可避免地泯灭了许多朴实的本性而被蒙上都市的色彩，可这位"月光仙子"一句话还原了自己曾经竭力维护的真实自我。这不能不说是件欣慰的事情。

当然，苏婷没有理由拒绝给这些给予自己友情和尊重的朋友敬酒。她在稍微调整了心绪之后几乎是怀着一份感激的心与林翔回敬大家的。同时她也明白一个男人能够把深爱的女人带到公众面前，这只能说明这个女人在他的心里占据着很重要的位置。苏婷愿意扮演这种荣耀的角色！

被苏婷忽略了的还有林翔的秘书小书和司机李勇以及雨田的朋友叶子。叶子是个爽朗的女性，虽然她不怎么说话，可她的笑始终串联着这个晚宴的坦诚和快乐！

一圈下来，苏婷竟有些醉了。若在平时，这点酒要想使她迷糊一阵都难。在商界混了这么多年，苏婷早已练成海量了。多少自以为是的男人一次又一次地扑倒在她风姿绰约的背影下，从而为她打开一条条走向成功的道路……

苏婷此刻的心随着酒的深度迷醉有些激荡起来。可她并不想仿效女教授非要表现出两个人的亲密关系。可面对林翔的深情，她又怎能真正做到心如止水呢？

苏婷不露声色地从林翔游鱼一般的手心中站起来，她歉意地表示要去趟洗手间。

苏婷按住扑扑跳动的胸口，她从镜子里看到自己赤红的面颊和闪着蓝光的眼睛简直像只闻到腥气的母猫。如果继续下去，没准，自己也会控制不住与林翔有些亲密的举止或者眼神。她不想那样。她不会让林翔的朋友看不起自己。

苏婷等脸上的红潮退去后从化妆袋里掏出纸巾，轻轻地擦拭掉脸上的汗渍。接着拿出粉扑快速地补了点装后闭着眼睛想再定定神。

"我们都是一样的女人！呃！"苏婷冷不防被背后的声音吓了一跳。她愕然回头看到幽灵一样飘到自己跟前的竟然是方素素！苏婷有点气恼，看得出来，她醉得有些厉害了。苏婷不知道说什么，她冲美术教授一对淡蓝色镜片下捉摸不透的目光不解地笑了笑。

　　"我们都是一样的女人！"方素素可不理会苏婷的困惑。她重复了一遍刚刚说过的话后与苏婷并排站到镜子跟前。苏婷这才注意到方素素竟然瘦得像一把干柴。她的颧骨高耸，眼窝深陷，下巴尖长。她的颈骨很夸张地顶着质地不菲的丝织内衣。苏婷还注意到，方素素有一对与身子不太相称的丰满乳房。她的皮肤也是出奇的好，嫩得有点过分。她或许还没有四十岁吧。

　　方素素见苏婷在注意自己的胸脯，就邪邪地笑了笑："与我的瘦不太相称是吧？可男人们就喜欢这个呀！谁能忍受女人的胸像个飞机场一样……"

　　苏婷耐着性子听女教授说着些不着边际的话。她突然发现自己的确不怎么喜欢这个方素素。方素素好像也觉察出苏婷的不快。她退到灯光黯淡一点的地方仔细地打量着闭目养神的苏婷。

　　"你是个精致的女人。看得出来。"幽灵一样的方素素比先前多了一些谨慎。她神秘地凑到苏婷面前："你身材匀称体态丰满。你有足够的钱把自己打造得更加完美！"

　　苏婷不想睁开眼睛，她希望方素素赶快结束在她看来是完全多余的话题赶紧回到王志强那里继续享受爱情！

　　"我们都是一样的女人！"方素素像是铁了心要和苏婷纠缠似的再次重复了这句话。她不再看冷冰冰的苏婷而是盯着镜子里瘦得可怜巴巴的自己。

　　"或许你也和我一样，有过一段不成功的婚姻，这就注定了我们的后半生得靠这样的方式或者说是这样的男人们来支撑下去。"

　　方素素的声音渐渐地透出些沧桑来。"我们只是男人们的陪衬。有地位有金钱的男人谁还会把家里的黄脸婆带到公众场合？这样的场面他们最少会需要一个既有美貌又兼内涵的女人来映衬自己的光芒！什么红颜知己，其实就是……"方素素一连说了几个就是都没能用个准确的词汇来表达自己的意思。她见苏婷始终保持沉默就显然有些惆怅："你把自己包装得几近完美，除了你的胸……"美术教授故意停住话题，她想努力刺激苏婷的某个神经来求得一点共鸣。哪怕是针锋相对的反唇相讥也可以。然而，对方却变成了一尊冰冷的雕塑。

　　"你的胸挺而富有弹性。足以以假乱真！可作为别人的情人，没有真实性的东西终究会被厌倦的！"苏婷不得不睁开眼睛了。方素素越来越像挑衅的话使她没有耐心保持涵养了。她有点诧异地看着方素素瘦得夸张嫩得过分的脸颊轻蔑地说："我们怎么会是一样的人呢？我可没有福气做谁的情人！你知道我用的是什么品牌的文胸吗？你应该有眼力看出我所追求的东西与你是天壤之差！你今晚看到我给林翔挑过一根菜递过一杯水吗？我们是非常纯洁的朋友！"

苏婷拉上手袋拉链只想走人。她本来是逃到洗手间想平息一下心绪，可谁想到这个幽灵一样的女人却像有仇似的缠上了自己。

方素素并不生气，相反，苏婷的爆发使她像找到了知音似的兴奋："那又怎么样呢？越是表面冷漠越能说明暗地的亲密。谁能相信我们是清白的？再说像你我这样离异了的单身女人攀个大人物什么的有啥奇怪的呢？你以为我们和外面的那几个美女作家是一个档次的人吗？她们的恭敬之下全是鄙夷呢！"

苏婷的脸被气得可以冒出紫烟来。她受不了这种赤裸裸的挑战！她，一个不怎么起眼的美术教授凭什么对自己指手画脚！她有什么把握肯定自己是假胸和单身！这简直就是无理取闹！

方素素好脾气地继续着她的言论："我爱志强，他也爱我。只是他爱的是我的钱，而我爱的是他的名气！我们相互利用彼此信任。我们每个月见一次面，任何高级场合他都得带着我。因此也会有很多他的朋友，或说有能耐的朋友帮助我在生意上扫清不可避免的障碍和敌手！哦，我忘记告诉你了，我还做着一笔不小的烟草生意呢！"

苏婷停住刚要迈出去的脚，她的心被方素素的直白搞得火烧火燎的。她还没有见过这么一针见血的女人！见苏婷有兴趣听自己的话，方素素赶紧绕过来紧紧地盯着苏婷闪闪发亮的睫毛："志强在市区买了栋房子，前期付款由我出。六十万哪！别看他也是个名作家，可到那儿去弄一百多万的房款？我们偶尔通过一个聚会认识，彼此倾心。但一开始就把关系定格在各自的利益上。我觉得这样其实挺好。大家没有约束也互不相欠。"

方素素生怕苏婷跑掉似的一口气交代完自己的事。苏婷当然知道方素素是把自己当成了同病相怜的对象才这样的。她居高临下地站在一把干柴似的女教授面前哭笑不得。

"我不确定林翔是否也用你的钱。但我肯定你们总是图彼此的什么才在一起吧。可别告诉我你们是真心相爱、永不分离的恋人。这是时下不太流行的话题！很多时候，我们都是孤独和失落的。这样的年龄，特别到你这样的年龄。"方素素凑近镜子抚摸着自己柔嫩的皮肤特别提醒与苏婷有些年龄上的差距。"再争取一个婚姻已经不现实。只能做别人的情人了。或者说，大家彼此逍遥罢了。别人看我们好像很风光，其实我们的内心早就千疮百孔了！"说到这里的时候，方素素的语气突然变得感伤不已。苏婷不再打算听她的唠唠叨叨，她的心被莫名其妙的唐素素搞得乱七八糟了！

"你也别犯傻，更不要伪装自己。有什么可以让林翔帮的就抓紧。或者别用过多的钱供养这些随时都会翻脸的男人。再过几年，人老色衰的谁还会稀罕咱们呢？"

"我没有什么需要别人帮忙的！我有上亿的资产难道还需要靠哪些个臭男人吗！"苏婷终于爆发出压制已久的怒火。她甩开方素素准备挽住自己的干柴一样像手几乎是冲出了洗手间。

三

再次回到林翔身边的苏婷，心情坏得没法形容。本来，这个晚宴是那么的和谐和美好。没有一个人对她的出现表示鄙夷或不屑。苏婷的内心是那样的感激林翔给了她认识这么多优秀朋友的机会。她已经悄悄地预定了B市最豪华的歌厅准备请大家好好去玩玩。可方素素像鬼魅一样缠上自己把所有的好心情割破坏掉！

更让苏婷不能容忍的是她在没有证据的前提下竟敢断定自己是离异了的女人！她的那些赤裸裸的话硬生生地撕开了苏婷早已愈合的伤口！

当初，就在苏婷和林翔决定结婚时，她的弟弟被牵扯到一件诈骗案中。母亲急得一病不起。这个时期，同在检察院工作的邵兵也在疯狂地追求苏婷。他向苏婷保证，只要答应他的求婚，她弟弟的事情可以通过他当公安局局长的父亲得到解决。苏婷的母亲得知情况后老泪纵横地跪在女儿面前……

邵兵怕夜长梦多，他让父亲保释出苏婷的弟弟后就迫不及待地和她同居了。等林翔从省城回来时，苏婷已经怀上了孩子。

林翔的痛苦可想而知。他铁青着脸在旅店喝了一夜烂酒后连声告别的话都没有说就去了一个牧区县工作。六年后，苏婷碰到了到州上开会的林翔，他已经是副县级干部了。爱情的失败换取了事业的成功，生活的历练使他变得沉稳和刚毅。得知林翔还未结婚，苏婷只能暗自伤怀。

后来林翔被提拔为州检察院院长，成了苏婷的直接领导。为此，邵兵醋意大发，常常借口闹别扭，甚至动手打人。想到邵兵对自己家的恩情，苏婷一直忍受着丈夫的嚣张。直到他趁自己出差在外常带女人回家过夜。他们的感情才被迫宣告破裂……

林翔见苏婷脸色苍白，眼睛里还有隐隐的泪光在闪动。他怜惜地用手拍着苏婷僵直的后背。晓风和梦琴因为有事提前离开了。雨田和达瓦拉姆关切地给苏婷送去一碟水果。都怪那个方素素，耽误这大半天的时间都没能和晓风她们道别！无论如何苏婷都没法恢复刚才的快乐了！

苏婷甚至都有些恨王志强了。带这么个俗物还号称是"红颜知己"！方素素倒镇定自若地回到大家中间。她好像什么都没有发生似的对着苏婷微笑着。"我们在洗手间成为朋友了。"她的眼光真诚得没有一个人怀疑就在十多分钟的时间里其实是她把苏婷伤得体无完肤。

苏婷疲惫地靠在椅子上，她的心中有一阵阵的痛在搅动着全身的血管。晚宴接近尾声了，大家的兴致却高涨着。可苏婷一想到洗手间里的情景就觉得胸口堵得慌。她很想和达瓦拉姆约定去草原的时间也想借这个机会回报一下大家的友情，可方素素的存在注定今晚再精彩的节目都无法恢复她的元气了！

还是赶快离开这个被酒精蒸发的场地吧。再停留下来说不准方素素又会来点更新鲜的挑战。她完全有可能当着大家的面把刚才的那些话都说出来。如果那样，岂不是致自己于难堪境地吗？

越想越心凉。苏婷出去打了个电话。她回来时又是刚来时的那般风姿绰约了。她笑盈盈地向大家告别，说是原本想请大家去唱歌的，不巧公司里有点急事得赶过去处理。只好改天了。

雨田和"月光仙子"恋恋不舍地与她拥抱道别。王志强和刘庆也再三约她方便时喝茶。方素素仿佛也因为苏婷的突然告别而有些清醒过来。她凹陷的眼睛流露出深深的委屈，似乎在说，我可没有恶意呀！你干吗这样！

"是我的直率伤害了你！"苏婷过来同样拥抱方素素的时候，美术教授附在她的耳边酒气熏天地嘟哝着。

四

都市的夜晚从来都是这样灯火璀璨柔情绵绵。夜总、会、酒吧、商场门口到处是情侣们深情款款的影子和玫瑰花的暖暖爱意。

苏婷软软地握着方向盘，她无法判断自己的做法是否引起了朋友们的怀疑。虽然晚宴的时间比预期的要短暂得多，可她感觉像是回到了少年时代，许多美好的情感被那些久违的真诚引发出来。她多么想让这样的时光一直持续下去。她早已厌倦了江湖的瞬息万变和阴暗狡诈。可以说，没有林翔她或许无法支撑到今天。每一次面对不同的困境，只要想想在世界的某个地方，有一颗曾经与自己心心相印的脉搏在跳动，苏婷就能感受到一种无形的力量在激励着自己，她就能够咬牙渡过一个又一个的难关……

苏婷疲惫地望着前方，她感觉自己此刻的心情就像这灯火深处永无止境的车流，找不到停泊的港湾。收音机里有关情人节的趣闻使她感觉有点讽刺。她烦躁地换了张女儿从国外寄回来的流行歌碟。

一曲充满异域风情的音律在车内缓缓地流淌开来。苏婷心中的郁结渐渐地融化在热带缤纷的丛林、晶蓝的海湾、奔跑着成群野鹿的荒原……

其实，苏婷并不后悔参加了这个并没有特别含义的聚会。她很喜欢林翔的朋友们，她觉得自己的告别有些对不住大家。无论如何，她都得找个机会补偿这个遗憾。当然，与达瓦拉姆的认识使她下定决心要计划一次去草原的行程。她早该去看看离别多年的草原和老朋友们了。

苏婷一边开车一边思考着如何打发突然空白了的时光。穿过市区最繁华的路段就是自己的公司总部。考虑到小董一个人在 c 市忙碌，她更加愧疚缺。

苏婷在车辆拥堵的尾气中拨了曾姐的电话。这个夜晚她或许也是孤身一人。听说她的那个交往多年的情人正在忙着办理调回老婆身边的最后手续。她不知道曾姐的心情是否也被情人节的惆怅和无奈困扰。

不巧的是，曾姐的电话一直占线。阿娇发短信问什么时候可以准备香槟和宵夜。想到忙乎了一上午的节目无法上演，苏婷还真的找不出什么借口独自回"玫瑰园"。

苏婷在经过自己公司总部的时候略停留了几分钟。这座大楼耗去了她半生的精力。曾经，她多么希望林翔能够到这里来坐坐。然后听她讲述那些悲酸的故事。

那个幸福的时刻或许就是某个细雨绵绵的午后，她静静地守候一份难得的闲适，让咖啡润香滑腻的味道过滤掉所有的疲惫。

林翔就坐在她的对面，他的温情中多了些不再熟悉的刚毅和执着。

苏婷真想靠在这个男人的肩上静静地休息一会儿。林翔怎么会知道，当初自己离婚以后，带着女儿在这座城市迈开了怎样艰难的一步。作为一个单身女人，她在都市的灯红酒绿中走得实在是太久太累。她是那么渴望能够在这个深爱的男人怀中卸下沉沉负荷……

苏婷把车开到郊区一排农舍跟前停下来。夏天，这里有大片的花圃和馥郁的荷塘。城里人常来这些农舍过周末或度假。进入冬季后，好多农家乐都在停业休息。

苏婷刚把车停在一排梧桐树下，手机上显示出曾姐的信息："椰林长廊，饮酒。"她知道曾姐在饮酒消愁。可自己怎么都不好意思去她那里倾诉失落。她宁肯一个人待在这个寂静的郊外也不忍心告诉曾姐自己赴约后遭遇的不快。

从豪国酒楼出来已经两个小时了，林翔都没有给自己打个电话。也许，他已经陪在夫人的身边享受着家的温馨。当然也不排除会见其他密友的可能。

会见其他的密友！这个念头一冒出来，苏婷禁不住打了个冷战！她突然想起方素素说的"我们互不相欠"的话，那些看似很刻薄的语言，现在细究起来还真有些道理。

苏婷怎么会不知道，与林翔的恋情对她而言更多的时候只是一种幻影和精神寄托。他们有时候一年都见不到面。更多的时候，她都在林翔的短信或电话中表达着自己的存在。她之所以固执地守住这份情不就是为了补偿当年欠下的情债吗？

可是，林翔还需要这样的感情和补偿吗？他有那么美满的一个家。妻子娇美贤淑，儿子英俊帅气。他的事业已至巅峰！像他这样的男人怎么会没有几个红颜知己陪伴左右呢？

苏婷不敢想下去了。她的心瞬间像是被撕开了一道口子，每吸一口气都会撕心裂肺的疼痛起来！

苏婷竖起披风遮住半张脸，她快步走到枯萎着荷叶的池塘边，风从远处带着冬麦的甘甜飘向四野。公路两旁的银杏树上有落叶翻飞的簌簌响声。

苏婷不知道自己还在期待什么，她明知道自己走出来的时候就注定没有借口与林翔共度今宵了。苏婷有些气恼自己的矛盾。既然这个聚会只是一次再平凡不过的形式，她为什么还要为林翔的疏忽和方素素的刻薄过意不去呢？

一轮残月从浅浅的云层中浮出来。城市的喧嚣搁浅在夜的边沿。苏婷的心已经从最初的痛苦中挣脱出来，她回到车上，果断地打电话给阿娇说取消晚上的聚会。

接到林翔电话的时候，苏婷远远能够看见"玫瑰园"巨大的花坛上那束闪烁着紫色光芒的玫瑰。她的心底有了一种前所未有的触动和温暖。

林翔的口气显然是关切的。"是她伤害了你吗？这样离开不是你的风格！"

苏婷抑制住正在淡去的隐痛。她尽量让自己的语气显得轻松和愉快："翔哥，我刚刚处理完公司的事情。本来，我准备邀请你去我的玫瑰园坐坐。顺便告诉你一些事情。"

苏婷把车停在铁花栅栏前，她打开大门径直走向在暗夜中闪烁着紫色光芒的美丽花束。

苏婷温柔地捧起花束，她迷醉地亲吻着每一片花瓣。电话那头是林翔粗重的呼吸和焦躁的等待。

苏婷从暗夜的花香中苏醒。她轻柔地捧起镶嵌着紫色钻戒的花束慢慢走进屋子。她第一次发现自己面对林翔的呼吸竟然能够镇定自若。她分明感觉到了一种空前的轻松和释然。

"曾经，"苏婷继续说道，"我多么希望有一个完全自由的空间，让你听听我的故事。'苏婷地产'可以说是我苦心经营多年的另一个孩子！这其中有孕育的艰难、分娩的痛苦、成长的磨难。当金钱变得只是一种概念的时候，我才知道，失去的永远不是可以用富足甚至于奢华的生活可以换取的！我常常问自己，假如当初没有我弟弟的事情割舍了与你的感情，我们在人生的道路上是否能一如既往地相知相惜？我们是否也会因为生活中的种种考验而致曾经的海誓山盟于不顾？"

"我不知道方素素给你说了什么。你和刚来时判若两人！你们在洗手间究竟谈论了什么？告诉我你在哪里？我要见你！今天晚上就让我好好地陪陪你。这么多年，你一个人在外奔波。我没能给以你应有的呵护。很多时候我都希望你能有个新的生活。你不必为我这样耽误自己！以后，因工作和家庭的原因我们会很少见面的。请你珍惜这个夜晚！"

苏婷酸涩地笑了笑了。她又何曾想到会是这样的结果！为了这个聚会她彻夜失眠、苦苦期待，甚至放弃去C市的计划。这么多年，她一直活在一种影子里。她从不愿意认真地分析与林翔的感情。她担心这份微妙的感情一不小心会被触破，就会露出不愿面对的真相。

苏婷习惯地拂了拂额前的发丝，她克制住心中的委屈和伤感很平静地告诉林翔："方素素没有伤害我。她只是把我从梦的深渊拉回现实。"

苏婷不管林翔是否听明白了自己的话。从豪国酒楼出来后的几个小时里，她的心就像一只断了线的风筝，漫无目的地飘忽着。可当她独自一人面对这个静谧的夜空，许多想不明白的事情突然间又变得清晰和明朗起来。堵塞在心中的所有痛楚正在慢慢消散。有一个道理越来越清晰地回击着她正常的思维，那就是，她和邵兵的结合注定永远与林翔无法回到起点，即使他们有多深的感情！

苏婷明白方素素真的没有恶意。她不过是用自己的方式诠释了一个真理：感情的虚假和人性的伪装。虽然自己口口声声称与林翔是单纯的朋友，可谁会相信呢？一个连自己都不敢承认的事实怎能奢求别人的理解！相比之下，方素素却敢于面对真相。直言不讳地剖析灵魂深处的丑陋和阴暗。作为女性，她们有相同的命运和经历，作为别人的情妇，她们有不同的人生观和价值取向。

应该说，苏婷越来越感谢方素素。是她尖锐的直白把苏婷从不着边际的虚无中还原到现实。在惊慌失措地逃离出都市梦魇一般的重重包围后，苏婷终于从几十年的感情纠结中获得了重生！

林翔的叹息让苏婷感觉到一种亲切的簇拥。她感恩这份亲切陪伴自己走了许多年。既然梦已醒，就该与黑夜告别。这个情人节的夜晚就是为他们落下的最后帷幕。

苏婷望着倒悬在夜空下都市的暗影微笑着说："翔哥，我今天和你见面，还有一个重要的原因。"

苏婷不让林翔有说话的机会："我已经答应了长住日本的欧阳先生的求婚。我们决定开春后去法国度蜜月。我之所以把婚期定在春天，是因为它是万物复苏的开始。我希望自己的另一段人生能有一个美好的起点。请你为我祝福！"

苏婷说完这些话后平静地挂掉电话。她猜不透林翔会有怎样的反应！哑然？愤怒？指责？或是祝福？但这一切都不重要了！

五

苏婷从系在花束上的绸带上取下一枚硕大的钻戒。正如欧阳先生说的，每一年他都会增加一克拉的重量以示自己的深情和耐心。

五年前，欧阳先生在香港一次商贸会上认识苏婷后便坠入了情网。他表达爱慕的方式也可谓独具一格。他从不打电话给苏婷。每年的情人节，欧阳先生会定期送来一束蓝玫瑰和钻戒。五年的时间里，他从未说过一句"我爱你，请嫁给我"之类的话。他只是坚持用自己的方式等待苏婷动心的那一天……

苏婷小心翼翼地把花插进一只昂贵的花瓶里。她关掉所有的电灯，只让一抹月光从印花的落地纱帘中垂落到弥漫着玫瑰花香的居室里。

苏婷上楼换上一袭曳地蓝色长裙。她的手上戴着刚刚从蓝色玫瑰中取下来的硕大钻戒。

苏婷一步一步地走下铺着猩红地毯的旋梯。她高贵优雅的笑靥如同沐浴在爱河中的新娘！

苏婷右手托着高脚酒杯，她缓缓地走到巨大的落地印花纱帘前。

苏婷抬起戴着硕大钻戒的玉手拨通了一个跨国号码。接电话的速度表明了这个夜晚的全部内容。

"我接受了您的玫瑰和钻戒。此刻，我们可以谈论一下将要进行的法式蜜月。"苏婷平静地听着自己一字一句地说出了决定下半辈子的从容选择。

几秒钟的沉默后是爆发而出的狂喜："神啊！我是不是在做梦！""是什么让情人节的夜晚发生了奇迹！"

苏婷一口喝掉杯中的酒，她突然拉开巨大的落地印花纱帘，她要毫无顾忌地接受月光的洗礼和亲吻！

"是，是因为，我刚刚放飞了一个梦！"

苏婷"咯咯咯"地笑起来。笑声像一串串欢快的音符穿过花影穿过暗夜穿过城市的灯火深处。

2012 年 3 月修改于求吉乡，定稿于 2012 年 6 月

新 娘 馍

女友出嫁的时候刚满 15 岁。

她未来的婆家以全套的白银首饰和三头上等奶牛的聘礼打败了纷至沓来的提亲者，从而获得了女友父母，确切地说是舅父舅母的欣然允诺。

记得那是一个多雪而又忧郁的冬季。雪花总是深深浅浅地萦绕在浅灰色的村寨上空。渴盼已久的春节因为女友的出阁而变得无比的伤感和沉重。

就在女友的家人忙着张罗起婚事的时候，我们躲开缝制嫁衣的绣娘，在残留着秋日麦香的晾架下，守候着与女友相聚的有限时光和难以割舍的情谊。

大年初二那天，女友的婆家在我们的惶惑中送来了迎亲前的最后一批聘礼。一条数丈长的白色哈达从她家堂屋中央的房柱上一直垂挂下来，炫耀般地覆盖了显示男方家底殷实的大茶、布匹和氆氇。在那间不太宽敞的房屋里，她的舅父舅母洋溢着笑脸，迎接着前来贺喜和帮忙的亲朋好友及左邻右舍们。无事可做的我们借口背水，簇拥着百合花一般美丽的新娘，在长满红柳的小河边，来来回回地磨蹭着时间。大家争先恐后地讲述着童年的种种趣事，用最童真的方式表达着心中的留恋与不舍。出嫁前的这一天对于我们来说是那样的珍贵和短暂。

按照规矩，出阁的姑娘要由她的伴娘陪伴度过在娘家的最后一晚上。可考虑到她与我们的深厚情谊，她的舅父舅母把这个珍贵的夜晚留给了她的小姐妹们。挤在女友那张小小的木床上，大家掏心掏肺地说着各自的心里话，用一种美好的心境想象和描绘着未来的生活。直到院子里响起了大人们扫雪的声音，我们才发现竟然彻夜未眠！

早茶过后，我们几个好友亲自下厨炸新娘馍（印有各种吉祥图案的圆形油炸馍，表示对新人百年好合的美好祝愿），然后把散发着油香的奶酪等分类放进女友的嫁妆里。邻居的孩子们雀跃在新房的门口，叽叽喳喳地闹着要吃新娘馍。已经换上新娘装的女友，羞怯怯地从崭新的褡裢里取出装有奶渣和糖果的小布袋，一一地回赠着对儿时伙伴们同样美好的祝福。

天快黑的时候，打扮一新的伴娘到女友的房间为她梳妆。年长的婶子们隔着木窗唏嘘着教诲女友做为人妻后该遵循的种种妇道。女友的养母亲自到房间为她戴上狐皮帽（出嫁的新娘都要戴狐皮帽），然后扶着一手抚养长大的爱女走上早已铺好的毡毯接受活佛的祝福和祈祷。

从订婚到出嫁前，女友始终懂事地沉默着。对这个或许有点过早的婚姻，她没有流露出任何的不满。舅父舅母为她安排的归宿，她是感恩的。她的生母在 22 岁那年生她时，因大出血撒手人寰。是她的舅父舅母从襁褓中接过嗷嗷待哺的她，并抚养成人。她认为自己唯一能够做到的就是早点出阁，让同样是养子的兄长娶个媳妇孝敬舅父舅母……

可是，当女友的养母哭天抹泪地嘱咐她远嫁他乡后要学会保护自己并记得时常回家时，她终于忍不住哭倒在养母的脚下。送亲的人群里传来时高时低的哭泣声。我们几个好友更是大放悲声，似乎此去再无相见之时。泪流满面的女友在姐妹们的哭声中由她的伴娘扶上了马背，他的兄长跟在后面，从肩上的褡裢里掏出新娘馍赠给送亲的乡邻。到了村寨外，我们和女友再一次相拥告别，她不停地回头，不停地嘱咐我们要等到她回门的那一天。沉沉的暮色中，我们目送着远去的女友，目送着童年的友情被撕扯的痛楚和无奈……

女友回门的那天，我正好去看望生病的姨妈。听母亲说，她因为没有见到我而哭肿了双眼。看着着实叫人心疼。她特地给我装了一大袋新娘馍，要我拿到学校去吃。她要母亲转告我她每年春节都会回来，她仍然要和我们一起聚餐。

不知出于什么原因，女友捎来的那袋新娘馍，我竟没舍得吃。一直就挂在我家的厨房里。每次从学校回来。总要看看早已生霉变质的新娘馍，似乎那里隐藏着女友的影子和童年的所有记忆。

再次见到女友的时候，已经是八年后的事。那时的她已经是两个儿子和一个女儿的母亲了。她看上去成熟了，也憔悴了。她幽幽地诉说着刚到异乡后的种种酸楚。她的婆婆长年卧病在床，公公和丈夫都是很严厉的人。日复一日的劳累把她迅速地变成一个坚强的农妇。女友告诉我，每年搬远牧的时候是她最伤心的时刻。走上野花烂漫的山坡，她可以远远地望见家乡影影绰绰的杉板房，每一次她都会大哭一场，痛痛快快地发泄心中的思乡之情。学会不再落泪的她还悄悄地给我看留在发髻间的一道伤口，说那是她的丈夫为了把她从少女变成女人所付出的代价。被铁火钳打破头皮后的女友只好乖乖地顺从了丈夫。徒劳的反抗只能换来暴力，之后的日子女友就做了温顺的妻子。好在丈夫虽也粗鲁，但还是很爱她。有时还背着家人陪她回趟家乡看看逐渐老去的舅父舅母。

渐渐地，女友不再贪恋与我们的相聚时光。她总是念念不忘山那边的孩子们和辛勤耕耘的家园，在娘家多住一晚她都觉得是优待自己了。再后来，女友很少回家了，过年的时候也只是捎些简单的年货和象征性的问候。更多的后来中朋友们也相继有了自己的家和孩子，有了各自的天地和不同形式的生活空间。童年的友情被流逝的时光分支剥离……

当许多年后的又一次新年带着浓浓的乡村气息等候我们去参加侄女的婚礼时，我竟见到了久违的女友。她佝偻着过早衰老的腰背，骑着一匹和她一样疲累的母马回到梦牵魂萦的家乡为过世的养父养母施斋饭。听母亲说，女友患了不治之症，自己却蒙在鼓里。去年年底她已成家的儿子带她去西藏朝拜，了却了最后的心愿。而女友自己告诉我这件事的时候，浑浊的眼里满是自豪和满足。侄女完婚后我请女友到家里来，用一整天的时间陪伴她。我们谈了很多，从童年一直谈到现在。她看起来似乎很倦懒，说话的时候总是微闭着眼睛。每说完一句话她都要不停地咳嗽。我留她在家里过夜，可她谦卑地说自己的病体会玷污了我的床。女友的衰老和自卑超乎我的想象。我强忍住心中的悲切，把 300 元钱悄悄地塞进她的口袋。送她到家门口的时候，女友突然握住我的手，用一种诀别的眼神看着我，她断断续续地说她嫁人的那年我们送她的新娘馍在她绣有花边的褡裢里躺了二十多个春秋。这次回来，她把早已变成粉末的新娘馍悄悄地撒在了阻隔在娘家和婆家的那座山坡上……

泪水从她的眼里慢慢地滚落下来，她喃喃地说，来年的山坡上会开满更多更美的迎春花，因为她把童年最珍贵的友谊播撒在那里！我极力忍住心中的悲戚，告诉她县城的医疗条件很好，开春后我带她去治病。女友不置可否地看着远方，被病痛折磨的身子像一片即将飘落的枯叶在空旷的夜空下颤抖着……

一年后，我听到了女友病逝的消息。

责 商

一

从文化厅会议室出来后，我们几个文友直接去"普罗旺斯"喝茶。燕子推说昨晚没有睡好需要抓紧午饭前的一个小时补补觉。原本热情活泼的她此次表现出了与以往不同的倦怠和沉静。吴姐笑说燕子定是得了相思病，无心与大家厮混，暂且随她去。

普罗旺斯并没有什么独特的装潢和配套的设施。极为普通的一个茶坊而已。靠窗的位置已经坐着一些喝早茶的人。放置于大厅中的几盆植物给不大的空间增添了些许的馨香。

画家卓雅是文友当中最为健谈的人了。她逐一为大家点过茶后又不失时机地谈起了对工夫茶的独到见解。她是一个追求生活品质的女人，对养生、保健尤其沉迷。工夫茶是她孜孜不倦的业余功课。无论谁到了她家，她都会演绎一番工夫茶的全套过程，使朋友们对中国的茶文化有了最直观的认识之后还能带着满口余香和油画书签恋恋不舍地离开她的居室。

我们选择了一个靠近落地玻璃窗的位置，我和同样怕冷的吴姐坐在可以直接沐浴阳光的沙发上。深咖啡色的茶几对面是一位半倚半睡的年轻男子，阳光透过乳白色的纱窗在他困倦的脸上印下一圈圈流水一样的波纹。茶室里的温度随着越来越多的茶客有些升高，我们的话题也在随意间欢快地跳跃着。

吴姐从随身的包中拿出几本书赠送给邻座上参加文代会的新朋友。娜娜说她的长篇摘取了全省两项大奖。我们几个自然少不了又为吴姐说些祝贺的话，言辞间无不流露出对她康复后的欣然。

"唉，女人的生命真是不堪一击！袁枚走的确实突然！从发病到离世不到两个月的时间！"正在深入谈论什么水质容易引发癌症的卓雅突然话锋一转，这个敏锐的话题把大家的心都收紧了。而其中最惭愧和悲切的却是我了。

两个星期前，我接到出差在外的朋友的电话，说文哥的爱人袁姐突然去世。震惊和忧伤让我无法相信事实。告诉我这个消息的朋友曾和文哥是D县文联的同人。后来文哥到省城工作后都和我们保持着亲密的朋友关系。我委托她替我去慰问文哥并送送袁姐。为了避免触及伤感，我便没有发短信给文哥。可昨天在报到处朋友竟说因事耽搁没有去成。这让我羞愧交加，不知道该怎么对文哥交代。

"听说文峰提出离婚的第二天袁枚就被查出是喉癌晚期了。"一直保持沉默的玉林有些愤愤地说道。"唉！可怜的女人！怎么就这么匆匆地走了呢！""谁遇到背信弃义的丈夫都受不了！袁枚一定是长期怄气才发生癌细胞病变！""或许，袁姐并不知道文哥在外面有了女人？"我听着大家七嘴八舌的议论，思绪尚未从怀念袁姐的痛楚中复苏，我说出这个连自己都难以相信的话主要是想维持已经行走在天堂里的袁姐一点尊严。

"女人都是极其敏感的，尤其是丈夫有了外遇的妻子。""袁枚怎么会不知道丈夫在外面风花雪月？"

"啥！你们都在说些啥！"刚刚赠送完书的吴姐只听到个大概。她诧异地看着大家。

"正在说文峰爱人离世的事情呢。"诗人桑丹往后撩了撩黑漆漆的长发，一缕忧伤掠过她那双黑葡萄一般的大眼睛。

"啊！袁枚过世了？她还不到五十岁呀！怎么回事怎么回事！快告诉我！"在检察院当了多年检察官的吴姐依然不改干练、泼辣和直截了当的风格。还是卓雅推了推鼻梁上的眼镜将文哥移情别恋袁枚郁结而终的经过说给她听了。

"哎呀！这怎么行！文峰这个坏蛋！花花心肠！没有良心！他怎么能这样对待自己的妻子！"吴姐拿出雷厉风行的作风，气得脸都涨红了。她一边骂一边掏出手机，她用火辣辣的目光看着卓雅："快把文峰的电话给我！我要骂他个狗血淋头！我要问他的良心是否被狗吃了！作为文学界的朋友，我们有义务教育他。他必须接受道德舆论的谴责！他曾经是那么的诚实、憨厚。他是我们雪域高原的文学巨才！这样的事情绝对不应该发生在他的身上！一个原本美好和谐的家被他搞得乌七八糟，他太不珍惜眼前的幸福了！"吴姐说到这里的时候已经有点声泪俱下。我们理解她的心情。

三年前，她被查出是乳腺癌初期，好在手术及时，吴姐在与死神握过一次手后捡回来一条性命。经过生离死别后的她对家对亲人有着难以割舍的爱。这个沉重的话题把我们这两天相逢的喜悦完全挤到灰色的天穹之外。

"我想大家还是冷静和客观地对待这件事。"一向沉静的桑丹眼里也有一丝泪光。她向正在翻手机号码的卓雅做了个停住的手势。"我想，事情既然都到了这个地步，任何指责和声讨都无济于事。就算文峰有多少的忏悔也换不回袁枚的生命。何况"——桑丹看到大家的表情有不解和疑问，便停住话头。她埋头吹着浮在茶水上的柠檬片，似乎努力在权衡自己对这件事的真实态度。

"这样的事情需要冷静分析吗？人都被气死了！文峰的错误无法挽回。他既然不能给袁枚一个安全的依靠，当初又何必把家眷迁到都市。使她在面临绝境的时候连个倾诉和安慰的朋友都没有！"吴姐的眼里几乎喷出了火。她微微颤抖的手依然向卓雅伸着，大有不把文峰骂个痛快决不罢休的姿态。

"哎哎！你们这群人今天是怎么了！"桑丹神色凝重地瞟过每个人的不同表情后有点狠心地说："我不赞成大家的批判。很多事情我们不能只看事情的表象。任何事物演变成悲剧必然有它自身特定的因素。我们应当确定这样一个事实。无论促使这个悲剧发生的责任在于谁或者谁更多一点，袁枚都以生命做了代价。对她而言，爱情胜过生命。她的错在于，把丈夫和爱情当着了生活的全部，甚至于连子女都难以替代。当一种所谓的背叛和离弃将她置于困境时，听好，在这里我说的是困境而非绝境，她顿时无所适从。她甚至忘记了这样的困境原本完全可以通过自身的努力转变成一种重生。她一味地依附于自己的丈夫，全然没有独立的思想。当其实应该是预料中的，灾难'席卷而来时，她索性下了巨大赌注——死。事已至此，你们又何必义愤填膺、剑拔弩张呢？我想说的是，作为咱们文学圈内的人，对人对事要有高于世俗的论断。感情的事本身就是个复杂的东西。谁都不好去评说。作为文峰的朋友，我们不能去改变他的爱情观和价值观。我想说的是，保持沉默是大家最好的选择。这样品头论足我们与长舌妇们又有何异？"

"这怎么会是无端的议论呢？我们是本着对袁枚的爱惜去进行对事情本质的分析。"雯雯见大家的话题陷入僵局，赶忙打圆场。

提起这个话题的卓雅不停地推着眼镜，掩饰着内心的不安和尴尬。她向前探了探身体，用一种慎重的语气说："其实，我只是想借这件事提醒大家，我们每个人的身上都潜伏着癌细胞，如果你不去触碰它，它或许永远沉睡不醒。但强烈的刺激是引发癌细胞病变的导火索。作为女性，首先应该有自我保护意识。丰厚的知识和修养可以使一个普通的女人看起来与众不同，同时使她面对各种困扰时能够泰然处之。如果把健康的砝码和生存的信念依附在他人身上，这无疑为自己断了退路……"

我把目光从氤氲着茶香的大厅转移到对面林立的高楼以及高楼背后高耸的雪山。那些葱郁了一个夏季的山林在秋的隆重谢幕中早已变得灰暗、颓废。

我无法不去认真地回忆已经走了的袁姐，回忆她生前的幸福生活和后来遭受情感剧变带给她的致命打击。我不敢想象她枕着文哥那双不再属于自己的肩膀含恨而去时是否会得到丈夫最后的垂怜！

或许，那弥足珍贵的时间里，他们想传递给对方的已经不是怨恨。他们或许会同时回忆起许多美好的往事。比如热恋中的卿卿我我，女儿的呱呱落地，还有文哥写给妻子的那些足够他俩回味一生的美丽诗句！

二

文哥和袁姐的故事应该有许多值得回忆的地方。无论这个故事是他们亲身经历的还是被我提升成为具有文学之美的动人篇章。

无可否认，他们曾经真诚相爱、山盟海誓。时光应该追溯到三十多年以前。那时的文峰，刚从省师范校毕业。年少俊朗的他可谓意气风发、踌躇满志。聪明的头脑和过人的才华为他罩上一道神秘的光环。他成了那个乡中心校的重点人才。许多好事者也纷纷上门为他牵线搭桥，而同在一个学校教书的回族姑娘马樱也暗恋着他。

文峰所在的那个乡是一个典型的农林地区。那里有连绵的群山、茂密的森林、淳朴的村庄和古老的寺庙。一座小型电站横跨在龙溪河上，为孤寂的乡村增添了一点现代气息。文峰很爱去电站附近的田野边散步。那些青幽幽的麦田、粉嘟嘟的野桃花、泛着粼粼金波的龙溪河总是让他浮想联翩、诗潮涌动！可以说，是那个还有些贫瘠的乡村成就了他的文学之路。他后来的许多成名作都是从那里起步的。

文峰和袁枚的相遇是在一个浪漫的夏季。那是一个星期天的下午，文峰带上鱼钩，骑上新买的"飞鸽牌"自行车，驶上田野中间那条灰褐色的土路。

到达水库的时候，午后的阳光把树影斑驳的山林投向河面，河面上漂浮着一层白绒绒的柳絮。文峰悄悄绕过大白杨树下打盹的钱大爷，把自行车停在大桥下面的草坪上。他最怕钱大爷突然冲到河边大呼小叫地拉他去门卫室喝酒下象棋。这个老头，像是前世的老爹一样喜欢文峰。他一生没有结婚，除了喝酒取乐从不知道女人是怎么回事。自从文峰在他那里躲过一次雨，他就认定是上天为他送来解闷人。特别是他们在下了几次象棋后更是当这个愣头青是知音了。文峰总是在钱大爷面前装孙子，对阵时故意节节败退。他深知老头的孤寂，情愿装傻让他高兴。

文峰选了块僻静的河岸，把穿好鱼饵的长线高高地抛向空中，看着它呈一道美丽的弧线后飘进水里。许多年来，文峰都在回忆这天的情景。他确信那次的垂钓就是一次上苍的安排。那个单薄的姑娘，那个手足无措的黄毛丫头，在正式成为他的新娘之后，那段历程仍然能勾起他最温暖的回忆。

那天的运气的确很好，没多大工夫文峰就钓到十多条大鱼。他把装满鱼的水桶藏进一丛柳树中，又去林中摘了许多野花准备送给马樱姑娘，这段时间，马樱对他的追求已经到了无所顾忌的程度。她几乎每天都要去文峰的屋子坐坐。不是扭着他念诗就是拉着他去散步。她甚至悄悄地买毛线给文峰织毛衣了。文峰把野花扎成一把缤纷的花束，他见时间还早，就决定去南面山坡上寻找那座苯波教寺庙。他是在县文物保护馆的一位朋友那里听说了这个有着上千年历史的古寺遗址。民间一直流传着关于它的种种传说。寺庙的几代活佛都是修炼苯教真传的世外高人。特别是最后一代活佛雍忠佳措据说可以踏雪无痕，飞檐走壁，上天入地。他化仙而去时还保留着童颜何须。佛家的至高修行充满玄机，扑朔迷离。文峰很想通过残存的遗址探寻一点关于苯波教的波来历。几块堆放在墙根的石头上刻着"嗡嘛志美耶撒拉朵"。这显然是苯波教的八字真言。墙内的建筑早在岁月中坍塌、腐朽。院墙内长满了紫红色的野棉花。

文峰找来一根干枯的柳枝，轻轻地挖出墙体内残存的木筋碎片。这种黄泥加木筋的土墙，曾盛行于安多地区，是农耕文化中的精髓和传承。苯波教作为原始本土教派，有着悠久的历史和无以取代的宗教地位。然而藏传佛教的兴盛迫使它淡出了历史舞台。尽管如此，这支古老的教派依旧存活下来，以与世无争的姿态一脉相承，生生不息。藏传佛教中的许多教规仪式仍然来源于苯波教。

从这个位置，可以居高临下俯瞰电站水库的整个地形。那是一座修筑成椭圆形的拦水坝。清澈的夺巴河、龙溪河、泽雅河从幽谷密林中奔流而来，于 V 字形的垭口并入水库形成一座墨绿色的人工湖。湖上有一条木筏子，电站工人们每逢周末，都爱乘木筏钓鱼。特别是夏天，当地的青年和孩子们也爱在湖中游泳。这个美丽的湖水，不仅是一处令人赏心悦目的景点，它所在的位置还是当年长征时期红军三大主力首次汇聚点。1935 年至 1936 年，红军三过草地，先后在这片土地留下了浓墨重彩的一幕。几场著名战役的打响，让这里的山水铭记了多少感天动地的故事！

太阳落向西天时，文峰才起身下山。他满脑子想象着同事们的惊喜和围着灶台烹饪煎煮的情景，全然没有发现离他三米远的地方站着一位姑娘。文峰快步走到柳树下准备收拾东西上路。

"等等！"正在弯腰拿桶的文峰被喊声吓了一跳。他有点恼怒地回过头去——一位瘦瘦弱弱的姑娘站在那里。她的神色显得很紧张。

文峰眯缝起眼睛正在纳闷，姑娘像是壮了胆似地向前走了一步。她垂着眼皮把手中的一大把野花递到文峰跟前："这花送你了！"然后退到刚刚站立的地方怯怯地低着头。文峰不解地打量起眼前这个有些唐突的姑娘。他似乎还没有完全从遥远的遐思中复苏。他怀疑自己是否产生了幻觉，他晃了晃手臂，想要证实一下握在手中的花是否真实。未及开口，那位姑娘像是下了决心似的走过去提起水桶利索地捆在自行车后架上。文峰这才发现，他钓了一下午的鱼居然不翼而飞！他愣愣地看着姑娘替他收拾家伙像是要打发他走。

文峰有点不高兴了，一个素不相识的小姑娘，凭什么擅自搞掉自己的劳动果实？！这简直有点乱弹琴嘛！他皱了皱眉头，一本正经地扬起手中的花嘲讽道："这算是一宗买卖吗？我是否占你便宜了！"

姑娘不安地抬起眼睛，那神情间流露出一丝乞求："今天是师祖释迦牟尼的诞辰日。若是放生行善将会功德无量。我曾经和朋友有个约定，就是每年的这个日子都来放生。可是，她却永远地躺在了那里。"陌生姑娘用手指了指南面山坡上一片耀眼的野杏花林。

文峰似懂非懂地看着姑娘，她的眼睛里闪动着一丝痛苦。姑娘默默地望着群山之中的野杏花："去年，我的朋友值夜班。半夜下起暴雨，她去关闸门的时候不小心滑入水库。几天后，我们才在几十公里以外的河滩找到她的遗体。她才 23 岁啊！"姑娘说到这里的时候已经是哽咽不止。

文峰的心像是被什么东西狠狠地撞了一下。一种深深的负罪感使他对自己刚才的态度羞愧。他明白了自己的鱼是被这位善良的姑娘为她在天的朋友放生了！虽然他并不清楚眼前的这个人和她已逝的朋友为何有如此虔诚的信仰。但最少，他为她们的友谊感动！那一刻，他的内心受到了很大的冲击！

看着姑娘悲伤的眼睛，文峰这才看清楚她的模样。她顶多也就二十来岁。清瘦的瓜子脸，单眼皮，小鼻子，薄嘴唇。她上身穿一件方格子小翻领西服，下着卡其色小脚裤。脚上是一双圆口黑灯芯绒布鞋，里面穿了粉色的丝光袜子。

应该说，这个姑娘并不漂亮。她的清瘦中透着一点令人心疼的病态。

文峰知道此时此刻自己不适合问更多的问题。他只想表白自己心中的歉意。他把花转送给姑娘真诚地说："请你把这束花献给你的朋友。我发誓，从此不再钓鱼了！"他拿起地上的鱼竿和装鱼饵的罐头瓶，狠狠地甩到汹涌的河水里。然后骑上自行车头也不回地消失在暮色中。

三

接下来的时间文峰一直忙于筹备参加州级教研活动的事情。他渐渐忘记了发生在电站水库的那一幕。他和马樱的关系有了新的进展。因为加班时间多，他把钥匙交给她请帮忙烧烧开水、顺带收拾屋子什么的。马樱也俨然以女朋友身份自居了。然而，每当夜深人静，朦胧的星光照射在小小的玻璃窗上时，总有一种思绪撩拨着夜半的梦境：墨绿色的湖水、粉红色的晚霞，瘦瘦弱弱的姑娘，群山之中的野杏花。这个渐远的画面在文峰心中很亲切。很多时候，文峰会穿过马樱那双含情脉脉的眼睛细细地回忆起陌生姑娘怯怯的眼神。他不明白自己怎么会痴迷于那个偶遇的画面。一个平淡无奇的陌生人，却能让他辗转不眠。文峰几次都想再去水库看看，他想在姑娘那里了解一些当地的民风民俗，那个地方像是有一块磁铁似的吸引着心中的好奇。可他始终没有行动，他似乎担心再次碰到那个姑娘，她身上那种痛彻心扉的气质很像自己的母亲。文峰害怕那种忧伤会唤起心底很多痛苦的记忆。

转眼暑期已经临近。文峰带的毕业班结束考试后，他为了写一篇宗教题材的散文，只好又去那座苯教寺庙遗址进行考证。那天，他走了一半山路后却鬼使神差地绕上另一条捷径，他很快便找到了那堆小小的坟冢。

文峰犹豫着地走到坟前，他的眼前再次晃动着一双哀怨凄楚的目光。这个躺在地穴中的可人儿，是否也长有一副单薄的身子？或许相反，她可能是一个靓丽健康的活泼少女，她的生命应该如这漫山遍野的红叶一般绚丽和丰腴！文峰的心中有着深深的惋惜。生命有时候是那样的脆弱。它的陨落远比降生更直接更迅速。他想起自己的父亲，一个长得文文弱弱的知识分子，因不堪忍受"牛鬼蛇神""臭老九"的迫害，在一个寒风凛冽的冬夜用一根麻绳吊住了自己的脖颈。从此把雪雨风霜的日子丢给了柔弱的母亲。他怎会忘记父亲去世后带给母亲和孩子们的致命打击。那简直就是一段不堪回首的艰难岁月。母亲带着四个孩子背井离乡，改嫁他人。也就是从那时候起，文峰再也没有看到母亲笑过。贫困的生活把她的背压成了一张松软的弓。过早霜白的头发成了儿子心中最揪心的痛！

假若真有来生，你要好好珍爱自己！文峰站在长满荒草的坟前，为一个过早结束的生命嗟叹！

"谢谢你来看我的朋友！"一个低低的声音打断了文峰的思路！这次他没有回头，因为他清清楚楚知道了站在背后的是谁。不知道什么原因，文峰的心跳有点加速，他没有回头。那个瘦弱的声音竟会给他带来一丝压力。他开始怀疑自己到这里来的目的是否只是为了释放萦绕在心中的那团迷雾。

一只白皙的手递过来一张手帕，文峰这才发现自己流泪了！他转过身擦掉泪水后不好意思地捏了捏手帕上的痕迹。

"崭新的，送你了！"姑娘像是看懂了文峰的拘谨，她扯了扯嘴角没有接过文峰还给她的手帕。她捧出两束野草莓放在好友的坟前。

"这个季节漫山遍野都是野草莓。任何地方你都能看到它们可爱的笑脸。再过一段时间它们就腐烂了。"

姑娘的语气充满怜惜。她说的笑脸正好说到了文峰的心思上。两簇红艳艳的野草莓就像她们生前的友谊，炙热而真诚。美丽而短暂。

文峰退到一片树荫下坐下来，他想既然都碰到了，不如就和姑娘谈谈吧。他确信自己对她有几分好奇。文峰定了定神，友善地示意姑娘坐到树荫下来，他担心灼热的阳光会晒伤姑娘白皙的皮肤。可是，姑娘并没有接受他的好意，她若有所思地看着天空慢慢地说："我和朋友是一起招到电站当工人的。她是技术工，我初中毕业就接我爸爸的班来了。她是甘肃银川人，父母都很老了。她的离去让两位老人了无生趣。"

姑娘完全沉浸在自己的追思中，文峰没有说话。他知道此刻保持沉默远比做徒劳的安慰要好许多。果然，姑娘在短时间内理智地克制了自己。她打开手中的塑料口袋摊开放到文峰面前羞涩地说："这是我们这里的野果，有羊奶子、草莓、野葡萄、黄莓。可好吃了。我还捡了一袋松菌，炒肉挺香的，都给你吧。"

文峰不拂好意地抓了几颗野果甩到嘴里，酸酸甜甜的味道滑进喉咙痒得他龇牙咧嘴。姑娘忍不住偷偷笑起来。这次文峰可看清楚了，姑娘笑起来的一瞬间有点让他怦然心动！他傻傻地看着她一口特别整齐的牙齿，一时间显得手足无措。平时的机灵和好口才在这个不起眼的女子面前突然失灵。他怕自己的窘迫遭来姑娘的误解。还是不要走进一个陌生人的世界吧！虽然她确确实实能打动自己最敏感的一根神经，可这并不能代表自己对这个了解几乎为零的人有好感。何况，马樱对他的爱足够让他忽略所有女子的优点。他想此来的目的原本就不在这儿。那座苯波教的千年谜团才是他要去揭开的。就在他故作潇洒转身离开时，一阵闷雷突然在山顶炸响。接着豆大的雨点铺天盖地压下来。文峰回头看站在风中的姑娘，心想是否需要喊她一起下山躲雨。这一看不要紧，文峰在仅仅犹豫了一秒钟后就跑过去把姑娘拥在怀中，然后向着一棵高大繁茂的古松跑过去！他确信自己的这个动作完全是下意识完成的。他记得他们的新婚之夜，妻子绯红着一张小脸娇嗔不已。她怪文峰设下陷阱让自己扮演了一只可怜的羊。其实他知道自己在拥抱她的那一刻头脑中真的只有一个念头。她需要我！他需要一个男人的肩膀！她的忧伤和突如其来的暴雨会让她惊慌失措！

那次略显唐突的会面之后，文峰的好奇心得到释放。他与马樱的爱也到了白热化的程度。他决定假期中带她去见自己的父母。他的养父是个古板的人，有点文化。对孩子们他还算和善。文峰感恩养父对他们的照顾，想娶个好媳妇伺候两老以表孝心。马樱几次提出登记结婚，但文峰想第一关还是得两老点头才行。他始终觉得马樱的骨子深处有种桀骜不驯的东西令他忐忑。

这个期间，文峰带队参加州级教研活动也取得了优异的成绩。学校决定将他提拔为副校长。某种意义上，老校长是把他作为校长人选在培养。文峰的"幽谷梵音"也在全省秋季征文活动中获得金奖。暑假前一个星期，文峰拗不过马樱只好到公社先领取结婚证。他们包了一包喜糖，请老校长开了证明后去找公社文书，可是，就在文书拿起钢笔准备在结婚证上写下他们的名字时，一个披散着头发的妇女跌跌撞撞地跑进来。她满脸鲜血，鬼哭狼嚎地说是被邻居打伤了。原因是两家长期积累下来的水槽问题引发的矛盾。正当被打妇女大闹公社大院时，一拨手持锄头、木棒的人群也冲进来。显然是被打的一家跑来闹事了。原本喜滋滋的两位新人，被吓坏了。文书来不及收拾散落在地下的结婚证，这伙失去理智的村民便揪住他的衣领拖去找公社书记讨说法了。

文峰和马樱悻悻然回到学校。那包裹着彩纸的喜糖被马樱狠狠地甩进垃圾桶。同事们安慰说这叫好事多磨。晚上，他们请老师们吃了顿便饭，算是提前搞个小小的订婚仪式。

<h2 style="text-align:center">四</h2>

到茶室喝茶的人渐渐多了。坐在对面的小伙子不知什么时候离去了。一包中华烟和打火机扔在茶几上无人问津。吴姐的口气比先前柔和了许多。是的，每个人都有自己的生活准则，谁都不能去改变已经发生的事情。经过一番争论后大家平静了许多。卓雅的话题转向冬季服装的搭配上了。朋友们很认可她的前卫。或许搞美术的对色彩有独到的见解。她的服饰就像她的绘画，常给人厚重深远的感觉。比如她今天的装束，就是一种浪漫的复古。一袭白底蓝花的长裙配以金色的长丝巾，羌绣丝质挎包和叮当作响的耳坠以及印度式的手链使她整个人显得飘逸而神秘。我不禁想起童安格的"耶利亚"。

桑丹看了看手腕上的表示意大家可以下楼去午餐了，下午的会说是推迟到四点。燕子发短信说不想起床，午餐上要我挑些食物端到房间。我不忍责备她的倦懒，只好答应。在餐桌上，我一直想着燕子的反常。她以前可是个耐不住冷清的人。能说会道，热情似火是她的特点。无论是开笔会还是朋友聚会，她都是主角是台柱。她的灿烂和美丽是大家公认的。她很乐意做朋友圈里的台柱。每一次相聚她的话题都是那么的新颖和令人快乐！

时间真是个残酷的东西，它会在不经意间吞噬许多美好的事物。在这个高原小城，文哥曾和我们有着许多美好的聚会。那时候，他和袁姐非常恩爱，各种场合他都带着她。袁姐还是文哥的忠实粉丝。她跟老公学书法，学诗歌。文哥写什么她都是第一个读者。如果夫人觉得某个句子、某个段落不好，文哥都会拿出十二分的认真进行修改。那个向着大河的小小阳台，他们常常摆两碟小菜，晕二两白干。然后用心的感应解读着对方。他们的爱就像一池湖水，宁静、自然、和谐、真实。

午餐上，有些新认识的朋友过来留号码。最后一天的会让大家生出些许不舍。是的。能参加这样一次聚集着文化精英们的盛会是很荣耀的。这样的盛会，往往是乘兴而来，激情而归。特别是获得奖项的个人和单位，总有很大的成就感。

一桌的人商量着是去逛街还是喝茶晒太阳。我念着赖在床上的燕子，到后厨要了份精致的小餐回房间。燕子容光焕发地坐在床上打电话。她伸出纤巧的手指对我做了个感谢的手势后继续了十多分钟的通话。我懒得和她说话，只想美美地睡个午觉。

"今天的话题应该是'责商'吧？"就在我快进入梦乡时，燕子眯缝着一双凤眼坐到我的床上。我转过身，甩给她一个不耐烦的皱眉继续睡。"说到底，文峰就是个责商偏低的作家。"燕子扳过我的肩膀耐心地说："在出现责商这个词之前，人们总认为情商越高越是多情。这完全是个误区。没有人对责任商数做过研究。人是有个体差异的。情商和智商偏低的人在处理人际关系和自我责任行为掌控方面就会比常人略差。文峰的情商很高。当初和袁枚结婚，是他失恋后清楚自己需要什么，那个时期只有靠袁枚的忠诚来与他完成生儿育女这样人生中最重要的事情。夫妻关系到了一定时间只能转变为亲情。而他和若月是完成了这些重要事情后再次碰撞出心灵火花的情人。他们的爱情完全是精神上的需要。他们是灵魂上的伴侣。想通了这个规律，你们就不会为他的婚变纠结了！"我的睡意立即被燕子的话吓跑了。她怎么知道我们在茶室里的争论！难道有人通风报信？一连串的疑问搅得我心中发怵。我腾地反起身，直逼燕子双目。"你安插了间谍？你故意回避场面是想窥视大家的心思？你想借大家的嘴说出你想要说的话？你居心何在？"

燕子不怒反笑。她咯咯咯地走到卫生间化妆。还不时回头冲我眨眼。我冷着脸不理她。这个狡猾的女人！她不与我们喝茶就是怕蹚这场浑水！

谁都知道，文峰两口子出了这事，最少在圈内是引起了轩然大波的！即使有人顾及情面不公开谈论这件事，但所有人的心里早憋着一口怒气！同情弱者是中华传统美德。

"哎哎！你那眼神分明是怪我做了小人嘛。我没有你想的那么低俗。我承认，除了真的疲惫之外，就怕这个话题。"

燕子拍着残留在面颊上的护肤品回到床上。她喝了口牛奶望着窗外的天空说："会开到结束，大家都不提这个话题就是怪象了。你看，从这个位置我们可以看到文峰曾经的居所。每次到这里办事，我们都会第一个打电话给他。是他和他创办的文学园地给予我们创作平台。他的诗歌，他的散文，他的人品都是我们学习的榜样。然而，爱情这东西，谁又能说得清呢？"

燕子的语气像是在问自己。我不想说什么。说什么好呢？谴责文峰？于事无补！同情袁姐？难以复生！支持文峰？天理难容！打击第三者？情何以堪！

"我庆幸自己躲过了这场口舌之争。假如我在场，态度一定比吴姐还强烈。对此事，我是非常震动和愤怒的！"燕子娇媚的脸上堆满怒火！"任何人可以是陈世美，但文峰他不能！他们风风雨雨走了几十年，眼看着自己的儿女也要成家立业了。这个榜样能倒吗？这个形象能毁吗？这个坚持能停吗？"

我在心中越来越多地感觉到袁姐的不值。燕子的话比刚才在茶坊中的议论还要直指要害！如果此刻吴姐在，她一定会受到鼓舞，痛骂文峰的！

"关键是，"燕子仰头甩了甩长发，她的眼睛一直盯着宾馆前面的高楼，似乎文峰就憨憨地站在那里听她批判，"关键是，文峰把袁枚带到了都市。让她远离了熟悉的家乡和朋友。在那样一个陌生的城市，面对丈夫的遗弃，她能有什么选择！"

燕子的语言像一把利箭。射哪里都得滴血！我第二次陷入对文峰的批判声中，心中滋味不是酸甜苦麻辣可以形容的。我当然也知道，自己比别人都多带份感情在看待这件事。文哥是从山区走出去的。他当过教师，当过官员最终回归成文人。对他生活过、恋爱过、付出过的大山他是有着深厚感情的。他的散文集、诗集都用大量的篇幅赞美大山、赞美家乡。在他一步步成为名人、成为都市人的漫长路途，袁姐一直陪伴着他啊！即使他们在一起的时间越来越少，涉及的话题越来越敏感。可她依然深深地爱着自己的丈夫。袁枚不是一个狭隘的女人，面对文峰众多的爱慕者，她都给予理解和宽容。她甚至请个别宣扬要做文峰"红颜知己"的女性到家里来品茶。请她们看文峰的书，讲他们多年前在乡村的故事。她用真情感化了很多自以为是的女人。有些甚至成了她的好朋友。然而，袁枚最终没能感化自己的丈夫。致使他彻底告别经营三十多年的爱巢，另择新欢。

"作为文人，文峰难免有多情和浪漫的一面。加之他的生活圈很广，诱惑颇多。偶尔风花雪月是可以原谅的。但他真的不该抛妻舍家。当你给了自己的爱人一个承诺时，同时也把一份责任扛在了自己的肩上。我们不宣扬做圣人。谁都有七情六欲，喜新厌旧是人的本性。但要用理智去克服这些人性弱点。人人都由着性子放纵自己，这个世界岂不乱套了！"

燕子的话在我的耳中嗡嗡作响！我很想反驳她几句或者请她暂停。这个话题太折磨人了。于情于理都不好做人。

"责商"一词来源于谭焱心博士的研究发现。英文称"Pesponsibility Quotient"。责商显然是指责任商数，是一个人自我责任行为的掌控能力。燕子将这个新兴的名词恰到好处地用在了文峰的事情上。其实，身边发生这样的事情，发出批评指责都是正常的反应。因为大家是站在朋友的角度为之遗憾和痛心的。

燕子见我不语就又躺回床上。她说要在微博上发两篇随笔。而我的思绪却依然停留在对袁姐的怀念中。

五

文峰和马樱登记结婚的事被那帮村民搅黄后，马樱最初的热情也冲淡了很多。她同意文峰先回去禀告两位老人后再做决定。第二学期开学时，文峰正式担任学校副校长职务。老校长非常器重文峰。鉴于他们学校在全州赛课和期末考试中的突出成绩，决定派文峰和两名骨干教师去州进修校深造。在推荐会上，文峰和校领导班子认真地研究了这事。考虑到学校正在创办全县第一个民族寄宿制班，准备从教研组和后勤组中抽两名年轻教师去参加进修。

那天，文峰在教务处交接完工作后，请半天假专门陪马樱上了趟县城，买了几件时尚的衣服和女性用品。为了给她一个定心丸，他把外祖母传下来的一只翡翠手镯送给她作为定情物。晚上，文峰备了几样小菜和红酒，把马樱请到自己屋子小聚。想到要分别几个月，两人的心中都有不舍。面对文峰的深情，马樱忍不住哭了。她埋怨文峰不在校长跟前推荐自己去进修。她要文峰保证在那边不看漂亮女生。文峰被马樱的孩子气逗笑了。他刮着马樱高挺的鼻梁说自己心眼小，装了一个大美女就装不下其他人了。

那天晚上，他们谈了很久。马樱深情款款的样子完全融化了文峰一颗男子汉坚强的心。他责怪自己还曾为另一个女孩心动。

文峰走后，自然和心爱的人鸿雁传书，传递相思。他在进修校非常勤奋。他和其他两位老师常常抽空去周边几个县的学校考察，认真学习别人的先进经验。他根据自己所在学校的实际情况研究出一套适合草地牧区寄宿制的管理模式，他的研究报告得到了县教育局的认可。

学习结束前，学校安排了一次外出考察。和文峰一起来进修的两位老师因学校创立寄宿制班被紧急召回。文峰把行李和给马樱买的礼物让两位同事带回去，自己轻装一身随考察的队伍出发了。他没有想到到省城的当晚，马樱幽灵一般出现在他下榻的宾馆里。文峰的惊讶胜过欢喜，他张大嘴巴恍若梦境一般拥住扑进怀中的马樱。经过一阵狂风暴雨般的亲吻后，马樱才狡黠地绽开花儿一般的笑靥告诉文峰，是她借文峰的名义向老校长提出参加考察的。看着心爱的人欢天喜地的样子文峰没有责备她。可他的心里却对女朋友的自私产生了极大的反感。他不想因为自己在学校有点地位就谋取私利。见文峰不高兴，马樱解释说全校美术教师中她也算是佼佼者，学校安排她出来，也是为了观摩先进地区的教学模式。文峰就把不快藏进心底了。毕竟，马樱的美貌和活泼的确让他不能自禁。此后三天的考察，马樱跟在文峰身边开心极了。带他们去学校参观的是省教育厅一位年轻漂亮的女子。马樱见到她的时候眼眸中闪烁着羡慕和嫉妒的光芒。她告诉文峰自己非常渴望能在大城市工作。如果她能在省厅争得一席之位，一定会干得比谁都好！文峰被马樱的话惊呆了。他没有想到这个貌美如花的小小女子竟有如此野心！在 20 世纪 80 年代初期，很多知识分子能为拥有一个铁饭碗就知足了。即便在某个乡村辛劳一生都是无怨无悔的！而眼前就要成为自己妻子的人，却在美丽的外表之下隐藏着一颗不羁的心。文峰的心中再次产生了那种隐隐的不安和担忧。

当然，令文峰忧虑的事情远远超出了自己的想象。想到自己和马樱都是第一次来省城，文峰尽量抽时间陪马樱玩。都市的公园、商场、影城和车水马龙令人目不暇接。马樱开心地像个孩子。叽叽喳喳的像个小鸟。文峰顺便也买了结婚戒指。回来前两天，马樱说要去医院做个胃镜。她很小的时候就有胃炎。挂号后，文峰因要去省厅拿资料，只好留马樱一个人在医院。晚上，他在宾馆等不到马樱就开始着急了。那个年代，国内还没有手机。偌大的一个城市要找个人真是比登天还难。

文峰找到省医院的咨询电话，得到的回答是门诊医生们早就下班了。马樱会去哪里了呢？会不会出什么事了！越想越着急，文峰一会儿跑到楼下一会儿回到房间。马樱的笑脸在他的眼前不停地晃动着。他后悔没有去医院接她回来。假如她有什么不测那全是自己的错啊！文峰的全身都急出汗水来了。他决定先到省医院去找人。就在他拉开房门的瞬间，马樱又像幽灵一样扑进了他的怀抱。文峰的气不打一处来。他推开满身酒气的女朋友，气恼地坐回床上不理她。马樱一反常态地没有解释，她的眼中有丝游离的光芒，似乎还没有从某个状态中苏醒。

文峰心中的疑虑更深了。他预感到马樱非同寻常的变化。他不知道是该狠狠地骂她一顿还是耐住性子问个究竟。

马樱自顾自地去卫生间洗了澡。等她再次出现在文峰的面前时，已经是满面春风了。她咯咯地笑着挤到文峰腋下，告诉他一个惊人的经历。

原来，马樱一个人好不容易在医院长廊里等到喊自己的名字，她进去后被一位小护士模样的女子安排做胃镜。一系列的检查后马樱才忍住胃的剧痛坐到医生面前。马樱低垂着长长的睫毛，一滴眼泪从她美丽的大眼睛中滚落出来。她根本没有听清楚医生的话。直到一声很有磁性的声音告诉她可以走了，马樱才抬起眼睛准备说声谢谢。这一看不要紧，马樱顿时被同样看着自己的那双眼睛吸引住。那是一双多么柔情多么温暖的眼睛！那双眼睛恰到好处地配在一张轮廓分明肤色健康的脸上。他的五官精致得像是雕琢出来的。更要命的是，他还有一个高大伟岸的身躯。马樱从未看见过这么美的男子，他就是琼瑶小说中的富家公子，贵族少爷。

马樱傻傻地看着英俊的男医生。她似乎忘记自己到这里来的目的了。刚才做胃镜带来的疼痛已经烟消云散。男医生露出整齐洁白的牙齿给马樱一个动人的微笑后把处方放到她的手中，交代好取药后怎么服用等事宜。

马樱轻飘飘地下楼。她的心还停留在十三楼的专家号里。忙碌一阵后她在医院附近找了家小食店，吃了最喜爱的米粉。她向小食店的老板打听回住所的公交线路后又在几个小商店内转了半天。四点半的时候，马樱提起大包小包喜滋滋地去找公交站。男医生的影子随着疲劳逐渐淡漠。她暗笑自己的傻劲。真是乡巴佬！没见世面！花痴！脑残！马樱在心中搜寻着一连串的词贬低着自己！她甩了额前的刘海，迎着都市微微的凉风向前走去！

"嗨！姑娘！"正在疾走的马樱被一声磁性的声音喊住了。她茫然环顾四周，生怕自己出现幻觉了。"嗨！你去哪里？"马樱这才知道根本不是幻觉，她清清楚楚地看到一辆白色小车中英俊得让人炫目的男子！他竟是给自己看病的男医生！马樱惊讶之后一阵激动！在这个陌生的城市，人和车多得令人晕头转向！她很怕自己迷路！文峰走时千叮咛万嘱咐，叫她看好乘几路公交。假若上错车，将会甩到完全相反的地方。

马樱非常担心找不到回宾馆的路。她已经后悔贪恋商店的衣服耽误时间了。她在心中祈祷出现的文峰没有出现，却遇见了那个潘安再世的男医生！这难道是神的眷顾吗？

马樱讲述自己的奇遇时，不停地重复着这句话！文峰显然是十分气愤的。特别是当他得知自己的女朋友竟然敢上一个陌生男人的车还应他的邀请去豪华酒店吃饭喝酒，全然不顾心爱的人的焦急和担心时，他甚至想给她一记响亮的耳光以做教训！

当然，文峰不知道马樱其实把最令他气愤的事情都隐藏在心中。如果他知道即将和自己走进婚姻殿堂的女人已经对另一个男人倾心了，他一定会气疯的！

马樱怀揣几分感激上了男医生的车。因为他说正好要经过马樱下榻的宾馆。当她在车内因疲惫和放松而变得软绵无力的时候，男医生不失时机地拉起她的手询问是否愿意和自己共进晚餐，马樱仅仅给了一点矜持的眼神后便点头同意了。当他们像一对热恋中的情人在众目睽睽之下依偎着上了旋梯时，马樱心中的内疚迅速被强烈的虚荣心所代替。他们被优雅的服务小姐引领到精致的餐桌前，男医生文质彬彬地为马樱点菜、布置餐具。然后在优美的音乐中品尝着美食，服务生送来的玫瑰和男医生为她点的"月光曲"彻底摧垮了马樱的最后防线。那一刻，她只有一个念头：我要这样的生活！我的美貌应该配以这样奢华的生活！我必须离开那个贫瘠的山区！那一刻，她的眼中全是诱惑！她完全忘记了自己的身份。她甚至陷入了与对面男子共谱爱河的浪漫幻想中！

马樱竭尽全力地扮演着临时得到的角色。她不停地眨着黑亮的眼睛，把满含深情的目光频频传递给男医生！她玫瑰花一样饱满红润的嘴唇挑逗性地上翘着。看得出来，男医生同样被马樱的美貌吸引住了，他毫不掩饰对她的欣赏和爱慕。酒至酣处，男医生忘情地握住马樱的手印上深深的吻痕。当他试探性地问马樱的男朋友从事什么职业时，她竟委屈地咬着嘴唇说忙着当教书匠没顾上谈对象。

男医生狡黠地掩饰了内心的惊喜。他更加殷勤地为马樱夹菜、递纸巾。依依不舍地结束晚餐后，男医生倒很绅士地送马樱回到宾馆楼下。马樱并不知道，当她握住男医生送给他的钢笔和联系地址上楼时，坐在车上比明星还要帅气的男子诡异地笑了。然后信心十足地调转车头向另一个方向疾驶而去。

马樱陶醉在自己的奇遇中，她没有注意到文峰骤然变色的脸。文峰一言不发地看着灰白的墙壁，马樱轻微的呼吸和淡淡的酒气让他的心一阵阵发凉！

六

回到学校，文峰又陷入忙碌的工作中。老校长很重视他的研究成果。准备在学校大力推广。由于是第一次办寄宿制（试验班），家长们担心孩子在学校吃不好，睡不暖，思想上难以开窍。白天，文峰和老师们走村入户动员学生，晚上开会做报告写计划很晚才休息。那段时间，马樱的变化写在脸上。她一反常态地喜欢起独居生活。她总是以影响文峰休息为借口很少涉足他的屋子。每隔一段时间她都神神秘秘地收到一些信件和物品。文峰察觉到这种变化的时候，已经为时已晚。

寄宿制班正式成立后，文峰的工作稍微松了点。老校长特批了一个星期的假让他休整休整。他瞒着马樱去了趟县城，买回来很多蔬菜肉类和一套冬装。他是想给心爱的人一个惊喜。一个星期的假足够让他表现给马樱看。

文峰理了个计划表，上面全是一日三餐的安排和茶余饭后的浪漫厮守。他要逗得心上人像夜莺鸟一样欢歌不停。

那天，文峰起了个大早，先把一锅清炖猪蹄放在炉子上后开始收拾屋子。几个月的忙碌中他的屋子已经脏得惨不忍睹。房间里到处是饭食和臭鞋臭袜的味道。文峰的干劲一发不可收拾。他干脆里里外外翻了个底朝天。把什么烂袜臭鞋、破锅烂碗、旧衣霉食统统扔掉。低矮的房子经他收拾后变得干净亮堂，他还特意为马樱插上一束塑料玫瑰花。文峰突然感觉到恋爱是一件多么令人热血沸腾的事情。

文峰把菜一一端上餐桌，开了瓶老白干，准备好两只杯子。他要给马樱一个浪漫的夜晚和誓言。他要告诉她已经和母亲商量好了结婚的时间。

准备妥当后，文峰满怀喜悦地去敲马樱的门。可半天都没有动静，她会不会是在教室里给学生补课或是改作业？他焦躁地等在门前想找个学生去喊喊，正在犹豫时，和马樱住隔壁的李萍提着水桶过来了。文峰就问她马樱去哪里了。李萍诧异地看着文峰说，马樱请假去外地看病。都去了好些天了。你怎么不知道？文峰一下傻眼了！马樱怎么瞒着他外出了呢？她竟然连个招呼都不打！

文峰愣愣地看着李萍回屋了，他狠狠地眨了眨眼，似乎要把一幕不真实的场景甩开。他僵硬地走到老校长家里，老校长热情地按住文峰的肩膀，说要喝两盅。文峰说已经吃过了，他只是问问马樱请假的事。老校长说，马樱请假时特意打了招呼，说文峰太忙，不想让他分心。自己很快就回来。看病的事就不要让他知道。老校长见马樱明事理，也就答应了。文峰有个预感，这件事情没有那么单纯。直觉告诉他，马樱一定在做什么秘密的事。他的心中突然冒出一股冷气。他想起在省城马樱遇到的那个男医生。马樱的出走一定和他有关系！

文峰忍住涌上心头的怒火，他不露声色地与老校长握手告别。他把几个哥们全请到家里，开始划拳猜令吃喝起来。那晚，文峰醉得很厉害，当朋友们东倒西歪地各自回屋后，一行泪水从他的眼中流出。他迷迷糊糊地将那束塑料玫瑰扔进火炉，然后昏睡过去。

那场酒似乎把文峰的元气都消耗干净了。他竟一病不起。马樱像是在人间蒸发了一样。奇怪的是同事们对这事没有什么异样的感受。谁也不知道文峰心里的悲伤。母亲托人捎来口信，说已经请人算过了他们的生辰八字，并择好吉日举办婚事。文峰的心里乱糟糟的，他躺在床上不吃不喝，几天的时间里，他明显消瘦下去，脸上胡子拉碴的。几个哥们见他病得不轻，硬把他架上车送到县城住院治疗。

住院期间，文峰的同事们都来看望他。水果、奶粉、补品堆了一屋子。母亲陪在病床前抹泪。她心疼自己的儿子。殊不知儿子的心病比病痛更折磨人。

文峰实在想不明白，马樱怎么会变得这么快，似乎连个过程都没有。

躺在病床上，他静静地回忆和她确定恋爱关系以来的点点滴滴。他的思维渐渐清晰起来。那次和她去登记结婚的事情被搞黄后，马樱的热情明显减退。她这样美丽的女孩，或许对某个事情的疯狂也就只有那么一次。文峰始终对她火热的性格有点反感。从省城回来以后，马樱对文峰的爱不再是缠绵如初了。她总以不影响他的工作为由不去他的屋子。偶尔过来找他也是心不在焉的样子。文峰发现在创办寄宿制班的这段时间，他们见面的次数不超过三次！这个发现使他颇为震惊！他也后悔自己光顾着工作，没能觉察到未婚妻的变化。说不定那是她思想斗争很激烈的时候。如果自己在关键时刻给她一点关怀，或许还能使她悬崖勒马！

文峰的心里非常伤感。他已经预感到和马樱的缘分一去不回头了。虽然大家只是以为她看病去了。可他的内心已经预感到了危机。马樱在省城醉酒时说过的话以及隐藏在她心里的野心都是一种危险的信号。为了达到自己的目的，她会不顾一切的。她的骨子深处就是有股叛离和疯狂劲！

文峰默默地守着只有自己才能感受的孤苦和失落。他不想让母亲发现这个秘密。他得迅速战胜身心带给他的打击。他咬着牙暗暗发誓，最多一周，我会坚强起来！不管最后的结局是什么他都坦然接受！

之后，文峰的病明显好起来。他让同事给他带些书到病房。他努力不去想马樱。他已经做好了最坏的打算。他要在见到她的那天很淡定地说：哦！你走了吗？我怎么不知道！

文峰的母亲见儿子的情况在好转，就放心地回去照料老伴。陪在医院的朋友也被文峰赶回学校了。他知道自己再输几天液体就可以出院了。

这天下午，文峰等护士给他摘掉液体瓶后，到住院部前面的草坪上晒太阳。在那里，他看到了好多病人。有一个人独自坐着的，有被人搀扶着走的。也有在自来水管前洗碗洗衣服的。文峰坐在他们中间，感觉自己很幸运。不就是一场感冒引起的肺炎吗！置于打倒我这个男子汉吗！

那个午后的阳光格外明媚。草坪上开着的小花零零碎碎却也芬芳！几只麻雀在柳枝上叽叽喳喳叫个不停！文峰的心情变得轻松起来。大病一场后他才知道，外面的世界依然如此精彩，大自然的气息依然如此真实！他很想回到学校，回到孩子们身边，回到朝夕相处的同事们中间！

文峰做了个夸张的深呼吸和几个扩展运动准备回病房。"你怎么在这里！生病啦！"文峰刚到走廊，一个女子正好和他打个照面，"哎呀！是你呀！"原来是去年在电站水库遇到的姑娘！文峰的眼前顿时一亮，好像遇到了久违的朋友。他几乎已经忘记这个姑娘和发生在山林里的有趣事了！

姑娘不好意思地站在那里。她的手中拿着病房里用的水瓶和晒干的毛巾。

"快进去坐坐，你是有病人住院还是？"文峰边拖凳子边询问。"我一个朋友生孩子，她的丈夫在外地出差还没回来。这几天我在照顾她。孩子难产，差点就没保住。"姑娘还是瘦瘦弱弱的样子。声音还是那么低。

"我回头再来看你吧！现在我得过去给孩子换尿布。你要安心养病，我回头来看你。"姑娘见文峰请她坐就赶紧告辞。真是巧合哦！文峰自言自语地嘀咕了一声就回床上睡觉。他有点失望，本来以为有个说话的人了，谁知姑娘像是被吓着了似的跑开了！

两天后，文峰因为频繁到草坪晒太阳受凉了，夜里又开始发烧。护士警告他安静地待在病房且少看书。少看书，这不等于要了我的命！文峰朝着护士的背影翻了个大白眼。然后掏出枕头下面的书偷偷地看起来！很快他就进入了书中的世界。当他发现病房里多了一个人的时候，太阳已经从他的窗口溜走了。

文峰见站在病房里的又是那个姑娘。她把提篮里的水果，罐头和馒头一一地取出来放在床头柜上。看到文峰抬起头了，姑娘腼腆地笑了笑："真是个书呆子呀！房里遭贼了都不知道啦！"

文峰一骨碌从床上跳起来，他连忙穿拖鞋道歉："真是不好意思。我看入迷了。不知道你来了。"可能是突然站起身的缘故，一股血液冲上脑门，文峰竟晕乎乎地差点栽倒。姑娘赶紧跑过去扶住他。由于身子失重他们俩双双倒在地上。好一会儿文峰才从晕眩中清醒过来，他见自己还压在姑娘身上，紧张得全身发抖。他愣在那里都忘记拉她起来。姑娘羞红着一张小脸自己站起来，然后掩饰着窘迫拍去衣服上的灰尘。好不容易平息了心跳，两人对视了几秒钟后突然哈哈大笑起来！

欢快的笑声在病房里回荡！文峰真想给那个姑娘一个拥抱！不管出于什么心境，他真的很想很想做一个动作表示对她的友好。同时也让自己漂浮了很久的心暂时停泊一下。

接下来，两个人之间反而放开了。姑娘大方地坐在椅子上。给他讲朋友生孩子的种种情景。感慨做母亲的如何不容易。他们谈了很多。

文峰知道了姑娘的家世。她是一个被收养的孩子。不知道自己的亲生父母在哪里。养父养母很溺爱她，把她当亲闺女对待。姑娘谈起这些的时候，口气是幸福和感恩的。文峰还了解到，姑娘挺喜欢文学的。她爱看张爱玲的小说，喜欢泰戈尔的抒情诗。她还喜欢鲁迅的批判文章，说那是插在黑暗社会胸口的一把刀！

文峰记住的了姑娘的名字：袁枚。

那天晚上，文峰睡得很踏实，尽管夜里他又开始发高烧说胡话。可压在心头的那块巨石已经不在了。漫长人生，他还要经过多少风风雨雨。一次失恋怎么能打垮他！

文峰迷迷糊糊地做着梦。一会是马樱穿着红衣服和另一个人结婚，一会是自己牵着陌生女人的手在密林中奔跑，一会是睡在黄土下的幽魂追赶着自己！最后有一个影子越来越清醒地占据在脑海中挥也挥不去！

文峰醒来的时候，全身大汗淋漓！他的病床前围着好些人。有医生、有护士。还有下午来看望自己的姑娘。他们个个神色凝重。护士一个劲儿地责怪文峰不听话，糟蹋自己。他们要求文峰赶紧通知家人来陪护。如果有什么三长两短，医院是不负责任的！

文峰虚脱地靠在枕头上，他请求医院不要惊动自己的老母，说今后几天一定配合医生好好治疗。不看书，不乱走，按时吃药。

医生和护士离开病房后，小袁姑娘给文峰端水吃药。她做事细心，动作温柔，口气亲切。经过这次的接触，他们之间的关系像老朋友一样了。

姑娘告诉文峰，自己的朋友还得住好些天在医院。她可以顺便照顾文峰。只要他的病情稳定了，她完全可以把两个病人都兼顾到。

文峰当然很感动，他觉得生活其实是很简单很随意的事。人与人之间的关系有时候就在不经意间变得和谐。缘分常常促使一个人向着某种方向逆转。

文峰惊讶马樱带给自己的伤痛如此迅速地在消失。是他们之间并没有这些看似平淡却真真实实属于生活的东西吗？那个美丽得像一道彩虹般的马樱并没有在他的内心深处根植。或许她就是一道雨后的彩虹，只短暂地让他心动后便永远消失。

文峰觉得袁枚才是自己需要的那个人。虽然她没有花容月貌，却有善良温柔的品格。生活不是电影，没有那么多的诗情画意，两个人能否在滚滚红尘中牵手到老，不就需要靠一颗不为名利、不为权贵低头的心吗？马樱为一次偶遇就可以背叛自己的初恋情人，果断选择他人。这样的人怎么值得我文峰为之惨然！

出院前一天，袁枚过来帮他收拾东西。她找来几个纸箱，把东西打点装好。文峰在旁默默地看着他，他的心中流淌着一丝温暖的情感。母亲时常带给他的感觉就是这样，亲切、温暖、实在。

在接文峰的车来之前，文峰给袁枚削了只苹果。他很认真地看着她那双清纯的眼睛说："嫁给我好吗？"正在吃苹果的袁枚吓了一跳，她以为自己听错了。可文峰一本正经地又重复了一遍说过的话。这次，袁枚吓得手中的苹果都掉地下了。她站起身向门口跑去。可文峰不给她机会，他一把抓住她发抖的双手，只一秒钟就把她拥入怀中深深地吻了下去。

文峰如释重负地放开快要晕厥的姑娘，全然不顾她的脸烧成了火炭！他用一种近乎霸道的口气说："我是认真的，我们元旦结婚。你有足够的时间考虑。"

文峰提起地上的纸箱大步走开，留下满面羞红的袁枚站在病房里呆若木鸡！

回到学校后，哥几个为文峰接风洗尘。文峰把装在大书包里的请柬呼啦啦甩给哥们儿，请他们帮忙写喜帖。当他告诉新娘的名字叫作袁枚的时候，哥们几个的嘴巴一张开便没合拢！

马樱恰好在文峰漫天发放喜帖的时候回来了。她的着装令学校里的女教师们羡慕不已，原本就灿若桃花的她这次更是多了些高高在上的傲气。

文峰连眼角都没有瞟她一眼！这个虚伪肮脏的女人！别以为我文峰还会为你动情！

晚上，文峰在自己的房间写诗歌。有人敲门。他猜到是马樱。他的心里有种报复后的快感！马樱冷着一张脸，她用欲哭无泪的表情问文峰这是怎么回事！文峰丝毫都不想再和这个女人费口舌了。他很淡定地说："别告诉我你很委屈。你这次看病应该也把喜帖写好了吧？哦！不对！你应该毫不犹豫地扒掉自己的衣服让另一个男人睡了吧！别人不知道你在搞鬼，难道我还不知道！别他妈的装处糊弄我了。为了满足自己的虚荣心，你早在去年就已经把自己当做交易品了！"

文峰脱口说了句脏话后有点后悔，自己是否过分了点？毕竟马樱是个姑娘！但话已出口，活该她自找的！

果然，马樱的泪水立即冲出眼睛。她没想到文峰变得如此绝情！是的，自己是背着他出去见了那个叫欧阳子恒的医生。她的内心也是矛盾和犹豫的，她也无数次地责怪自己太卑鄙太无耻！可几个月的时间，文峰对她不闻不问，全然不知道她正在进行着一场前所未有的痛苦抉择，他的心里只有工作工作！假如他实时地给她一些爱和关心，也许真会打消自己的念头！他完全可以用爱感化她，拯救她！可他错过了最好的时机，倒是那个文质彬彬的男医生，隔着千山万水却给她送来缕缕爱意。女人都是爱慕虚荣的，距离产生的美让马樱失去了理智，她实在抗拒不了他的热情！她奔向了欧阳子恒，奔向她所向往的大城市！

这次回来，马樱决定向文峰忏悔、请罪。她不想请求文峰的谅解，只是想把自己少女的身子给他以做回报！在省城，她已经和欧阳子恒摊牌，说自己不是处子之身，但那个那医生确实爱她，说自己从小受西方文化的影响，不在意这些。为了让马樱放心，他还带她去见了自己的父母，举办了规模不小的订婚仪式。欧阳的父亲给马樱送了枚小钻戒做见面礼。这一切都像是在看电影一样的不真实。马樱从梦一般的景象里挣脱出来，就是想给自己深爱过的人一个交代，一个告别。可是。文峰却这样侮辱她的清白。她用洁净的身子都换不回他的一丝感动了。

马樱伤心地走了。文峰的心也跟着碎了。他以为自己已经摆脱了失恋的阴影，摆脱了马樱的羁绊。可当他知道马樱的清白之后懊悔了！他不知道是该高兴还是更加悲伤。即便她能把最圣洁的爱给了自己，可她终究还是要远走高飞啊！得与失究竟有什么区别！

文峰想了很久，苦闷了很久。他终于明白，自己之所以能那么坦然地向袁枚求婚，那么心安理得地宣布婚事，是因为马樱还会回来！他的心底其实有一丝连自己都不敢承认的期待！如果马樱真是去看病且身清如玉地回来了，那他自己做的这些蠢事又该如何收场？唉！人的心到底是什么做的？拳头大的东西能装下全宇宙！能装下这么多的痛苦和悲伤！

那一刻，文峰真想追出去，把马樱拉回自己的屋子，求她别离开自己，他们生生世世都守在一起！他们马上结婚马上生孩子！他们才是真爱的一对。什么欧阳子恒，去死吧！

文峰跳起来冲向门口！他的头重重地撞在冰冷的墙上，这一撞把他给撞清醒了！文峰呀文峰！你才是混蛋呀！你一时冲动向别人求婚，还强行吻了人家姑娘。还自作主张乱发请帖，这不是明摆着毁一个姑娘家的清誉吗？马樱是回来了，可她已经和别人订了婚，你没看见她手上的钻戒吗？

你送给她的不过是祖母传下来的小手镯。多大的反差呀！难怪她抛弃你另择新欢！她给你身子为的是让自己的良心不受谴责，她只是可怜你同情你。你怎么就上了她的当啊！

文峰蜷缩在门口苦思冥想。直到一阵阵冷气从门缝里吹到他的身上，吹得他全身战栗，他才完全从迷茫中苏醒！他拖着酸痛的双腿站到窗前，启明星已经在山巅若隐若现，竟然到凌晨了！他收起马樱放在桌上织完的毛衣和翡翠手镯，过了这一夜，一切就会从头再来。他得去找袁枚正式商量婚事，他还得和自己的家人说清楚事情的原委。他得向自己的朋友兄弟做个交代，还有器重自己的老校长。

后来的事情可以说按部就班地发展下去。文峰和袁枚办了场热热闹闹的婚礼。文峰的母亲特别心疼儿媳妇。觉得她就是自己的亲闺女。双方老人都是忠厚人，大家相处得非常和睦。两年后，袁枚生下一个漂亮的女孩。文峰因为工作出色，能力出众被调到县文联工作。袁枚也被照顾夫妻关系在政府部门安排了工作。

文峰从此把心放在了工作和家庭中，他非常爱自己的孩子，成天把她抱在怀中舍不得放下。他也非常敬重自己的妻子，她是个典型的贤妻良母。照顾丈夫、照料老人、抚育孩子样样在行。关键是她和自己有着共同的志趣和爱好，受文峰的影响，袁枚也喜欢上文学。她还和丈夫学书法、作画，几年中就大见进步！文峰写的诗歌、散文她常常是第一个读者。文峰庆幸自己找到了爱人找到了知音。他们时常谈起初见时的情景，也因为那场偶遇，文峰后来也成了一名虔诚的佛学研究者，他花了大量的时间去研究佛教文化，他还拜了好几个高僧大德为师，请求他们指点佛家文化的玄机。

文峰和袁枚的结合给两个家庭也带了未曾有过的快乐。无论是婆婆还是丈母娘，都享受着小两口的孝心。乖巧的小孙女更使他们的晚年享尽天伦之乐！

文峰记得丈母娘去世前曾和他做了次密谈。她恳求文峰一辈子善待自己的妻子。袁枚其实是个弃婴，非常可怜。他们从未告诉过她真相，只说是远方亲戚的孩子接过来做了养女，后来便失去联系了。老人还交给文峰一张毛主席像章，说当时在弃婴的被褥里发现的，可能是她的亲生母亲留给孩子的纪念品吧。她不奢望能找到他们。但这也是唯一和袁枚的父母有关的东西。权当是个念想吧！丈母娘是带着满足和幸福离开了人世。

七

燕子发完微博后又打了几个电话。都是些晚上怎么玩之类的开心事。这个机灵鬼把老大一个问题甩给我，自己倒浑身轻松了！

其实，无论我们怎么批判或怎么愤慨。袁枚的生命已经结束。她与文峰的爱情已经结束。她在人世间的所有爱与恨都已经结束。对于一个诀别生命的人，后人的言论又有何用！基于我对文峰的了解，我情愿做这样的设想：他们从高原小城到都市生活的这个阶段，正是文峰的事业走向顶峰时期。为了让即将高考的女儿有个好的学习环境，袁枚专门去厦门陪女儿读书。她们娘俩在 20 平方米的房间度过了两年时间。而这段时间，文峰的生活里介入了两个女人。一个是他的前任女朋友马樱。一个是现在与之结为伉俪的若月。

文峰是在一次文艺研讨会会上碰到马樱的。他在酒会上被人引荐给马樱的。马樱的变化有点让人难以接受。她穿了套昂贵的黑色真丝长裙，几乎全白的头发高高地挽在头顶。她的眼角与额头之间有道难看的伤疤，略显发福的身材早已失去了往昔风采。朋友说马樱女士现在是某个文化产业公司的领袖时，文峰的思绪还停留在多年前她摔门而去时的黑夜里。

马樱迟疑地向文峰伸出手，当她用不再年轻的肌肤接触文峰时，她的心情是复杂的。那是一种时光不再的遗憾！文峰的心中生出些莫名的悲悯！眼前的这个老女人，曾经那么疯狂地爱过自己！假如他们真的走到一起了，那么今天的生活又会是什么样的？可是，生活中没有假如，它和生命一样是一条无法重来的单行道！自那一别，他们从此天各一方！

后来，文峰和马樱在工作上有了些联系。马樱经营的文化产业在国内也是赫赫有名的！文峰不明白她怎么也和文化结缘了！她当初不顾一切地抛弃他不是为了追求卓越的物质生活吗？她起码应该是家产万贯的阔太太吧！或者是在政界呼风唤雨的大人物吧！

马樱的遭遇也是文峰没有想到的。那个美男子欧阳子恒和她只过了八年的幸福生活后不幸病逝。她在一次车祸中也被破了相。他们一直没有孩子。她从显赫的行政部门被排挤到小企业中当了最普通的车间工人。几经周折，马樱心灰意冷辞职回家。她是在一次去乡村隐居时遇到董老爷子和他的董氏文化基业的。董老爷子因马樱酷似自己移居国外的女儿而与她一见如故。

在他的恳求下，马樱开始接受文化的熏陶为漂泊多年的心找到了归宿。

文峰能感觉到马樱对他还保留着一丝情意。可他丝毫不为之所动。他觉得上天对所有人是公平的。马樱的背信弃义并没有换来她所追求的东西。而他，却靠自己的努力一步步走到今天！

马樱几次表示可以与他在文化领域里合作并将得到不菲的报酬时，文峰不假思索地拒绝了。他带点怜悯性质地与她保持了两个月的情人关系。就在马樱如获至宝的再次坠入爱河时，文峰果断地离开了她。他只想给这个正在老去的女人一个教训，让她记住并不是所有事情都可以按她的意愿发展的！

这次报复性的出轨，并没有给文峰带来心灵上的快感。当马樱在特意为他布置的生日晚烛光里目送他冷酷的背影时，文峰听到了那个深深爱过自己的女人发出了狼一样的惨嚎！

就在文峰陷入孤独和空虚的时候，若月出现了。她是一名出色的自由作家，带着点三毛式的浪漫。一张行李箱伴着她行走天涯。文峰从若月身上发现了马樱曾经的活泼和野性。这个发现唤回了文峰沉睡多年的激情。他们决定合作写一部电视剧。为了体验生活，他们去了某个乡村，在流水小桥式的光影里寻找历史。他们自然而然地扮演了故事里的人物。高粱地、小树林、木板房、河水旁、花丛中他们像情窦初开的年轻人，用爱的火焰燃烧了自己！

文峰不得不承认，与若月的相处，是他情感生活的重大转变！他知道这个女人再也走不出他的生命了。她给予自己的不是单纯的婚外情！而是让身体和灵魂都可以融为一体的全新体验！对自己的妻子，从开始到现在，从来都没有过这样的超越。他们只是按规矩或是生活原理相敬如宾。在自己的心灵深处，一直都埋藏着火山一样炽热的情感，是马樱的背叛扼杀了他的本性。他觉得跟若月在一起，他才是真真实实的自己，毫无保留的自己！

妻子是在女儿高考结束后半年才回到文峰身边的。这段时间，文峰已经在情感上滑出很远了。他觉得生活不是一成不变的。一个人的思想总会奴役于某个阶段的情感。他终于明白，当年马樱为一面之缘的人抛弃了相爱已久的恋人，是因为她找到了更适合自己生存的环境，遇到了更值得自己爱慕的男人。谁都想过优越的生活。更何况，欧阳子恒还是个美男子。

哪个女人能抗拒这样的诱惑？对当时的他而言，除了找一个可靠的女人过日子别无选择。三十多年来，他把生命最辉煌的时光给了这个家，为人夫、为人父他都是称职的。他认为应该为自己的心再活一次。世俗的观念并不能束缚一颗骄傲的灵魂！

文峰见到妻子的时候没有愧疚。反之他更坦荡了。他们风雨同舟走过了人生最辉煌的时光。女儿长大了，她会理解父亲的追求。理解他深埋在骨子深处不同于常人的追求和理想！

文峰和妻子进行了一次诚恳的交谈。他们从三十年前的相识一直谈到女儿考上大学。文峰说要为妻子再圆一个梦。那就是带她重返高原看看他们曾经认识和相爱过的地方。他要让妻子在有生之年都在美好的回忆里度过。袁枚没有告诉文峰，在陪女儿时因突发喉疾不得不做检查，检查的结果是喉癌晚期。她懒懒地说还是等女儿读完大一再说吧！

文峰和妻子平静地度过了一个暑假，然后送女儿到学校报到。离开的时候，文峰看到女儿的手上戴着自己送给妻子的翡翠手镯。他问妻子是怎么回事时只得到一个淡淡的微笑。他没有察觉到那微笑背后的诀别。

文峰在袁枚过四十九岁生日的那天提出离婚的。他为她准备了两份厚重的礼物。一个是悄悄从女儿手上取下来的翡翠手镯。他说无论时光怎样变迁，妻子的名字早在他们结婚的时候就入了族谱不容改变。一个是他们的房产证和一张四十万元的存折。

文峰把两份厚礼慎重地放在妻子面前，等她许了愿吹熄了生日蜡烛后才埋着头说："我们离婚吧。"

文峰等待着妻子的勃然大怒。等待着她的撒泼漫骂。可是，妻子一反常态地笑了笑。她看了看文峰有些谢顶的脑袋，带点顽皮的口气说："吃块蛋糕吧！看你猴急的样子！当初不也是这样向我求的婚吗？以后恐怕也不会有这样温馨的时刻了。吃吧！"过了一会儿，妻子指着脖子上的丝巾说，"这个丝巾是你从西藏给我带回来的。其实，我一直都渴望能踏上那条朝圣之路。多年前，我在乡村的时候，就聆听过大师对西藏的描述。来生，我就在那里等待我真正的爱人吧。"

文峰本来准备好了接受妻子的指责甚至于羞辱。就像他当初羞辱马樱一样。他想好了无论妻子怎么呼天抢地他都保持沉默。毕竟自己在感情上已经背叛她了。一个幸福的家就要在他的手中瓦解了。妻子有什么样的反应都是理所当然的。他不去考虑她的将来，那是属于她下半辈子的生活。

自己无权安排。路，总是要靠自己走下去的。如果他背着妻子继续在婚外情中沉溺，不但拯救不了这个家，还会促使发生不必要的悲剧。

妻子出乎意料的淡定让文峰坠入了莫名的深渊。他倒希望她大发雷霆，不依不饶，骂他个狗血淋头。这样他的心中才能好受一点。

妻子的平静让文峰没了主意，他看着她慢条斯理地吃蛋糕，品红酒。她的眼底流淌着一丝温情和伤感。当时钟敲到十二点时，妻子默默地向着远方做了个祷告的手势。然后为文峰披上外套，挽着他的手慢慢走回去。

第二天，文峰在家里没有看到妻子。她留了张纸条和摁了手印的离婚协议书。纸条上只有短短几句话：路到了尽头就得停下。爱到了终点就得放手。真正的宽恕就是解脱。永远爱你的枚。

文峰怔怔地看着妻子的留言。一种不祥的预感扼住了他的脖子！他的呼吸变得急促起来！他有些迟钝的思维告诉他，他亲手打碎了一件稀世珍品！自己到底被什么迷住了心智！一个陪伴自己走了三十多年的女人，一个把爱和情都倾注给了家的女人！一个无怨无悔接受丈夫遗弃的女人！她连个声讨都没有就悄无声息地消失了！

文峰找了整整一个星期才从妻子的朋友那里得到她住院的消息。他发疯似的冲到重病监护室里。妻子已经气若游丝了。

文峰绝望地抱住妻子瘦骨嶙峋的身子失声痛哭。他深知这是老天对他的惩罚。他多么痛恨自己的虚伪！他怎么能把陪伴自己这么多年的女人置于死地！在他自以为是地追求所谓的真爱时怎么就没有觉察到死神已经缠上了她！他更不知道，妻子为了让他解脱，不仅瞒着得绝症的事情，还在苦苦安排他今后的人生！这么好的女人他竟敢说跟她没有激情而要抛弃她！

那天早晨，袁枚留下离婚协议书后，直接去见了若月。她在文峰的记事簿里找到了她的住所。面对一脸惶恐的若月，她没有说半句谴责的话。她说自己早在陪女儿的时候就预感到了丈夫的变化。爱是很奇妙的东西。当一个女人爱自己的丈夫爱到灵魂深处时，他的所作所为就像一缕电波，无时无刻地传递着对方的信号。袁枚就是这样感觉到了丈夫的背叛。喉癌的发现使她来不及整理自己的思绪。她必须给丈夫一个摆脱自己的机会，使他避免在将来的生活中背负抛妻舍家的罪名。她故意在女儿那边多待了半年，让他有足够的时间淡化对自己的感情。果然，文峰等到妻子回来的时候已经有些迫不及待了。他耐住性子等女儿上学了才向妻子提出离婚。

其实他仅仅比妻子早了那几分钟。袁枚是准备过完生日再提出离婚的。她找了个很好的理由，那就是都市污染越来越严重，这对自己的慢性咽炎很不利。她要和文峰离婚然后回到高原一个人生活。

袁枚告诉若月，自己的生命已到终点。她请求若月替她照顾文峰。凭着女人的直觉，她知道这次丈夫是动了真情的，就像他当初决定娶她为妻一样，毫无商量余地。在爱情的十字路口，他总能理智地选择更适合自己的伴侣。这并不等于他是个背信弃义的人，他只是在走完属于前半生的路之后决定换个生存方式。很多人之所以把这样的人归之为"陈世美"，是因为受了传统思想的约束。爱可以是永恒的但也可以是短暂的。关键是看两个人在一起时是否产生了心灵的共鸣。

袁枚的话让若月羞愧。这个平凡的女人居然有如此超越的思想！她的境界完全超凡脱俗！若月答应了文峰妻子的请求。两个女人为共同爱着的男人流下了最后一滴眼泪。

文峰到了医院之后，妻子始终没有说话。她无力地靠在他的怀中，用生命的最后力量传递着对他的依恋。她多么希望自己能在一个无人知晓的地方悄悄离开人世，可病魔没有给她这个时间。和若月交代完后事，她还没来得及敲开老同学的门就晕倒了。她没想到，死神已经如影随形地追赶着自己！

三天的时间，文峰一直抱着妻子，他唯一能做的就是让这个善良的女人靠在自己的胸前安然离开。他恨自己忘记了丈母娘与他密谈时还说过关于她有严重喉炎的事情。当初收留婴孩时，正值寒冬腊月。孩子哭了整整一夜把嗓子哭坏了。医生说孩子的喉管都差点破裂了！此后，袁枚的喉炎就一直陪伴着她长大，最终成为她的致命隐患！她没有等到女儿回来就疲惫地闭上了眼睛。

文峰等妻子的葬礼结束后便和若月去了西藏。他们经历了人生中最难忘的精神洗礼。文峰把妻子的骨灰撒进雅鲁藏布江里。他希望袁枚的灵魂能够在这块离天最近的圣洁之地得以超脱。

八

结束晚宴后，我们又去普罗旺斯喝茶。大家谈论的更多的是平常事。

吴姐坦诚地说自己对文峰的看法偏激了点。要请大家原谅。经过上午的争论，每个人的心中自有一番感悟了。既然我们不能改变什么，就为他祝福吧！我想起不久前一名网友的个性签名。是的！生活中每天都会发生着千千万万的故事。每一个故事的背后都有一些鲜为人知的真相。我们只是本能地发出对故事表象的直接反应。其实，很多的人很多的事并不是我们想象的那样不堪。人生就是一场苦难的修行，这个过程中难免会有人迷失自己。谁又能够做到万无一失？

在这个熟悉的高原小城，有文峰和袁枚最美好的回忆，有我们非常珍贵的友谊。这就够了。我只想在这个初冬的夜晚，再次想想袁姐，想想文哥站在雅鲁藏布江边为妻子祷告前的神圣时刻。

山　魂

一

扎华的神志进入了最后的弥留阶段。正如他生前所愿，由他亲手栽植的树林四周，挂起了五颜六色的经幡。那些因一场霜降而变得火红的树叶映衬着炫目的六字真言，为初秋的山野增添了些许肃穆的气氛！

扎华象征性地动了动身子，他那双因回光返照而熠熠生辉的眼睛不停地转动着，眨巴着，似乎要把尘世的最后一幕都装进眼眸。

院子里，一些上了年纪的妇女们开始打扫卫生，她们遮遮掩掩的啜泣让睡在床上的扎华有些伤感。尽管他在完全病倒在床上时已经打点好到那个世界的所有家当。那是一些在别人看来不无滑稽的东西：一张擦得油光发亮的马鞍，一只做工地道的褡裢，一套手工制的藏袍和牛皮藏靴。褡裢里鼓鼓囊囊地装满新鲜糌粑、酥油、奶渣、铜壶和茶瓢。不知情的人咋看都以为有人要外出要搞一次野炊。

扎华在自己能够支撑住身子的时候就把这些琐事都做好了。他首先花两百块钱请人从县城买回来黑白两色毛线，然后以一天 50 元的人工费请村子里两个老编织手把毛线织成布匹，再由她们的巧手进行裁剪、缝制。他花同样的人工费请村子里最俊俏的媳妇磨了糌粑，打了酥油，晒了奶渣，最后按他的要求分类装进褡裢。他在去年入秋时就把那张藏进地窖多年的马鞍取出来，重新上油打磨平整。虽然马鞍的主人，那匹器宇轩昂的白马早已老死，可扎华一触摸到那张做工精致的马鞍，就像再次回到了年轻时代。那种热血沸腾的回忆即使对这样一个即将告别人世的老人来说也是无比荣耀的。

扎华的心绪随院子里老女人们的啜泣起伏着，他知道人们在悄悄地张罗着他的后事。三天前，村长亲自带领几个小伙子在院子里搭好了灶台支好大锅只等点火。村委会出资买的粮油和被妇女们缝好"吉尔达"的经幡就堆放在他的木屋中。不用多久,他的名字连同他生活了几十年的木屋就会在一片诵经声中悄然作古!

扎华深陷的眼窝蓄起一丝带笑的泪光!啊!白马!那匹叱咤风云的白马啊!曾给他强健的身体注入多少活力呀!他怎么能忘记自己背着双管猎枪、头戴博士帽、腰缠子弹夹、斜插马刀匕首纵马驰骋的威武时光!那时的他,凭借一副彪悍的身躯和党支部书记的至高权力迷倒多少女人啊!当他一次次骑在马上,以一种藐视天下的语气给低眉顺眼的村民们训话时,强烈的荣耀感冲击着他的全身血液!他感觉自己骑着的不是一匹矫健的骏马,而是一把随意主宰别人命运的尚方宝剑,有了这把尚方宝剑,扎华作为大队一把手的地位就更加稳固,更加高不可攀。有时候,即便在大队"文化室"开会,他也会骑上白马,以势不可当的气势在村寨周围跑上一圈才下马奔上主席台。

扎华眼中的泪光像被晚风吹皱的湖水,一浪更深一浪地翻滚着。木屋外面的啜泣声渐渐远去。他不能预测自己苦心经营的那片林地是否会让后人对他有些感念,就像他不能预测自己死后是升天还是下地狱。在过去的几十年中,他扎华亲自打发走的老人也不下百人。不管他们是贫穷的还是富有的,祖辈们传下来的规矩是一样都不能少。念经、超度、布施等等是一笔庞大的开支。在传统观念中,办好一个人的后事似乎比生前孝顺他还要重要许多。人们往往拿谁家为过世的老人办了场风风光光的后事来衡量一个家庭的富有和孝道。

扎华在病倒前的很多日子里,就在考虑死后的事情。作为一个孤寡老人,他不能奢望和村子里的任何老人相比。对他生活了一辈子的村寨,他是感恩和内疚的。经过几十年的磨合,这个村子已经接纳他了。人们逐渐把他当党支部书记时的骄横和霸道淡忘了。特别是他把自己的家迁徙到林子里,并用二十年的时间培育出了一片秀美的山林后,这个村寨的人便对他刮目相看了。他生活的地方开始被亲切地称为"扎华山",他亲自栽培的树林同样被叫作"扎华林"。对这样的改变,扎华是欣慰的。他总算为这个可以称作是家乡的地方做了点好事。不管后人怎么评价他,这片树林将来会变成一座繁茂的大森林。它多多少少可以算得上是造福后人了吧!

山林下面的小路,孩子们吟诵"嘛呢"的声音迎合着远处寺庙中低沉的莽号。再过一天,不,或许再过一刻,这个熟悉中陌生了很多年的村寨,就会因为一个老人的死去再度响起宏大的法号。人们会放下手中的琐事聚在一起,一边做着善事一边谈论着已故者生前的种种事迹。在那样一个嗟叹生命的场合,善良的人们往往只谈论这个人的诸多好处,即便偶尔说漏嘴洞穿了他的劣迹,也会赶紧念一声"嘛呢"来赎过。

谁都无法想象,死后的感觉是什么样的,就像不能想象来生是怎么回事。太多的时候,扎华都沉溺在无边无际的回忆中。对于一个远离人群独居了很多年的老人来说,回忆就是最忠诚的伙伴,它会不加任何修饰地把你带回那些远去的场景,让你真真实实地面对一个个无法回避的往事。回忆是残酷的也是亲切的。因为只有在回忆里,一个人才能看到无以复加的自己,历数自己走过的每一个足迹。

在死亡边沿苦苦挣扎和回忆生前的一些事情,扎华当然愿意选择后者。尽管死神的气息已经笼罩着这个独居老人的整个屋子。可他仍然愿意像一个临危不惧的男子汉一样笑着离开人世。

在扎华无边无际的回忆里,始终有三个场景如影随形地纠缠着他。或许,在每个人的灵魂深处,总会有那么一些根深蒂固的故事伴你终老。扎华在做好告别人世前的种种准备中,却怎么都无法安葬这些斑驳在岁月片段中的点点滴滴。当他的神志越来越清晰地脱离着肉体的羁绊,他因为对人世产生了无限依恋而出现了巨大的幻觉!

扎华看到了久违的白马!它高昂着头在晨辉中喷着响鼻刨着四蹄向他"哗哗"撒欢!他看到了亲手打点的行囊整整齐齐地放在了马背!

扎华吹了个响亮的呼哨,他一个健步跃上马背,背上的双管猎枪,腰间的子弹夹,长柄的马刀、银制的匕首、绿松石的打火石顿时奏响一道宏大的交响乐!

扎华嚯嚯嚯地夹着马肚子,他看到了扬鞭策马在曙光中英武的骑士!看到了正在祥云中化成一道金光的来生之路!而他的身后,那座小小的木屋连同映衬在红叶中的炫目经幡在势如破竹的莽号声中轰然倒塌!

哦!等等!请再等等!扎华的身体和灵魂在不停地纠缠着!这样的告别有些仓促!这个庄严的时刻应该来得再漫长一些!起码,他应该听到猫头鹰阴鸷的哀鸣,看到夜空中突然陨落的流星!当然,他还要等到村子里此起彼伏的狗吠和男人们靠近木屋低沉的脚步令他魂飞魄散!

就给这个快要飞升的灵魂一点点时间吧!他不想带着这些羁绊在来生路上苦苦挣扎!

唉！旺姆啊，你这个女人！在扎华朦胧的幻影中，那匹矫健的白马变成了一位妖媚少妇！她就是在村子里独领风骚的草地女人旺姆！旺姆的幻影把扎华正在飞升的灵魂拉回现实。他毫无生机的躯体因为兴奋而激烈地颤动球！

二

旺姆是从草地嫁到农区的女人。她是整个人民公社中少有的漂亮女人。扎华记得，旺姆嫁到村子里的那个夏天，是他记忆中最美的一年。按照当地的习俗，结婚娶媳妇一般都是在过年期间。旺姆之所以在青黄不接的夏季嫁人，是因为男方家中有重病的老人，为了避免老人突然去世而延期婚事，只得将婚事提前到夏天。

扎华当时作为大队一把手，他的耳目是众多的。那些想攀附他的地位而献媚取宠的小人们早早便打听到将有一位绝色的草地女子嫁入本村。扎华在得到这个消息之后的半个月里，兴奋得像一头发情的公牛！他在为数十五天的时间里，就把家里仅有的四套衣服换了个遍。

早晨，他把那件从大地主王千足家里没收过来的酱红色氆氇袍子穿在身上，与之匹配的自然是他最钟爱的双管猎枪、子弹夹、打火石、匕首和马刀。为了让自己显得更加英武，他跑了趟县大队，向曾经一起到野外参训的大队长要了双战靴。作为回报，他给满脸胡子拉碴的大队长送去一颗熊胆。

中午收工前的毛主席语录学习中，扎华又换上一套洗得发白的军装，他还专门打了绑腿。那多少有点仿效《奇袭》、《渡江侦察记》等电影里解放军的形象。他认真读毛主席语录的神情让人肃然起敬。全村男女老少没有一个敢放松警惕。他们以更加高昂的声音压过党支部书记激越的领读，在一派气壮山河的气势中结束学习。

下午，扎华再次换上白色的确良衬衣，下着打了补丁的蓝色抖抖裤，一张皮带把他雄浑的腰背勒得紧绷扎实。他倒背着双手，在麦田里除草的妇女堆中转悠。他难得一见的笑容让汗流浃背的女人们紧张得打颤。那是一种暴风雨即将来临前的阵势。谁都不敢放肆接他甩过来的笑话。大家更加卖力地埋头除草。只怕一个不慎给自己招来祸害！

晚上的批斗会上，扎华一改白天的笑容可掬，他有点偏长的脸上堆满乌云一样的阴霾。披在身上的军大衣在他愤怒纠斗地主富农的过程中一次次掉在地上。一盏盏昏暗的煤油灯在灯架上瑟瑟颤抖。人们从阴暗的灯光和尘土飞扬的批斗中爆发出对地主富农的痛恨和对阶级斗争的极度狂热！

一个只有上千人的村寨只有到后半夜才算真正归于平静。但民兵们的紧急集合又像一枚放在枕下的炸弹，让半睡半醒的村民们时时闻到一股火药味！

扎华的变化写在脸上，表现在神神秘秘的行动中。他号召大队干部，要在村子里培养一批年轻的妇女干部，让她们在村子里树立起妇女干部的典范。他还想送这些妇女代表到区上学习，从而培养一批"有文化、有思想、有干劲、有品德"的"四有干部"。但是，扎华对队长们推荐和毛遂自荐来的女人们看都不看一眼，他拉长着脸，以"身份不好"和"形象欠佳"等理由把培养女干部的事情一推再推。谁都不知道打扮得像一只公鸡一样的党支部书记在心里想什么。直到草地女人旺姆嫁到村子里。

旺姆的婚事是在六月中旬举行的。那时，黄灿灿的油菜花在青青的麦田和青稞地里显得特别抢眼。人们在除完田野里的杂草后就以小组的形式在田边地头烧马茶野炊。大家一边欣赏着夏季缤纷的景色一边翘首望着草地方向的小路，只想一睹牧区女子的风采。

这天，扎华显得比任何时候都要严肃。他上午骑马巡视了一遍村民们的劳动情况，他一反常态地穿了件黑色的呢子藏袍，腰间的子弹夹、匕首、马刀、打火石统统不见。他只系了根褪了色的绿腰带，白色的确良上衣口袋露出半截毛主席语录。午饭的时候，他和大队会计单独坐在一块草坪上，他们在一张报纸上指指点点。大家清楚地看到了扎华沉静外表下的焦躁，那天中午，他只喝了一碗马茶。他扣着石头镜的眼神中有一种按捺不住的期待和渴望。后来有人悄悄议论说，那天，扎华的脸洗得比"加砸"（铜壶）还亮，脸上擦的油比平时多了一倍。他骑马巡视过的田野上留下了浓烈的"胰子"（香皂）和"嘎"（擦脸油）的味道。他新剪的头发上也散发着洗衣粉特有的清香味！

黄昏时分，被烈日晒得昏昏欲睡的人们终于看到了送亲的队伍！那是一个由二十人组成的庞大队伍。他们个个骑着高头大马，他们扬鞭追赶着前面驮着嫁妆的耗牛。土路上扬起的灰尘和草地汉子们响亮的呼哨撕破寂静的山野，谁都没有来得及看清楚新娘的模样，这伙气势非凡的送亲队伍就进入了村寨。

晚上，大队文化室内的学习"马列主义思想"只开了个头就解散了。扎华说村子里难得遇到这样的喜事，除了地主和富农，其他的村民包括下中农在内的都可以去参加婚礼。他带头给男方送了只羊腿，其他的人也带上酥油、江津白酒、布匹和马茶喜滋滋地去喝喜酒。

旺姆的婚礼是村民们自解放以来看到的最壮观的一次。由于女方是来自草地的人，那个牛肥马壮的地方确实比农区富有。从十五头驮牛上卸下来的嫁妆示威般地码在院子里，一根长长的牛皮绳从堂屋一直拉到大门前，绳子上搭满了新娘的四季衣服，围巾、腰带和各色丝绸布匹。更让人眼红的是，新娘还带来了三头奶牛，这在那个饥荒年代简直可以让人嫉妒得发狂！

眼红归眼红，村民们还是热热闹闹地参与到婚礼当中。为了不在草地人面前丢脸，大队干部们很费了点脑筋。他们召集齐寨子中嗓音最好的老歌手们，与牧区人拉开架势对歌。对歌可不是一件容易的事，山歌酒词中富含哲理，寓意深刻。一方稍不注意就会被对方牵着鼻子走。好在本村的几个老歌手还算厉害，在几轮较量中把草地人击败。"阿象"（即新娘的舅舅）不得不一次次从褡裢里取出馍馍和奶酪赏给歌手们。而拥堵在长廊里的"讨金队"们也不甘示弱，她们堵住出去解便的草地人，以三轮不过四轮不放的架势逼得草地人掏空了钱袋子。一个傻大个子还给年轻的媳妇们赏了块袁大头！

在这场婚礼中，扎华的自尊心被草地人的富贵刺伤了！他们统一穿黑绸面子的羔羊皮袍，领口和边子上镶嵌的豹皮水獭皮足有半尺来宽。他们的匕首、打火石全用银子打制，藏靴和配饰高贵精致。与之相比，自己的村民们就显得寒酸和穷样。特别是缩在墙角黑不溜秋的"五保户"们更让他觉得颜面扫地！第一次，他对自己和自己的村民产生了深切的怜悯心，对农区的生产生活方式产生了怀疑！虽然他依然用目空一切的态度藐视着草地人的傲慢和炫富，但他在心里却对这批像王族后裔一样的草地人恨之入骨！

扎华没有看到新娘的脸，整个晚上的派对中新娘的脸几乎贴在了膝盖上。无论大家怎么挑逗她就是动都不动一下。第二天，全村的妇女们在背水的路上排成了长龙，她们想看看草地女子背水的模样和农区有什么不同。很多人听说草地是平坦得像面板一样的广阔地域，那里的人走路向来都只看着天空，他们脚下踩的是比地毯还柔软的草坪。她们想知道这些只看天空走路的人到了一坡三坎的农区背水会不会摔倒。而更多的妇女还是想看看传说中美若天仙的新娘以及足以让她们眼花缭乱的草地服饰!

然而,大家在那条长着许多松树的背水路上没有看到新娘,有些耐不住性子的长者开始数落草地人不懂规矩,新娘子不背"过门水"岂不坏了一方风俗!谁都没有想到,草地人因为在对歌中输给农区人感觉没有面子,他们担心娇滴滴的新娘背水时出洋相,就搞了调包计。让新娘的小姑子换上新娘装到村子南面的桦树林里背回来三桶水。至此,结婚仪式算真正结束。按照当地习俗,喝过早茶,新娘和新郎要一起"回门"。由于草地路途遥远,这批雄赳赳的送亲队伍天没亮就出发了。静悄悄的村子里只留下从田野深处飘来的油菜花香和傻乎乎等在背水路上的妇女们!

即便这样,扎华还是无可避免地爱上了尚未谋面的草地女子。虽然她的年龄几乎可以做自己的女儿,可他的血液里疯长起一种从未有过的激情!他不能驾驭这只像野马一样在他的身体里横冲直撞的狂兽!

那天,扎华换上那件酱红色的氆氇藏袍,头戴博士帽,背上双管猎枪,腰缠子弹夹,插上匕首和马刀,他发疯一样地用战靴夹着马肚子在通往草地的路上来回奔跑!

晚上,批斗"四类分子"的场面比任何时候都激烈!扎华用那双黑色的战靴踢翻了一个又一个五花大绑的"四类分子"!就是在那次,一位土管儿子的奶娘,在被纠斗过程中断了两根肋骨。直到今天,扎华都没有认真地回想过那些疯狂的往事!那个癫狂的年代,每个人像是被打了鸡血似的失去了理智!

三

见到旺姆是在临近秋收的时候,这段时间,扎华被派往其他公社进行交叉检查。检查的内容是"抓革命、促生产"。县里准备选典型,表彰模范。这次的检查足足耽误近一个月。频繁的检查和上面压下来的任务使他暂时忘记了令他魂牵梦萦的草地女子。

那天,扎华安顿好县里来的工作组后又和大队干部们忙着商量秋收事宜。为了达到指定的任务,他们不得不连夜组织一批青年民兵和共青团员把从一个地方收割的青稞插进另一个青稞地里,以达到一亩地产量达某某某的要求。当然,那种憋足的手段还是让工作组们看出了端倪。次日检查时,那些硬搬进去的青稞套拉着脑袋，在一丛丛昂首挺胸的没开镰的地里像斗败的公鸡一样！碍于大队干部们冲天的干劲和大铜锅里煮得喷香的牛肉，工作组组长还是沉着脸在检查薄上打了"达标"！

正在大家准备打道回府时，一个人影突然从密不透风的"青稞"后面钻出来！她哎呦呦地扶起正在焉掉的青稞夸张地喊道："是哪些瞎子们割的青稞！怎么还有一半长在地里呀！"这一喊不要紧，刚骑上马的扎华吓得差点就跌下来！他恼羞成怒地挥舞着手里的马鞭示意队长们先送工作组离开，自己"忽"地跳下马背朝地里跑过去！可是还没有等他跑近目标，那个不知轻重的女子抱了一怀的青稞，满脸惊讶地站起来！那一瞬间，扎华的双脚变成了地里的青稞，突然就生根了！他刚才还在胸腔里乱跳的心脏似乎被石头打中了！他扬鞭狂舞的手在一张比油菜花还娇媚的脸前停住了！

扎华呆呆地站在那里，一缕清风从田野深处飘过来，满地的青稞和婀娜的女子在风中飘曳如梦！他揉了揉眼睛，然后习惯性地干咳了几声，这种试探告诉他一切是真实的！被用力揉坏的眼睛立即奔出泪水，干咳的结果是一口痰实实在在地粘在了舌尖上！

扎华突然就笑了。他笑得浑身战栗！笑得器宇轩昂！啊！老天，你怎么就以这样的方式让扎华我遇到了神一样的美丽女子！他想象了多少次与她相遇的情景！怎么会是这样的呢！

扎华有点不相信地后退几步，然后用握着马鞭的右手抚着"怦怦"乱跳的心脏！他依然记得上次新娘回门时留在心尖上的痛楚！而此刻，他活跃的心脏再次感觉到了那种阵痛！只是，现在的阵痛是幸福的是喜悦的是无比让他感恩的！

抱着一怀青稞的女子被扎华哭笑不得的神态逗乐了！她嘻嘻哈哈地将怀中的青稞抛给扎华，自己却撩起藏袍下摆摇摇晃晃地走到田埂。扎华这才明白，这个美艳绝伦的女子就是旺姆！她那不同于农区的服饰同样让他惊喜不已！田野里，同来检查的人知趣地闪到一边，和旺姆一起背燕麦的妇女们逃得比兔子还快！

扎华的脸上堆起了比阳光还灿烂的笑容，他笑眯眯地站在那里，用十分柔和的口气告诉她，这是为了应付上面的检查才放进去的。那些正在焉去的粮食是花了几天的时间从其他地方搬进来的！难为它们在没有根基的情况还"长"了这么久！他不知道自己怎么会把这么严重的事情都告诉她！

女子收起了惊奇，用一种不屑的口气说道："这不是糊弄别人嘛！只要是有一双还没有瞎掉的眼睛都会看出来的！刚才那个鼻子上全是麻子的矮子眼睛有问题吧"！女子嘟囔着背起刚卸在地边的燕麦，可她刚站起来，那捆燕麦全部从松垮垮的绳子中滑下来！扎华几步跑过去，亲自教她怎么放绳子，怎么把它们背在背上，又怎么掌握好绳子的松紧度。在教草地女子劳作的时候，他的耐心和柔情是空前的。他从来没有那样温情地跟一个女子说过话。他从来就是暴虐和霸道的象征！如果，今天在工作组面前坏事的是别人，那么毫无疑问，这个人就是在"抓革命、促生产"运动中的破坏分子，大队"学习班"中会多一个反面人物供大家批判！

然而，谁叫扎华天生是个情种呢！虽然他睡过的女人和主动上门让他睡的女人多如牛毛，但他从来没有认真地看过她们一眼！在男性荷尔蒙在体内无限膨胀时他比一条发情的公牛高尚不到哪儿去！有时候，他还会变态地折磨那些作践的女人，让她们在自己的身体下面变成一只只饱受苦难的小猫小狗！但是，扎华也有大发善心的时候，对自己稍微看重或让他在床上发狂的女人，他会适时地提高她们的工分，或安排一些有油水的活路，偶尔也送点"胰子"和"嘎"之类的稀有品让她们高兴。当然，这些都是在绝对秘密的情况下进行的，白天，他那张阴晴不定的脸可以给任何一个被睡过的女人难堪！有一次，一位在暗地里和别人争风吃醋的妇女故意在开会时做针线活，她想在别人面前暴露自己的非凡身份，结果把扎华惹恼了。当天，那个女人就被罚到"挑粪队"，整天与臭烘烘的大粪和被浇了大粪的蔬菜打交道！后来，无论她怎么忏悔和表现，扎华再也没有踏过她家的门槛一步！

扎华发现自己一瞬间坠入了情网！这种全新的感觉让他欣喜若狂！他目送着旺姆婀娜的身影在一坡三坎的土路上消失，然后如痴如醉地回想着刚刚发生的奇遇。他把那只总是握着马鞭的手凑到鼻子下闻着，除了一缕青草的味道他还闻到了一丝青春女子胴体的幽香！

那天，扎华是牵着马回到大队文化室的。他不得不用一段安静的路程来整理波澜起伏的心绪！38岁对一个男人来说是比虎豹还凶猛的年龄！他天生就强健的身体面对任何一个异性都可以爆发出熊熊欲火！何况在这样一个风华绝代的草地女子面前！

四

　　"抓革命、促生产"先进模范大队评选活动中，扎华因为给鼻子上有很多麻子点点的工作组组长送了比县大队队长的还大的熊胆，还是拿到了一面锦旗。他为此在大队搞了次规模较大的野餐。时间是三天。野餐地点选在卡龙林边的草坝。除了大队那顶可容纳一百人的大帐篷，大家按家庭成员组合搭配。饭菜由大队统一按人头分配。经过上次和草地人的较量，扎华感觉到了农区的贫瘠。他想借评选为先进模范大队的机会，为饱受饥饿的村民开开荤。当然，他的内心深处还有一个愿望，那就是让刚嫁过来的旺姆不要因为农区的贫困而失望！

　　村民们终于吃到了香喷喷的牛肉，喝上了纯正的牛奶和奶酪。他们菜青色的脸上绽放出灼热的光芒！很多老人暗地里念诵"嘛呢"以谢佛的恩惠。

　　在这场野餐中，草地女子旺姆仍然成为大家关注的焦点。她穿着黑色灯芯绒长袍，修长的身子曲线分明，一对丰满的乳峰在丝质的衣服下骄傲地挺立着。红色腰带下的奶钩和针线筒随她轻慢的脚步发出悦耳的碰撞声。她杨柳清风一样的身姿让年轻的媳妇们又妒又羡。或许是草地广阔的大地给了她爽朗的性格。旺姆并没有刚做小媳妇时的腼腆和胆怯。她看见谁都礼貌地打招呼。她喜欢极了农区的田野，树林和起伏的山峦。她觉得在坡坡坎坎的路上走路简直是一次探险！她常常会对着各种粮食和植物发出惊叹，她还悄悄告诉邻居一位大娘，说自己最怕一个人走家里那道弯弯拐拐的壁廊，那是比森林还黑暗的地方！但他的丈夫，那个脸色很白的小男人正是在那条黑暗的通道里把她变成了女人！

　　关于草地女子的种种趣事，扎华的心腹们都一字不漏甚至添油加醋地说给他听了！他啧啧啧地咧开嘴巴大笑。在分配劳力的时候考虑到牧区人不会干农活就把美丽的旺姆安排到"食堂"，暂时和一些副劳力们干些捻牛毛，织帐篷，捣芝麻之类的事情。可是，旺姆却不领这个情。当她得知这些在食堂里长期从事最简单的活路的人不是上了年龄就是身体病残时失望得小脸发青。作为一个 17 岁的青春女子，她像一只翅膀丰裕的鸟儿只想在广阔的蓝天里飞翔！扎华的安排无疑是把这只活泼机灵的鸟儿关进了笼子！

　　有一天清晨，刚下早工的村民们在村头用藏汉双语念完"社会主义社会，是一个相当长的历史阶段"……后各自回家吃饭了。旺姆躲过大家的视线后出现在去河边饮马的扎华面前。她嘟起两片花瓣一样的嘴唇斜眼看着扎华用牧区话说"你看我是不是像个六七十岁的老太婆"！扎华因为突然看到喜欢的女子一时语塞。他习惯地扬了扬手中的马鞭不置可否地看着俏丽的小媳妇摇了摇头。"那么，你是不是看我在你们农区坑坑洼洼的路上走路像个瘸子"！旺姆的脸上堆满愤怒！这更激起了扎华心中的爱意和怜惜！"无论你走在怎样崎岖的路上，你的步态是风和花的舞蹈"！扎华的灵感一下子蹦出脑海，他想起赞美女子的那句谚语。

在朦胧的晨光里，在散发着各种花草和粮食味道的蜿蜒小路，扎华沉浸在突如其来的愉悦中！那个娇滴滴的草地女子怒目圆睁的模样让他爱到了极点！若不是碍于他党支部书记的地位和亮晃晃的朝阳，他真会扑过去把这个女子揽进怀里颠覆她的全部世界！

当然，扎华理智地克制着体内正在苏醒的野兽。对这个旺姆，他是真的很动心。对她的爱似乎不只是肉体的欲望，很多时候，他在想象和她风花雪月的情景时大都是浪漫和温情的。他不想和以前一样。随便抓住一个女人就拖进树林或拉进磨房。他想起自己最搞笑的一次是晚上巡视完民兵营地后鬼使神差地转到磨房，当时他的心腹告诉他有个外村的女人在偷偷用队里的磨房磨麦子。扎华当时只想去看看是谁那么大胆窜到他的地盘上来偷鸡摸狗。当他从磨房的小窗口往里观察时，发现原来是上村的"金嗓子"莫郎措。这个女人在全公社里都有些名气，凭借一副好嗓子，年年为上村夺取"革命宣传队"的头号奖状。

扎华的头脑突然跳出报复的念头。他解开藏袍丢给藏在柳树后面的心腹。自己一脚端开磨房的门直接把埋头磨面的"金嗓子"按在地上。他一边撕扯女人的衣服一边在她耳边警告说，"你是愿意接受一场千人的批斗大会还是享受一个男人的雨露滋润！"满脸粉尘的女人战战兢兢地任凭扎华发泄，她千恩万谢地送走了一脸淫笑的扎华。几天后，"金嗓子"还托人给扎华送来一对亲自织的鞋带，寄托着她的一缕真情和谢意！

可是，旺姆不同于他接触过的任何一个女人。她的美貌之中透着一种冷漠和高傲。每当接触到她那双湖水一样的眼睛，扎华心中乱窜的野兽开始畏缩，一缕缕柔情似水的情感就会涌上心头。他很想走过去，像兄长一样吻吻她的额头，替他整理一下被风吹乱的发丝！然后牵着她的小手扶她走过那些坡坡坎坎的小路！

"不要像个哲人一样冒酸泡！既然我不是六七十岁的老太婆也不是瘸子拐子，那么就让我到最繁忙的前劳力当中去！虽然我承认做不来农活，可我这双 12 岁就开始挤奶的手绝对能挑起任何一个重活！"旺姆一口气说完了，她也不等扎华给她个回复的话，然后抢过党支部书记手中的缰绳跳上马背，"驾"的一声冲向河边！

五

扎华在三天的时间里，让旺姆如愿以偿地进入到拿最高工分的前劳力中，又让她进入了青年民兵的队伍。他知道旺姆还有些文化后有心让她接替会计的工作，这样，他就有机会接触旺姆。但想到狡黠的会计掌握着自己的很多秘密一直不好开口。而培养"四有干部"的提议在队里纷争较大也只好搁浅了。

一年的时间就在指缝间匆匆流走了。打完粮食后村里开始搞决算准备分配粮食和钱。由于会计老婆生病需要到区医院治疗，眼下无人替代他的工作。扎华想到旺姆聪明反应快，就请她到大队文化室给记分员打个下手。旺姆很快就进入角色了。她计算的速度比记分员还快，仅仅十天，他们就把队里该分的青稞、麦子、大豆、豌豆、酥油、奶渣、牛皮、羊皮以及倒找户该倒补的账目都清算出来了。为了犒劳大家，扎华派人到畜牧队宰了头耗牛，召集所有中层以上干部到大队会餐。旺姆不想居功自傲，她没有接受宴请。

十天的时间扎华天天看着心爱的女子在眼皮底下忙活，他的心里像被吹进春风一样温暖！他时不时地派人从畜牧队取回来新鲜的酥油和奶渣给大家改善伙食。他经常在旺姆回家前往她的口袋里塞上一大块酥油。他还把自己舍不得用的半袋洗衣粉倒了一半包在纸里送给旺姆，叫她回家把油腻腻的头发和衣服洗干净。

旺姆离开后，大队文化室突然变得空洞了。扎华的心也变得空洞了！尽管吃得满嘴流油的队长和社长们把漂亮话说得比账本上的数字还多，但扎华紧闭的嘴唇再也露不出一丝笑意了。

晚上，扎华等干部们陆续回家睡觉后一个人坐在火塘前发呆。旺姆嫁到村上都大半年了，他扎华就是连她的衣襟都没有碰一下。对这个让自己心慌意乱的女子，自己怎么就少了很多勇气去表白呢！她那个脸色白得像

· 152 ·

个女人的小丈夫，应该早就把她变成女人了吧！想到他们亲热的情景扎华的脸都发绿了！强烈的嫉妒使他恨不得马上杀掉那个男人！

到了后半夜，扎华像掉了魂似的在村子里转悠。他不知不觉就转到了旺姆家的后墙边。他估摸着小两口的卧房位置就把耳朵贴上去听。可是什么声音都没有。他有点失望地抖掉身上的灰尘，准备再去几家地主富农的屋后听墙根。可正在这时，旺姆家的大门却"吱呀"一声打开了。

扎华赶紧闪到篱笆后面藏起来。夜色中，出来的竟是旺姆！她披着长袍窸窸窣窣地走向后院准备解手。扎华的心脏剧烈地跳动起来！这不是天赐的良机吗！我日思夜想的心上人就在眼前，而且是在这个黑漆漆的夜晚！如果不抓住这个机会，我扎华还算是个男人吗！

有了夜的掩护，扎华体内的野兽开始怒吼起来！他听到自己的血液冲击血管的"呲呲"声！扎华咽了口口水，舔了舔急剧发干的嘴唇。他见旺姆已经起身准备回屋了。没有时间犹豫，扎华一个箭步跳过去，他猛地抱住旺姆的后腰，然后用尽力气把她按到粮架下的草堆上"心肝宝贝"地亲吻起来。扎华没有想到，只披了件藏袍的旺姆竟然赤裸着全身！她的身子和乳房丰满得像秋天的麦田。她的浑身上下散发出只有青春女子才有的清香和野性！那一刻，扎华为突如其来的幸福激动得泪流满面！这个幸福时刻他等得是太久太久了！他见自己身下的女子惊恐得都忘记反抗就赶紧脱去自己的裤子。他把嘴唇抵在旺姆的耳垂下忘情地说："我的心肝啊！你是神为我送来的宝贝啊！今夜，你就做了我的新娘吧！我会给你成熟男人虎豹一样的力量和激情！你那个病快快的丈夫怎么可能让你发狂！"扎华语无伦次地表达着自己的思念，他发烫的双手不停地搓揉着旺姆的乳房和大腿！

就在扎华要得手的一瞬间，一阵剧痛从他的下身直接传递到每根神经！随着一声尖利的呼声，扎华的后脑又重重挨了一击！一股黏糊糊的东西从火辣辣的伤口流下来！扎华"哎呦"一声倒在自己刚脱掉的裤子上，他痛苦地蜷缩在那里。旺姆抓起藏袍呜咽着跑回屋子。黑夜中，那个举着木棍喘着粗气的影子对着扎华的光屁股又是一顿乱棍！

扎华在自己家中的木床上躺了整整三天。他刚刚能下地就直接去灶膛边把正在为他煎药的妻子狠狠揍了一顿。他挥舞着从妻子头上揪下来的一把头发又往她的胸口狠狠地踹了一脚！他的借口是那晚从马背上摔下来后妻子没有及时把他扶进屋而使自己的病情加重了。

那场丑事在扎华的心里迅速膨胀成一枚毒瘤。他不知道该怎么洗掉遭受的羞辱！他把对旺姆的爱转化为仇恨。特别是当他看到旺姆那双比刀子还锋利的目光和鄙夷时，恨不得马上钻进地洞！他没有想到她那双12岁就开始挤奶的手会爆发出那么巨大的力量，她几乎就毁掉了自己的人生！关键时刻，这个看似温顺的女子竟往他的命根子下手！

这个恶魔！扎华在饮马的路上远远地看到了旺姆，他在心中发狠地诅咒着草地女人，然后用手摸了摸还在隐隐作痛的下身！当然，他更没有忘记那个黑暗中用木棍在后脑勺上留下伤口的男人！

六

进入冬季后，农活相对少了。大队给社员们放了两天假。大家纷纷上山砍柴，储备过冬用的柴火。扎华和大队干部们却在"文化室"熬起了奶茶，嘀嘀咕咕地商量着一些事情。谁都不知道，一场"反黑五类"斗争正在党支部书记的领导下风起云涌了！

旺姆被家人安排在家里做饭、码柴火。虽然她已经基本学会了农区的所有活路，但她的公婆还是担心她上山砍柴会摔伤。公婆疼爱她是有道理的，她也是从草地嫁到农区来的。她知道该给儿媳妇怎样的关怀，她们是隔了三代又联姻的亲戚啊。

自从扎华黑夜袭击了旺姆，一家人再也没有让她有任何独处的时间。她的下腹有点突出，细柳一样的腰身变得浑圆起来。明眼人一看就知道旺姆怀孕了。

这天，旺姆在灶上煮了一锅羊肉。她把长长的辫子挽成一个发髻，她用一根翠绿色的腰带盖住了微微隆起的小腹。见离午饭还有些时间，旺姆拿起针线包，坐到院子里边晒太阳边缝制婴儿的小棉衣。想到不久就要做母亲，旺姆的脸上飞上两朵小桃花。她是个单纯的女子，对扎华的失礼，她没有过多追究。毕竟，他对自己还是很关照的。谁都有犯错的时候。旺姆没有同意家人到公社告发扎华。她安慰他们说自己没有受到伤害，就给别人也留条活路。她没有想到，扎华报复她的念头早就燃成一把烈火了！

旺姆缝完小棉袄，大锅里的羊肉早就散发着诱人的香味。她想家人也快从林子里回来了。自己得准备饭食。她把婴儿的衣服收进小篮子，然后去院子里抱柴火。突然，半掩着的大门"轰隆"一声被撞开了，随即一伙人冲进院子。为首的就是刚刚上任的副队长阿当。见旺姆愣在那里，阿当大喊一声"把这个从草地流窜到农区的小资本主义抓起来！"来不及反抗，旺姆被冲上来的两个民兵反剪着双手押到屋里。另外几个人冲到灶膛前大呼小叫："贫下中农兄弟们快看哪！资本主义的腐烂生活敢堂而皇之地向我们示威！整个大队只有他们家的屋顶飘着糜烂味道！人民群众还过着饥寒交迫的生活呀！""打倒资本主义！打倒剥削阶级！"两个刚选为"妇女干部"的女人边咽口水边振臂高呼！阿当见旺姆的眼睛充满恐惧，挽在后面的发髻散到脸上。他对刚要去踢翻大锅的手下使了使眼色："不能毁掉资本主义奢靡生活的证据！把锅和羊肉一起端回大队文化室！"不由分说，旺姆被这伙人连拖带拉押到大队。她挂在屋檐下的竹篮和小棉袄被一个妇女干部甩到大队茅房里！

旺姆被关进大队库房里。一个多月以前，她还在这里和记分员一起为大队搞决算。那时，扎华的态度那么热情那么和蔼。他每天都给他们熬奶茶煮牛肉！他生怕怠慢了旺姆使她受委屈！可是，她怎么突然间成了资本主义呢！就凭一锅羊肉？

旺姆揉着酸麻的手臂，她的腰和手臂都受伤了。白皙的皮肤上出现几块淤血。她的脸上还留下了一个女干部的抓痕。她平时就特别嫉妒旺姆！她唯一骄傲的是自己雇农的身份。家里一件补了几百个补丁的衣服是她们孤儿寡母忆苦思甜的法宝！

旺姆站起来走到窗前，窗子外面已经被订上了厚厚的木板。透过一丝缝隙，她看到大队牛圈里有几个"四类分子"在晒草料。那个被踢断肋骨的老太婆拄着拐杖很艰难地翻晒着草堆。旺姆听说过自己回门之后的那场批斗大会。婆婆告诉她这些事情时她的内心笼罩着很深的阴霾！

天很快就黑了下来，大队文化室来来往往走了几拨人，就是不见有人来招呼旺姆。

旺姆在阴暗的屋角缩成一团，她的下腹有点疼痛。单薄的衣服根本挡不住外面吹来的寒风。旺姆不明白灾祸怎么突然降临到自己身上，她的公公婆婆一定急疯了吧！还有自己的小丈夫！那个脸色白白的说话总是柔柔的小丈夫！想到他那天晚上用木棍狠揍扎华的情景，旺姆倒吸一口凉气！啊！是不是扎华在报复他们！如果这些是他安排的，那么后果是不堪设想的啊！

旺姆想起被批斗的"四类分子"和地主富农们，还有土官儿子的奶妈被踢断的肋骨！她吓得打了个寒噤！她抖索着趴在钉有木板的窗口往外看，牛圈里悄无声息。那堆晒干了的草料在夜色中像一只沉睡的巨狮。旺姆转身走到门前，把耳朵贴在缝隙上听外面的动静。奇怪，平时热热闹闹的文化室竟没有一点声音，就连那个轰轰作响的大炉子也像是消失了一般死寂！她原本就惊恐的心突然像跌进了深渊！旺姆忍不住大声哭起来！她使劲拉房门，可是，门被牢牢地锁住了！她怎么哭喊和拉扯都没有用！旺姆绝对不会想到，其实扎华就坐在离她几步远的大火炉旁！她更没有想到，扎华打发走所有人回去，连晚上的政治学习都取消了！

扎华决定把旺姆作为流窜到农区的小资本主义抓起来时，他的心情是矛盾和痛苦的。他在旺姆还没有嫁过来的时候就爱上了她。这个美丽得像夏季的油菜花一样的少女，完全颠覆了扎华一直以来对女人的定位。无论是他第一次被一个老妈一样的女人手把手引领做那种事，还是后来随着自己的成长频繁接触不同类型的女人，他始终认为女人和一条母狗或是母猪没多大区别，除了让男人发泄兽欲就是传宗接代的工具而已！

可是，旺姆是另类的女人！除了她天仙一样的美貌，她那不骄不躁、不卑不亢的性情是任何女人无法相比的！从爱上旺姆到现在，扎华连她的小手都没有摸一下。可那种痛入骨髓的爱恋使他像个病入膏肓的老人！很多时候，扎华甚至想带她去一个隐秘的山林独居，离开那些喧嚣的尘世和没完没了的阶级斗争！每当触碰到旺姆那双眼睛，扎华心中的邪恶和凶狠都会消退！面对心爱的女子，他多想做一名温情的男子，浪漫的情人！然而，旺姆却不领他的情！他小心翼翼呵护于掌心的草地女人，他诚惶诚恐视若珍宝的暗恋女子，却让他遭受了毕生最大的屈辱！作为大队堂堂一把手，怎能容忍这样的打击！他已经听到村子里有了风言风语。从老百姓躲躲闪闪而又无不嘲讽的目光里，扎华感觉到自己至高无上的尊严受到了藐视！

那几天，他拄着拐杖在自家那块不大的院子里焦躁地走来走去。屁股和脑门上的伤撕扯着肉体和内心的苦痛！他几乎每天都会暴打自己的老婆。那个长得五大三粗的女人，在扎华的拳头和飞腿下痛得嗷嗷乱叫！

还是狡猾的会计看出了扎华的隐私，他借汇报工作为由，把家里仅有的半截干牛肉和一斤散酒送到扎华家里。也许扎华是满肚子委屈无处诉说，见自己的心腹满脸关切，加上酒精的作用他就把那天晚上的丑事都统统倒了出来！

会计故意做出惊讶的表情，他"啧啧啧"地提醒扎华现在的斗争形势不可小觑！那些暗藏在贫下中农里的反动分子处心积虑地寻找反扑的机会，他们妄图复辟旧社会，过富足安乐的奢靡生活！就拿这件事来说，分明是向党的干部公然挑衅！

扎华阴晴不定的脸被酒精烧得通红。他握紧拳头，眼里射出了两道凶光！会计趁机附在他的耳边嘀咕起来！

此刻，扎华坐在暖暖的炉子跟前，他不知道自己是该去给旺姆开门还是让她再受点煎熬。这个让他又爱又恨的女人，正在惊恐地哭喊着！她那诱人的胴体可能在瑟瑟发抖！她的小脸一定挂满了泪珠！扎华的心里涌起了报复后的快感！可是，这种快感很快就被痛惜代替。旺姆越来越高的哭喊使他突然清醒起来。如果有人发现他黑灯瞎火地关着一个弱女子，一定会反映到公社去。他也担心旺姆的家人会找到大队来。虽然会计一直守在旺姆家门口观察着动静，但自己毕竟是以"小资本主义"的名义把她抓过来的。她的家人知道后会不会狗急跳墙到公社把上次的事情抖露出来！想到这里，扎华的身上冒出一股冷汗，他下意识地摸了摸后脑勺和裤裆，他把烤得烫烫的手掌捂在自己的眼睛上。少顷，扎华果断地擦燃火柴点了煤油灯。他在煤油灯下调整好复杂的心情，然后过去打开了房门。

正在哭喊的旺姆见开门的是扎华，一下子愣住了！外面除了昏暗的油灯和火炉一个人都没有！她泪眼迷离地站在扎华面前，哆嗦着嘴唇说不出话来！扎华见此情景，原先对她的恨意全部消失，他一把拉起旺姆，把她按在炉子旁边的木墩上烤火。他一边帮旺姆搓手一边爱怜地责怪她："看看你！这么小的年龄脾气就是倔。刚才给那伙人说几句软话不就得了？听说你还抓破了妇女干部的脸！还往阿当的裤裆里吐口水，这明摆着是造反呀！""哎呀呀！到底是谁抓破了谁的脸！明明是那两个泼妇抓我的脸。他们闯到我家说我是资本主义，把我和锅里的羊肉一起弄到大队来！她们还把孩子的小棉袄丢进茅坑！"旺姆说到这里泪水又在眼里打转！

扎华满脸无奈地坐到对面，他语重心长地告诉旺姆，现在的阶级敌人很阴险，他们处心积虑和人民作对，就是要破坏无产阶级和人民群众的大团结！他要旺姆彻底清除享乐主义思想，做个吃苦耐劳的好群众！

旺姆听到这里头脑简直一片空白！她不知道扎华说这些话到底是什么意思？她隐隐约约感觉到在扎华那双狼一样的目光后面隐藏着更为阴毒的

目的！她当然会想到他是因为被揍事件专门报复的。她担心家人受到牵连。一周一次的批斗大会从未停止过！如果他们把自己的丈夫抓起来，他那瘦弱的身子哪经得住折腾啊！

　　想到这里，旺姆的脸都吓白了！她看到扎华背后高悬的毛主席画像灵机一动："毛主席教导我们，千万不要忘记阶级斗争！自从我旺姆嫁到本村，一直和人民群众站在一起，即使在家里偶尔吃点肉也要接受长辈们的忆苦思甜教育！我的心和贫下中农兄弟姐妹们连在一起！我的公公婆婆，全都是从旧社会走出来的穷苦人。今天在家里煮的肉，是我娘家人念及腹中的婴孩才把一只冻死在路边无人问津的羔羊肉风干了带给我的。为的是我腹中正在孕育的共产主义接班人能够发育健全！我公公婆婆每天晚上还要让我给腹中的孩子念毛主席语录，希望他将来出生后能够在党的阳光雨露下茁壮成长！"

　　旺姆的机敏让扎华措手不及！他没有想到刚刚还在绝望地哭喊的她突然变得振振有词。她居然利用伟大领袖的语录来为自己开脱罪名！他太小看这个女人了！

　　"毛主席还教导我们，能够改正错误的同志一定是好同志！今天在家里煮了点羊肉，是我没有发扬好艰苦朴素的革命传统。我决心从现在开始，改正错误重新做人！"旺姆一口气说完这些话，她用袖口擦干了泪水，然后看着张大嘴巴忘记说话的扎华说："错误已经承认了，我要回家了。如果我的家人找到这里，他们不会认为你在教育我，说不定我那个倔脾气的公公还会拖我们去公社评理！"见旺姆已经走到门口，扎华赶紧扑过去拽住她的袖子吞吞吐吐地说："我一个人留在这里完全是为了保护你，如果这批新的干部们都在场，他们一定会鼓动我开批斗大会！你想想，把羊肉挂在脖子上从村头游到村尾那个狂乱的场面你怎么受得了啊？现在，你不要急着走，你应该谈谈自己最近的思想变化，为什么突然要走资本主义道路？我一直希望你能加入到妇女干部队伍中来，你怎么就不好好表现给我看看呢？"扎华趁势握住旺姆的手，并有意往她的胸前靠拢。旺姆可不领情，她甩开扎华的手用嘲讽的口气回击："哦？培养干部的前提是深更半夜去脱女人的裤子还是以资本主义的名义关进黑灯瞎火的房子进行威胁？上次的事情我们没有告发你是因为念及你平素的好。如果这个时候我的家人找上门来，你准备说正在培养干部吗？今天两个抓破我脸的女人也是这样被你培养出来的？"

　　扎华没有想到旺姆这个女人居然能反守为攻，她虽然看起来楚楚可怜，可她的每一句话都直奔自己的命脉！如果这时候自己作些过激的动作，她一定会拼死反抗。再说自己到处安插着民兵和积极分子监督夜间的破坏分子们，他们会在换班期间先到文化室烤烤火，再喝点免费的散酒后才回家睡觉。现在说不准有人正急着到这里喝酒烤火呢！

想到这里，扎华放开了旺姆的手，他板起长脸严肃地说："不要轻易污蔑党的领导干部。你今天的表现可能会引起县工作组的注意。回去后好好反思吧！"

扎华目送着旺姆的背影消失在暗夜中，他把紧握的拳头狠狠地砸在旺姆坐过的那只木墩上。他特别恨自己面对这个小女人如此束手无策！不就是一个认识几个汉字的草地女人！张狂什么呀！对一个怀着别人孩子的女人，自己凭什么要低三下四地笼络她的心！他可以在任何时候都召唤自己想要的女人，然后痛快淋漓地发泄自己的欲火。而她们对他的践踏始终是感激涕零的呀！

七

后来，扎华还真就淡薄了对旺姆的心。他把精力放在抓反革命分子上。临近春节了，村民们三三两两地到供销社购买年货。按照习俗，大年前两天，每家每户都要搞一年一度的"扫烟尘"、炸油饼、煮肉。初一前要把借给别人和别人借给自己的物件都要还回去。这天，扎华正在清理自己家的物件，会计慌慌张张地找上门来。他告诉扎华，在村子对面的胡冉林中的炭窑里，有两个来历不明的乞丐在烧火熬茶。扎华听到报告惊得跳起来。这大冬天的到处都是枯树干草，万一引燃了山林怎么办！他让会计立即通知民兵连长过去抓人，自己到马厩牵出马先赶过去。

到了那个被称为"阴阳窑"的洞口，扎华看到一个衣衫破烂的老头提着一壶水正往洞里走，另一个蒙着脸的老太婆在战战兢兢地铺着和身上一样破烂的褥子。看样子，这两个乞丐还准备在洞里过夜了！

扎华见此情景，气不打一处来。他腾地跳下马背，扬着新做的牛皮鞭子大吼一声："你们是从哪里跑来的叫花子！敢在我的地盘上为非作歹！这漫山遍野都是干草枯枝，你们想纵火搞破坏是不是！"正在铺褥子的老太婆听到扎华的声音，全身立即抖索起来！她赶紧拉上肮脏不堪的围巾，把一张黑黢黢的脸遮得只看得见眼睛。而提着水壶的老头被扎华的怒吼吓得"噗"地跪在奄奄一息的火堆边。扎华几步跨过去，一鞭子抽在老头的背上："不知好歹的老东西！赶快浇灭火堆！不把你们这些破坏分子抓到大队批斗，你们就不知道安分守己地过日子"！被抽打的老头不敢抬头看扎华，他深深地埋下长满脓疮的头，呜呜呜地哭起来。蒙着围巾的老太婆同样背过身抽抽搭搭地掉眼泪。扎华见两个肮脏不堪的老人不仅没有低头认错，倒像是有满腹的委屈一样哭个不停。

扎华又一鞭子抽在老头补满补丁的藏袍上："没有听见我的话吗！赶快用茶壶里的水扑灭火堆，你们没有看见村子外面正在往这里赶来的民兵们吗！他们马上要把你们抓起来！不给你们这些暗藏在人民中间的破坏分子一点厉害，你们就不知道人民群众的斗志昂扬"！正在哭个不停的老太婆一听说民兵来了，吓得浑身颤抖。她惊慌失措地揭开脸上的围巾，露出一张比魔鬼还恐怖的面孔说："儿呀！赶快制止民兵队伍吧！如果落到他们的手里，我和你的阿爸还有活路吗！"老太婆说完这话，忙不迭地伸出瘦骨嶙峋的手臂。那上面戴着一只镶有绿松石的银手镯！

扎华立即傻眼了！他的头脑瞬间变得空白！难道眼前这两个破破烂烂的乞丐竟是自己的父母！他感觉双腿在发软，一股血从脚下一直冲向脑门，震得他头晕耳鸣！

"儿啊！我们也不想给你丢人现眼！你离开家乡这么多年，我们早就知道你在这个地方已经扎牢了根基。如今，你也是党的干部，我们丝毫都不想给你脸上抹黑！可是可是！"被扎华一次次抽打的老头也悲伤地抬起头来，他的双眼噙满泪珠，一张丑陋不堪的脸上布满皱纹！他的鼻子竟然都烂掉了一半。一股股的恶臭从山洞里弥漫开来！

扎华后退一步，他不相信地打量着两个乞丐。不错！眼前的这两个老人，尽管已经面目全非，可他们的声音他们的神态还有戴在母亲手上的银手镯都说明他们的确是自己的爹娘！

扎华的眼泪突然就流下来！他扔掉手中的鞭子，扑过去扶起两个老人。俗话说儿不嫌母丑！扎华虽然暴虐，但他是个孝子。当初他离开家乡，是因为有个"红卫兵"头头看起他的革命干劲，提议他跟随自己到下派的村子扎根干革命。那时，自己的父母都住在高半山上，生活艰辛自不必说。除了在陡峭的山坡上种点玉米，就只能守着四季不变的贫穷和饥饿！

扎华离开生活了十八年的大山，母亲为他收拾了一个小小的包裹。装上家里仅有的一张毡毯和藏靴。父亲掏空了粮柜，为扎华做了他最喜欢吃的玉米烙饼。

从此，扎华就永别了故乡，永别了父母那双悲苦的目光，还有伴随自己成长的名字。每当异乡的天空挂上一轮弯月时，扎华便从木箱子里取出母亲送给自己的银手镯。他常常回忆母亲给自己讲"月亮姑娘"的故事。那时候，他就憧憬着自己长大后能娶到像月亮姑娘那样美丽善良的媳妇。可是，那个"红卫兵"头头，为了给扎华奠定革命根基，让他在村子里最贫穷的孤儿寡母家上门做了女婿。

"这到底是怎么回事？家乡发生了什么灾难？你们怎么变成这个样子了！"扎华跪在铺开的褥子上，他两手分别握着双亲的手，他的眼泪扑簌簌掉个不停！他忘记了正在火速赶往这里的民兵们！

"三年前，有个媳妇嫁到我们山上，她长得俊俏，人又机灵。她娘家给她的嫁妆也令人眼红。整整三驮青稞啊！当时大家都很纳闷，这么好的媳妇怎么就下嫁到我们这样贫困的地方！全村的人都说那是阿吾家前世修来的福气！谁知道，一年后，他们全家开始莫名其妙地病倒。开始时全身发热，慢慢地身上和脸上长出红疮！继而流脓流血。手指关节肿大、变形。热心的村民经常带点小东西看望他们。因为山高路远，请不到医生，只好任凭病情恶化！再后来，那个俊俏的媳妇竟烂掉鼻子，手指脱落，脸上丑陋不堪！"扎华的父亲说到这里情不自禁地摸了摸自己脸，他那惊恐的表情仿佛那个媳妇就在跟前！

听到这里，扎华当然明白那个媳妇是得了麻风病！可自己的双亲又怎么会被传染了呢！未等扎华发问，母亲懊恼地接着说："也是那媳妇热情大方，我和你阿爸念着和他家有点沾亲，便时时过去帮忙照看，回来时也带点那媳妇给塞的煎饼或馍馍之类的食物。哎！吃不饱的日子真是难熬啊！"母亲说到这里重新拉上围巾，遮住了令人发呕的面孔！

"山上有一半的人被那媳妇传染了麻风病！有好几个人都死掉了。那个可怜的媳妇也带着腹中的婴儿死了！后来，有人把这个消息传到了县里，县里专门派了医疗队上山治病，由于村民住地散落，他们就在村子背后的山下修了"麻风村"，把患有麻风病的人都集中到那里医治。我和你阿爸因为病情严重无法医治，只能等死。想到远在异乡的你，我们一路乞讨找到这里，只想在离你比较近的地方死去。死后也有个人替我们收尸！我们真的没有想给你添麻烦，只想等我们死后你能通过我手上的镯子认出我们！"老太婆说到这里的时候更是泣不成声！她把头埋在散发着恶臭的衣裙里，生怕自己的儿子难为情！

"本来我们以为没有人会在意山洞里住个叫花子。这年头哪里都是乞讨的人。谁知道到我们刚来几天就被发现了！"老头子说到这里担忧地看了看扎华，他别过头去伤心地说："等会你的那些民兵来了后一定得找个借口把我们留在这里。如果带到你的村子，我们这病一定会传染！儿啊！今天我和你阿妈见到你已经很欣慰，就算活不过明天我们也没有遗憾了。看到你在这里过得很好，我们死也瞑目了！"

扎华的眼泪已经不能控制，这几年，他几乎忘记自己还有年迈的父母，忘记了那个生他养他的贫困大山！在这个村子，他已经是人上人了。他的权力炙手可热！他的地位令无数人可望而不可即！他轻轻一句话就可以决定村子里任何一个人的命运！可是，今天，面对迟暮的父母。面对病入膏肓的阿爸阿妈，他竟然无计可施！他甚至不能在自己的村民面前承认眼前的这对乞丐就是自己日思夜想的双亲！他没有时间做更多的思考，民兵们的脚步已经传到洞口，会计大呼小叫的声音打破了冬日的宁静。他得迅速做出决定，既免去父母的劫难又能顾全自己的颜面！

当全副武装的民兵连长气喘吁吁地赶到炭窑时，扎华已经镇定自若地站在那里了。他威严地扫视了一遍整齐的队伍，用满意的口气说："同志们辛苦了！为了嘉奖你们的革命觉悟，等会回大队让会计把那三只羊肉分给大家！"扎华故意把羊肉两个字拖得很长，他看到了大家眼中突然燃烧的火苗！

会计兔子一样窜到洞口正要大声吆喝两个乞丐被扎华制止了。他很宽厚地拍了拍会计的肩膀说："今天你的行动充分证明我们的革命同志都是好样的。你不仅及时发现了这些潜入本地的异地分子，还及时向党的干部做出汇报。今天分羊肉时给你多分一只羊腿！"会计的脸上立马绽放出比火焰还热烈的红浪！他向扎华敬了个军礼，然后昂首挺胸地站到民兵队伍的前方。

扎华整了整衣领，严肃地说："在同志们赶来之前，我已经审问了这两个乞丐。其实他们也是穷苦的老百姓。由于家乡收成不好，就流落到他乡乞讨。说穿了他们就是我们的阶级兄弟，与广大的人民群众有着深厚的革命友情。既然他流落到我们的地盘上，我们理当尽地主之谊。加之已经是春节了，不能让外来人员寒心。等会，由会计负责准备一套被褥和过年用的酥油、奶渣、马茶和肉类送到这里。只要他们保证不引发火灾就允许他们住在这里！"扎华简明扼要地说完这话，在场的所有人没有觉察出他眼底的悲伤！他们只感觉到党支部书记以前所未有的温情拍了他们肩膀，并重复了要犒劳他们以羊肉的温暖话语。

晚上，扎华彻夜未眠。他的眼前是阿爸阿妈丑陋不堪的身躯和无以复加的悲哀神情。他第一次触碰到自己内心的软弱和无能。他真想跑到马厩牵出心爱的马匹赶到山洞，陪父母过一个有肉有粮的节日。他也想像小时候那样躺在他们的怀里，用牙齿扯阿爸的胡子，用手指抚弄阿妈的乳头！他还想把耳朵贴在阿妈温润的嘴唇上听她讲月亮姑娘的故事！

可是，这一切再也无法实现。他只能在梦里，在回忆里，在无尽的幻影中感受儿时的温暖！如果村里的人知道这两个不堪的老人是自己的双亲，知道他是一个遗弃了父母的逆子，那他这么多年的苦心经营就付之东流了！

扎华在温暖的灶火前喝了一晚上的酒，他破例没有打自己的老婆，使她诚惶诚恐地蹲在屋角不敢睡去！鸡鸣三遍的时候，扎华在灶火前打了个盹，他居然梦见自己的阿爸阿妈就坐在自己的家里，阿妈和年轻时候一样秀美端庄，她穿着蓝色对襟衣衫，丰腴的手腕戴着镶有绿松石的手镯，她款款而来的身影就是下凡的月亮姑娘！而健壮的阿爸，背着双管猎枪，腰缠子弹夹，匕首插在长靴筒里。他雄赳赳骑在马背，野鸡野兔的尾巴在褡裢里欢快地抖动着！他慈爱地唤着自己的乳名："泽如泽如！阿爸回来啦！"

新年的太阳悄悄地覆盖了打着霜露的大地。扎华从一阵诱人的奶香中醒来。会计一反常态地穿了藏袍候在院子里。扎华伸展着麻木的手臂，他调侃地盯着会计："你不会忘记初一是不能串门的吧！看你打扮得像个发情的山鸡一样，该不是昨晚又爬了谁家的墙不成！"会计没有像往常那样巴结地附和，而是带点悲悯的口气低着头说："山洞里的两个老人死了！"会计没有用乞丐两个字，二是用比较恭敬的口气称老人。扎华的头顶像是被斧子砸开了一道裂口，他感觉到了天旋地转的疼痛。他的血管里再次响起血液冲击脉络的"呲呲"声！他噗地倒在地上就和昨天他一鞭子抽在阿爸身上那倒地的样子完全一样。他躺在僵硬的地上抽搐不止，他的泪水在衣服上迅速冻成冰渣。他的嘴里含混不清地说着"死了死了"的话。会计赶紧喊来扎华的老婆一起把他扶进屋里。待他稍微冷静，会计才说："两位老人死得很安详。他们洗干净了自己的脸。还换了身比较整洁的藏袍。

看得出来,他们过了一个非常满足的大年。我们送过去的食物他们吃了不少。他们似乎还用食物祭祀了神灵。火堆里全是食物焚烧的痕迹!"

扎华清楚,阿爸阿妈之所以把吃剩的食物焚烧了,是担心万一被饥肠辘辘的人吃了会传染麻风病。他们到死都保持着善良的人品!他的眼泪又不争气地流下来。老婆在旁憨憨地说道:"又不是你的父母,哭什么!大过年的别折腾自己了!"这话可惹恼了扎华,他正在流血的心被老婆硬生生撕开了更大的口子。他一脚踢在老婆浑圆的肚子上,又一巴掌抽在那张肥厚的脸颊上:"不知死活的丑妇,我好久有那么一对乞丐一样的父母。告诉你多少遍了,我的父母早已病逝!大过年的是不是不想活啦!"被痛打的老婆嗷嗷哭叫着跑出去。会计按住扎华又安抚了一遍。他说已经叫人备好马匹,派几个"四类分子"将两个老人的遗体收拾停当送去天葬。他压低声音说还在地主千足家悄悄印了一匹玛尼一起送到天葬台。对会计的这番作为,扎华真就感恩了一辈子。虽然他不知道会计为什么会对两个素不相识的乞丐那么尽心,或许他已经觉察出他们与自己有着一点瓜葛吧!但无论如何,这份情在当时那样一个时代实属难能可贵!临走时,会计还把和自己一模一样的银手镯包在布里了放在自家的炕桌上!

失去父母后的扎华变得阴阳怪气。他对女人从此有了很深的恨意!自己一辈子就珍视两个女人,一个是妖嫡的旺姆,一个是慈爱的母亲。可两个女人都离他而去!母亲是永远都不会再见了。那个旺姆,那个把自己的一片真情当作废纸的女人啊!每当想到两个女人,扎华心里的那个恨和痛就会翻江倒海一样席卷着他的心智!

八

我至亲至爱的人啊!扎华的眼里又一次溢满朦胧的水雾。在这随后的弥留时刻,父母蜷缩在山洞里的悲伤情景让他肝肠寸断!他不知道自己到了那个世界是否还可以和他们团聚。他没有想到和父母的相见竟成了永诀!他甚至不能公开地为他们痛哭一场!念于那几个"四类分子"和地主状足都为死于麻风病的父母尽了力,扎华后来给他们摘了帽子,并让状足常年为大队放羊免去很多的批斗!他的良心因为失去亲人而有所苏醒!

扎华受挫的心灵在很多年里都没有恢复。而他与旺姆的爱恨情仇也并没有因此而结束！被草地女人牵制了自己后，扎华的心绪一度陷入了绝境。他变本加厉地喝酒找女人，以此填补内心的空虚。看着心爱的女人在家人的庇护下顺利生产，看着她与自己的丈夫恩爱相守的样子，扎华的心里就像扎进了一枚钢针一样难受！就在他万念俱灰的时候，老天却给了他一个千载难逢的机会！

　　那时，旺姆的儿子刚满两岁。她的公婆得了风湿病。旺姆不得不去畜牧队替换公婆。那年秋天，雨季来得比任何时候都早。刚割完粮食，绵绵阴雨便下个不停。暴雨和洪水同时泛滥成灾。很多山体被洪水冲垮，没有来得及收割的胡豆和豌豆被山洪淹没。通往畜牧队的道路也被洪流冲断。

　　尽管这样，畜牧队每个月还是得按计划往大队运送酥油奶渣。每个大队的夏季牧场都很远，旺姆替换了公婆后畜牧队正好迁徙到最远的热曲河畔，道路遥远不说，还得翻山越岭，一路是连绵不绝的原始森林，密不透风的森林经常有野兽出没。几年前，有两个中年妇女到森林砍竹子，在烧茶时不小心引发了巨大的火灾，三分之二的林木毁于一旦！两个女人因为吓破了胆当时双双上吊自尽。之后关于女人变成厉鬼的传言便一直流传下来。在那样一个阴森的地方，畜牧队的人从来不敢单独行走，运输队至少由六个人组成结伴 而行。

　　这个洪水汹涌的月份，正好轮到旺姆这组负责运送货物。组长甲央是个沉稳忠厚的人，他亲手打点好二十头驮牛的物品，到三更就叫醒大家上路。由于旺姆年纪最小，大家很是照顾她。又怕她受到厉鬼的惊吓就让她的坐骑夹在中间。天亮时，灰蒙蒙的天空再次下起淅淅沥沥的阴雨，大家的毡披和毡帽都被雨水浇透了。旺姆的雨鞋也被灌进满满的雨水。她不得不一次次弯下腰脱掉雨鞋把里面的水倒出去。甲央一边诅咒着恶劣的天气一边关照大家在坐骑上吃干粮。就在驮队进入密密的原始森林后，道路的情况远比大家想象的还要糟糕。原先那条灰黄色的小路几乎不见了，一条条夹杂着木头和石块的河水从高山密林中冲下来，浑浊的流水像千军万马在山林里怒吼着，咆哮着！从高山上冲下来的木头和石块重重地撞在牲畜们的腿上，吓得它们哞哞乱叫，四散逃跑！

　　甲央见驮牛们已经不听使唤，为首的那头"花眼睛"的腿被石块砸得鲜血淋漓！它突然蹦起四蹄，想要甩开背上的驮物，其他驮牛见状也抵着牛角往回乱窜！甲央跳下坐骑，把装在褡裢里的元根叶子掏出来引诱"花眼睛"。可这批受惊的牲畜们兽性大发。"花眼睛"见甲央逼近自己干脆红着双眼用锋利的双角抵他个四仰八叉！大家的惊呼声和暴雨的冲刷声混着一团！几个胆小的妇女哇哇大哭，一边合掌祈求佛庇佑他们的驮队！

　　旺姆是从小跟着牲畜长大的，对它们的性情很是了解。看着森林中鬼哭狼嚎的驮队，她突然掀开自己的披毡，迅速跳下坐骑，从褡裢里取出一口袋盐巴。旺姆用湿漉漉的袖子擦干净眼睛里的雨水，然后摊开手掌中的白盐用脆生生的嗓音呼唤起"花眼睛"。说来也怪，正在拼命乱窜的"首领"竟停下来。旺姆用更加温柔的声音唱起赞牛歌。那帮驮牛都纷纷安静下来，"花眼睛"带头朝旺姆走来，它摇着尾巴轻轻地添去旺姆手心里的盐巴。见此情景，大家如梦初醒，纷纷解开自己的盐口袋。不一会儿，驮牛们总算安静下来。为了避免类似的情况发生，甲央决定牵着驮牛前行。旺姆自告奋勇地要求牵"花眼睛"在前面带路。只要制服了它们的"头儿"，其他的驮牛就不会乱跑。

　　就这样，快接近中午的时候，他们终于走出了原始森林。透过朦胧的雨帘终于看见了黄灿灿的麦田。大家找了块草坪，将就吃了随身带着的糌粑。甲央信心百倍地鼓励大家只要过了最后一道关口，他们就可以顺利回到村子。而这最后一道关卡也是大家最担心的。那就是要攀越一条崎岖的山路，那条山路也就是那两个妇女纵火后自尽的地方。那座山坡只剩下一溜镰刀一样的树林，一条山路从半山腰缠绕而去，下面是滚滚河流。如果一不留神，人和驮牛都会摔下万丈深渊！

　　旺姆还是要求自己带头牵牛。在甲央的周密安排后，大家再次启程。驮队有条不紊地前进着。眼看着就要走向胜利，可突然发生了意外！一块巨石突然从山顶滚下来刚好砸在山路上面的大树上，被砸开几半的石块以更加猛烈的速度砸中旺姆和走在前面的人身上。驮队再次乱成一堆！男人们拼死拉住牛鼻子，不让它们摔下山崖。待制住了牲畜，大家才发现旺姆已经昏死过去！

九

　　旺姆和两个受伤的人被光荣评为"优秀畜牧人"，因为是因公受伤，大队专门派人到区医院照顾受伤人员。扎华也因此受到县里的嘉奖。他在心中完全消除了对旺姆的恨，反之他的内心对拼命护住大队物品的人员产生了些许感激！在全公社的表彰大会上，扎华整整用了两个多小时的时间向领导干部做了工作报告!

　　旺姆出院那天,恰好扎华在区上开会。他让陪伴旺姆的两个社员赶了公社的铁牛,自己骑马和旺姆一起回村子。

　　得知与扎华同行回家,旺姆着实吃惊。经过一场大难,旺姆有了死而复生的感觉。她对自己生活的这个世界产生了很深的留恋。假如那天被山石砸死,那么人世间的爱恨情仇都与她无关了!她觉得上苍给了自己一次重新认识世界的机会。她原本就是个善良宽厚的人,从死亡线上挣扎回来第一眼看到的人还是这个令自己感激和仇视的扎华!

　　算了吧,原谅一个人的过错其实也是为自己在积德修善。旺姆还是露出一丝微笑,她顺从地把自己的缰绳递给扎华,他们在绿意盎然的山路上慢慢地走着。田野里水波一样的麦浪和小路两旁的柳树呈现出一派空前的生机和繁茂!

　　扎华把揣在怀中的奖状和五块钱奖金递给旺姆,告诉她一定要珍藏好。这可是一辈子的荣誉。将来说不定凭这个奖状还可以到外地去参观和学习。扎华说这些的时候眼里有一丝憧憬,似乎旺姆已经坐上开往城市的列车,他仿佛看到旺姆站在省城的大礼堂里,正在慷慨激昂地演讲。她那天仙一般的美貌令全场人为之折服!

　　马儿走上山坡的时候,旺姆出神地望着前面一大片红白交错的野花。扎华善解人意地拉住缰绳让马儿停下来,自己跳下去摘野花。旺姆确实被眼前的美景迷住了,她指了指褡裢里鼓鼓的食物,问扎华是否就在那里打个尖?扎华心里乐开了花,他讨好地跑过来把旺姆扶下马背,又把自己的马褂子铺在草坪上。

　　旺姆站在明晃晃的阳光下,满地的野花在微风中扑闪着香气。她感觉有点晕眩便斜躺在马褂子上。扎华抽出腰间的匕首,为旺姆切了一块牛肉,自己也开始吃起来。他还把喝剩的半瓶酒拿出来喝了一口后递给旺姆,说喝点酒可以解除疲劳。也许是那天的风景特别迷人,也或许旺姆因扎华的真诚而放松了警惕。她竟然就着手中的牛肉喝了好几口酒。不一会儿,旺姆的眼神有点迷乱,她的小脸显得格外娇艳和妩媚。她发觉自己头重脚轻地飘在了美丽的野花中,飘在了遥远的云层里。

　　旺姆很想开口请扎华收拾食物上路,她想挣扎着站起来牵过马儿。可浑身上下软的像一堆烂泥。扎华见旺姆表情异样,便走过来摸了摸她的额头。

这一摸不要紧，扎华立即闻到了旺姆身上那种特有的馨香，她的唇边荡漾着令人心旌摇荡的酒气！

扎华猛然便失去了理智，潜伏在体内的野兽开始疯狂地嘶吼起来！他丢开手中的酒瓶，然后一手抱起旺姆的脖颈，一手掀开旺姆的藏袍。

旺姆根本来不及反抗，她只感觉到天旋地转般的头晕！她看见湛蓝的天空和铺天盖地的野花把自己吞没了！她没有一点力气推开像一座大山一样起伏在身上的扎华！然而，旺姆也实实在在感受到了一种前所未有的痛快和沉迷！

经过一阵狂风骤雨般的缠绵，扎华满意地赤裸着身子滚到香气熏天的野花中大口地喘气！

旺姆把那天的遭遇归罪为酒。她不明白就那么几口酒怎么会使得自己瘫成了一堆泥人！还是扎华告诉她了其中的秘密。那酒是用新鲜的鹿血和鹿角泡了一年！其烈性和度数可想而知！这些自然是扎华后来正式成为旺姆的情人后才在她的枕边醉酒时说出来的。

旺姆从此认定这就是命。她闭口不谈扎华接她出院途中的事情。虽然婆婆也曾试探过她，可她淡淡地说自己是全公社表彰的模范，扎华不敢再来骚扰。

因为那层挑不明的关系，旺姆家的日子也比其他人好过了。大队所分的钱粮他们家总会多出一些。旺姆"先进畜牧员"的身份使扎华可以堂而皇之地眷顾她家。而私下，扎华倾尽所有，把家里珍藏的熊肉、鹿肉、野鸡、野兔等等偷偷从旺姆家的墙头扔进来！

对家里突然多出的东西，全家人很是疑惑。丈夫也在床上捏住旺姆的脖子追问过是不是在外面搞到野男人了。可她铁了心说因为自己的光荣事迹让党支部书记也沾了光，他不过是用自己的方式表达感激而已！

对旺姆的话，丈夫半信半疑，他再也不和旺姆行床上之事，他想通过这样的方式考验自己的女人！旺姆知道瘦瘦小小的丈夫是个有心计的人，她的心底生出极大的恐惧。和扎华已经不是一次两次，他想尽办法为自己创造机会。砍原木，摘竹子，掏河沟、磨饲料这样远离村子的活路常常派给旺姆，而与她同行的不是聋子就是智障的人。有了这些机会，扎华就可以随心所欲地和旺姆厮混在一起！他坚信，这个原先看都不看自己一眼的女人完全迷上了自己！她那弱不禁风的丈夫怎么可以给他带来真正的快感！

两个月后的一个清晨，旺姆突然找上门来。扎华刚坐到灶火跟前喝早茶，旺姆和院子里正在扫地的老婆打了个招呼就直接进屋了。扎华见心上人忧

· 168 ·

心忡忡的样子更让人心疼,他不管老婆就在外面,立即抱住旺姆就在一张羊皮垫子上快活起来!完事后,旺姆告诉扎华说自己怀了孩子!而这孩子与自己的丈夫没有半点关系。她知道这事瞒不了多久,家人若是知道她怀着扎华的孩子,那她无论如何都无法面对疼她的公公婆婆了!

扎华得知旺姆有了自己的骨肉,一下子呆若木鸡!半晌,他才拉住旺姆的手吞吞吐吐地说:"是真的吗?老天爷呀!我终于有自己的孩子了。我的心肝呀!你真是上天恩赐给我的宝贝!"见扎华陶醉在那里,旺姆气愤地甩开他的手:"你是不是疯了,我来是和你商量怎么把这个孽种解决掉!""你说什么?这怎么可能!我活到40岁还没有后代,你一定要把他生下来!孩子以后交给我来抚养!你放心,我会适当地给你的家人一点赔偿!一百块,再加十张羊皮给你公公婆婆缝件上等的皮袄!对对对!还可以再加点青稞麦子胡豆之类的粮食!"扎华陶醉在自己的幻想中,他那五大三粗的老婆不知什么时候也站在他们面前。她傻笑着向旺姆不住地点头:"谢谢你让扎华有了孩子,儿子一生下来你就送到我们家里。我保证像亲生母亲一样对待他。如果你生他时家人不管你的话就到这里来生,我来照顾你。你知道我们结婚这么多年就是没有孩子!"扎华的老婆似乎确定了旺姆肚子里的孩子一定是个儿子,她的神态像是看见一个活蹦乱跳的儿子在屋里跑来跑去!

旺姆被两口子的话给惊呆了!她没有想到他们会为一个不该来的生命如此激动。扎华第一次温情地向老婆投去赞许的目光!

旺姆傻眼了。她急得流出眼泪。这个时候跟他们说什么都没有用,她转过身去狠狠地丢下一句话:"你们就别做梦了!"

十

扎华梦寐以求的儿子没有生下来,不仅这样,连他一生中最爱的女人都永远跟随那个孽障离去了。虽然他百般讨好

旺姆,想用自己最大的能力保护她们母子平安,可旺姆还是用最绝情的方式毁掉扎华此生唯一的希望!

有一天,旺姆照样被扎华派去磨房磨大队的牛饲料。

他想找个机会劝旺姆留住这个孩子。殊不知,旺姆也瞅准了这个时间。那天,她起得特别早,她先去河边背回三桶晨水,再把自家的院子和屋子

都打扫个遍。她细心做事的样子像第一次做别人家的媳妇，她的内心有着很深的内疚和羞愧。公公婆婆待自己似女儿一般。丈夫虽然也和自己保持着距离，可她知道，只要过了两三个月，自己的肚子安然无恙，丈夫就会主动向自己道歉，他们的感情就会亲密如初。然而，肚子里的小生命却一日比一日不安分起来。她心虚地感觉全家人都在盯着自己再次变粗的腰腹。

为了保全一家人的和睦，也为了报答他们对自己的关爱，旺姆咬了咬牙就去了寺院那个老藏医的禅房！

扎华揣一怀热腾腾的牛肉和老婆烙的大锅盔赶到磨房时，旺姆已经痛苦地昏迷在磨房一角！磨房里全是灰尘和血腥的味道！

扎华吓得大叫一声跑过去，旺姆的脸色铁青，她的藏袍下面流出了一大摊乌血！看到有人影闪进来，旺姆艰难地睁开双眼，当她看到哭得像个小孩一样的扎华自己也流出一行泪水："原谅我不能为你保全这个孩子。我有家有丈夫有孩子。如果我生下这个孽种，我这辈子的幸福和全家人对我的爱都白白地浪费了！"旺姆断断续续地接着说，"老医生告诫过我，只能吃一副药，可为了彻底让这个生命消逝，我把备用的药也吃下去了！没想到，这个孩子终久不肯放过我，我只好跟了他去！这就是命！"

扎华没想到自己日思夜盼的孩子竟被旺姆给药死了，她还要把自己的命也搭上去！他绝望地抱着全身痉挛的心上人："你这又是何苦！你一定不想留他也由我来想办法啊！"可气若游丝的旺姆再也听不进扎华的叫喊，她迷茫的眼神随着身体中流出的血慢慢地散开了！

旺姆的死让扎华彻底崩溃了！他疯狂地撕扯着自己的头发，他抱着旺姆还有余温的身体跑回村子……

扎华是在旺姆死后第三天被县公安局带走的。旺姆的公公气得拿根绳子去扎华门口上吊，幸好被割完猪草回来的老婆救下了！

扎华在公安局老老实实交代了自己与旺姆的交往过程。他请求法院给自己判重刑。他觉得即使在监狱待一辈子都无法赎回自己造成的罪孽。他要用余下的全部生命进行忏悔！

两个月后，法院的判决书下来了。扎华因诱奸有夫之妇促使其怀孕堕胎不慎致死系间接杀人罪判处有期徒刑十五年……

尾 声

扎华的泪水啪嗒啪嗒地滚落在枕头上，他无法控制这潮水一样漫向他的最后悲伤。只要想到旺姆和那个没有出生的孩子，他就会被强烈的自责淹没！

劳改回来后，村子里已经实行了包产到户。他的老婆也在他出狱前一年病死。望着满园的荒草和破败的房屋，扎华的心情也如破败的院落一样荒凉！

还是会计念着旧情，给扎华张罗好简单的生活用具。他说现在不比以前，村子里的人富裕了，不再是逆来顺受的小绵羊。如今这个社会，阶级斗争、坏分子和"黑五类"这样的名词只能找来讥讽！他还提醒扎华提高警惕，旺姆家在村里算得上是首富，她的儿子聪明上进，在同龄人中有很高的威信。他不敢肯定他们会不会找扎华的麻烦！

会计走后，扎华认真地回忆着自己前半生所做的一切。人说，三十年河东，四十年河西。属于他的那个疯狂年代一去不复返了。在那样一个特殊时代，扎华和无数被命运捉弄的普通人一样，在历史的巨浪中无法左右自己的命运！

扎华明显感觉到这个村子的陌生，也察觉出人们对他的歧视和愤懑！他的锐气和锋芒在十五年的牢狱中早就消磨干净。如今，他只是一个无家可归的老人，是一个被整个村子唾弃着的劳改犯！他也想过回到自己的家乡，可父母早已惨死在炭窑里！家乡那座大山恐怕也彻底忘记他这个早年出走的少年了！

很多个夜半的梦中，扎华都被噩梦惊醒！他惊恐地望着无边无际的黑夜，生怕那些被他们批斗致死的冤魂前来索命！他也担心那些冤魂的后代会在某个夜晚偷偷翻进院墙，一刀结果了自己！

扎华从地窖里取出锈迹斑斑的匕首擦得铮亮，他一一打理着自己年轻时耀武扬威的全部家当。可这些和自己一样过时了的物品又怎能慰藉一个垂垂老矣的生命啊！

出狱的第五年，扎华搬进了村子背后的林子里。那里有一座防火哨。他主动承担起村寨的防火任务。一来是为了远离已经遗弃了自己的村里人，二来也是为了让自己堕落的灵回归自然！任凭山野炼狱重生！

然而，仅两三年的光景，他的林子就被村子里的人砍光了。看着人们疯狂地砍伐树林，看着一辆辆货车载走精挑细选的木材，扎华的心也像被砍得乱七八糟的树木，在光秃秃的山坡上抽搐着！

每天，他站在自己的小木屋跟前，心疼地看着涌进林子的男女老少。他嘶哑着嗓音祈求他们放下斧头不要造孽。可没有一个人听他的话，有些人还冷嘲热讽地劝他多念经为自己准备一些到那个世界的家当，他造的孽比砍光几个林子要严重得多呢！

无奈，扎华一过中午就缩进木屋，他拿块棉花塞住自己的耳朵。他再也不想听到树木倒地的呻吟声！世间万物皆有灵性，他听到了林的哭泣，听到了他们惊慌失措的呼救和挣扎！

扎华颤巍巍地上了去县城的出租车，他到处打听后终于找到了县林业局。在那间整洁的办公室，局长热情地接待了他。他简单说明来意。他从怀里掏出一叠钱放在局长面前，说用这些钱买一袋松子。他要回去找回消失的林子！

开始几年，村民们对扎华的行为嗤之以鼻，他们认为这个迟暮老人闲得无聊了才找些事情做。可是，几年以后，当一片又一片的绿茵覆盖了那些光秃的山坡时，村子里的人禁不住发出了惊叹！他们看到了失而复得的林木！看到了令村寨人梦牵魂绕的绿色家园！

于是，人们纷纷扛起锄头，加入了植树造林的队伍！人们不再怨恨这个曾经是劳改犯的老人。扎华的小木屋，常常堆满村民们悄悄塞进来的食品衣物……

我总算为这个地方做了点善事！我总算积攒了一点与父母和旺姆的见面礼！我总算让自己漂泊的灵魂有了归宿！

扎华在心中默默地念诵着至亲至爱的亲人们的名字！只要他还能够在那个世界见到他们，那么下辈子叫他做牛做马也毫无怨言！

扎华的泪水依旧啪嗒啪嗒地滚落着，仿佛他几十年的生命最后积攒的就只有这些泪水了！

扎华深情地看着熟悉的小木屋，深情地看着为自己打点好的行囊！他知道，当太阳从他的小木屋上空慢慢落向西天，他的生命就会随着夕阳撞击地平线时的辉煌光芒而结束！

扎华感恩着这个世界，是世界让他感悟到生命的价值！扎华同样感恩着人生，是人生历练了他认知世界的无尽智慧！

当生命和生活同时向他敞开心扉，迎接他崭新灵魂的诞生时，扎华无限满足地闭上了依旧滚落着泪珠的双眼！

笔 会

一

从接到参加笔会通知的那一刻起，王彪的心情一直处于一种特别亢奋的状态。虽然他以一种文化人在小城自居以来也多多少少发表了些文章，甚至也得到文学界名人的点拨和肯定，但正式被邀请参加具有一定规格的笔会还是第一次。

王彪很清楚这个笔会的意义所在。首先他会有幸得到获得国内文学大奖者这样名家面对面的指点和交流。更重要的是，他还会通过笔会结识很多优秀作家和笔友，尤其是在他心中具有一定魅力的女作家们。比如女诗人阿晴，《阳光》杂志主编叶枫，散文家秦梅。王彪通过网友认识了这些在他看来光芒四射的才女们。他也以能和这些才女们近距离接触为人生一件幸事。因此，随着笔会时间的临近，王彪的举手投足间也多了些风流俊才的气度和风范。有时候，王彪还故意当着同事们的面和网友视频朗诵自己的诗歌。他还把自己即将出版的诗稿发给几个知名度较高的女文友，以一种万分恭敬和谦卑的态度恳请指点。当然，请谁来为他的诗集作序更是让他费了些周折。他不厌其烦地请一些被他列为好友的女作家们为他拿主意、出点子。

刚开始，也有一些人出于对他的尊重很诚恳地提出些对诗稿的看法。但渐渐地，大家似乎对他的穷追猛打失去了耐心，办公室繁杂的工作使得谁都没有多余的时间一一为他点化。可王彪是个性情中人，太多的时候，他都沉浸在自己浪漫的文学情结中。只要有一个人哪怕为他的诗稿说一句话，改一个字他都认为是对自己的莫大支持。更何况，借这个笔会，他的才华或许可以得到某个名家大师的重视，从而为今后的文学创作提供更高的平台。

参加笔会的头三天，王彪把自己厚厚一摞稿子打印成三份，用牛皮纸包好装进新买的箱包里。他还专程去城区新开张的劲霸服装店精心挑选了一套衣服准备在笔会期间穿。

那天，天空飘起了如丝一般的细雨。王彪站在试衣镜前试穿那套黑色T恤衫和灰色休闲裤，老板娘夸他起码年轻了五岁时，王彪的心底也短暂地闪过如天空中细雨一般柔滑的美感。当然，王彪不是傻子，他非常清楚岁月在他身上刻下的印记比同龄人还要深许多。倒不是因为他的经历有多坎坷，生活有多艰辛。确切地说，王彪在年轻的时候就算不上是个帅哥。尽管他有一副还算周正的五官，但一米七的个头和与身子不太相称的大脑袋使他显得笨拙。读书时班上的女生暗地给他起了个绰号叫"乖乖熊"。不过，乖乖熊也有他人无可匹敌的优势。比如他的一手好字就在同年级中无人能比。他的文学天赋同样让许多自以为是的帅小子们自叹不如。缘于他的这些优势，王彪在大学毕业后的第一个假期竟收到了班里被称为"向日葵"的一位女生的爱慕信。受宠若惊的他自然不拂姑娘的美意，连夜搭乘一辆"东风车"赶到另一个县城准备与之定下百年之约。可谁承想，"向日葵"倒真是人如其名，哪儿有阳光就偏向哪儿。就在王彪和"向日葵"的恋情黏稠得像一锅糯米粥时，一位擅长写公文和歌词而顺势登上政治舞台的年轻人使向日葵的花瓣朝逆时方向绽放。王彪灰溜溜地结束了他的甜蜜初恋。他发誓，这辈子，他一定要超越横刀夺爱的野蛮小子。他不仅要写诗歌，写散文，他还要写歌词。将来他还要请具有一定名气的歌手唱他写的歌。总有一天，他要让向日葵的片片花瓣在追悔中枯萎、在忧伤中凋零！为了这个宏伟的目标，王彪曾像一位苦行僧一样折磨自己，历练自己，打磨自己。他的努力也使他在事业上取得了不凡的成绩。他由一名小小的乡村教师一步步走到县委直属部门副职的位置。他的才气和务实的工作作风曾一度得到了上级部门的赞许和嘉奖。

王彪从不愿意认真分析自己突然被调整到清闲单位的个中缘由。从某种意义上来说，这样的调整似乎意味着他的政治生涯开始走下坡路了。在政界奋斗的多年经验告诉他，他所引以为荣的才华和不知什么时候变得浮华的思想已得不到新一届领导班子的赏识。王彪无可奈何地接受辞旧迎新的欢送仪式后默默地去适应显得有些冷清的新环境。好在他的骨子里终究还是文人的血脉甚于其他，在能够坦然面对那些讥讽目光之后的平凡日子里，王彪开始潜心搞他的老本行。两三年的时光，他就完成了第一部诗集的初稿和献给地方庆典的两首歌……

王彪填好了自己的请假手续，亲自送到领导办公室。他在内心很期望领导能给自己说几句鼓励的话。毕竟，他是代表一个县去参加这个笔会的，多少也是一件荣耀的事情。王彪还装着不经意地把自己的诗稿放在领导的办公桌上然后恭恭敬敬地把请假条呈过去。他低垂着那双高度近视的小眼睛，忐忑不安地聆听着领导脱口而出的"呀！你要出书啦！"或者是"了不起，好样的！"之类的话。然而，领导显得比任何时候都要冷漠，他甚至没有问问王彪什么时候走，坐什么车走。他头也不抬地提高声音要求王彪结束笔会后立马回来，单位事情多人手少。他压根儿就没有对王彪的诗稿瞟一眼。王彪有点伤感有点失落。他像一阵烟雾一样轻飘飘地消失在领导的办公室，很快又消失在充斥着各种噪音的大街小巷。

晚上，王彪打开电脑，点开几个网友的 QQ 空间，想寻找一些可以刺激他有些麻木神经的信息。可失望的是，没有任何人给他留言。那个网名为"布谷鸟"的女文友给他扔了个地雷的图片和吐着红舌头的鬼脸。王彪不明白"布谷鸟"的用意何在，虽然她一周前和他聊天时说他很帅的话后曾兴奋得彻夜失眠，但王彪知道，"布谷鸟"对他的态度显然是冷漠和不屑的。她多次批评他没完没了地扭着大家网聊是很不礼貌的事情。

王彪关上电脑，他趿着拖鞋走到衣柜前取出熨烫整洁的新衣服放在椅子上，明天，他要赶六点半的客车去州府，不能睡晚了。王彪在穿衣镜前磨蹭着，强烈的日光灯下他刚上了色的头发黑得有些夸张有些矫情。他摸了摸硕大的脑袋，自己才五十出头，怎么就已经是两鬓斑白了啊！再看看那张显然是缺乏自信的脸，灰白、浮肿、松弛！还有架在鼻梁上的宽边眼镜！这一切与黑漆漆的头发是多么的不协调！天哪！王彪趔趄着往后退了几步，似乎要和镜子中那位沟壑密布的老脸抗衡！可是，几秒钟以后，仅仅几秒钟以后，王彪又勇敢地重新面对自己，我明天是去参加笔会，不是选美！我有满腹的才华和沉甸甸的诗稿！让一切浮华的东西见鬼去吧！王彪突然就笑了，笑得诡异、笑得惨然，然后毅然决然地上床倒头就睡。

二

结束了在广阔草原上的一段平坦路程后，客车开始进入蜿蜒幽深的峡

· 175 ·

谷。一路是郁郁葱葱的青冈林和开得如火如荼的野杜鹃。盛夏的山野释放着生命的所有浓度。

王彪软软地靠在椅背上，似睡非睡地看着车窗外一闪而过的风景。这条路对他而言熟悉得如同于自己的掌心。他甚至能数得清一路有多少个弯道多少个陡坡多少个隧洞，以至于路边的树木野草小花都烂熟于心。以往的路程，大都是逢年过节时的探亲和出公差。更早的时候因为塌方他还几次徒步走过几十里的山路。那时候，强健的身体丝毫不觉得路途的遥远和跋涉的辛劳，途中的优美风景和风情十足的藏寨群落激发了他的很多灵感。好几首诗他都是在这条路上酝酿而成的。自 5 · 12 地震后，这条通往州府的路也改造了多次。路况已经是很好了。只是客车安装了限速器，司机们不敢造次，恐怕年底扣分扣钱。这使得路上的时间显得漫长了些，寂寞了些。尤其对王彪而言，这样的速度远远比预期抵达的时间要晚很多。

王彪坐直了身子，取下眼镜哈了口气，然后用擦镜布把镜片擦干净。他眨了眨浮肿的眼睛，用小指抠出眼角边的一粒眼屎后重新戴上眼镜。王彪这才看清楚了邻座的人。坐在他右边的是一位戴白色帽子的回族老汉，一把山羊胡子几乎垂在胸前。左边是两个清秀的红衣尼姑。车里其他的都是些衣着普通的打工模样的男女和像是去观音桥朝觐的信徒。

王彪突然有了一丝自信。不说其他，单从他价格不菲的劲霸衣装和锃亮的木林森皮鞋看，就区别出了身份和品位的高低。或许与这一车目光谦卑穿着极其普通的人群相比，他王彪还真算得上是鹤立鸡群了。

王彪又摸了摸自己肥厚的脸颊，文质彬彬地捋了捋昨天才上了黑油的头发。他的心中再次流过一丝下雨天在服装店被老板娘夸赞年轻时的柔滑美感。若是同车的人知道他是一个诗人一个作家一个满腹学问的智者，那他们的目光中该有几多的震惊和仰慕呀！

王彪向上挺了挺腰板，拉了拉一尘不染的衣裤，似乎想更真实地证明自己与同车人的区别所在。毫无疑问，证明的结果让王彪的信心直线上升。车里几乎没有一个人是显得有文化和地位的。他们浑浑噩噩仰头打盹的样子简直像是一群穷汉懒婆出门乞讨。就连开车的司机都是一副邋遢相！

王彪悠悠然看客车经过莫寨镇前一道长长的花台时，他的心境也如那些粉白嫩红的花卉无限地灿烂开去。更让他惊喜的是，笔会主办方和好几位朋友的短信也相继传递着关怀和期待。尤其是诗人阿晴一句"我们都到了，就等你了"的短信让王彪这些天的低落情绪一扫而光！他重新调整了坐姿，与山羊胡子的回族老汉拉开了距离。他不屑地用眼角扫视了一遍依旧睡得口水长淌鼾声四起的乘客们，用力握紧了手中的公文包。透过眼前一幕幕如画一般的美景和直穿肺叶的湿润空气，他仿佛看见了自己捧着新出版的诗集进行盛大的签名售书仪式，他的耳边响起宋丹丹具有喜剧色彩的声音："红旗招展，鞭炮齐鸣，锣鼓喧天，人山人海！"王彪想象着那种场面，他情不自禁地笑了。笑得高深，笑得莫测。笑得多少有些自嘲。

三

王彪赶到华尔达大酒店华丽的大厅时，已经是下午四点。他放下行李，整理好有些皱褶的衣服。他见报到处是一位书生气的小伙子和上了岁数的妇女后有些失望。他在心中曾想象过三种场景。一是酒店门口的服务。健壮的门童会热情地接过他的行李引领他去总台领房卡。二是年轻美丽的接待员用仰慕的语气请他签到。三是刚下电梯，一群文友哗然扑过来争相与他握手。其实，更多的想象在接到笔会通知的那一刻起就从未在王彪的心中间断过，即便在梦中，也有许多美妙的片段让夏季的夜晚显得更加诗情画意，更加寓意深刻。

失望归失望，王彪的心立马就被酒店的豪华气派吸引。单从大厅的主题装潢和厚重的藏文化氛围就能看出酒店的档次和文化含量。据说这个酒店的老总是一位学识渊博、修行上乘的高僧。在国内外都有众多的弟子和信仰者。

王彪在总台领了房卡，一一打电话告知几位文友说"平安抵达"的话后进了 6222 房间。王彪刚把箱包放在行李架上，一个瘦小的人影从卫生间突然蹿到他跟前。未来得及看清楚眼前的人，一只干瘦的手立即拍在了王彪厚实的肩膀上："嗨！大诗人，怎么才到呀？我赶了两天的车都比你到的早！今天晚宴上必定得罚你几杯酒！"

王彪后退一步打量起同房间的人。此人个头偏矮，葫芦形长脸。颧骨突出，嘴皮上翘。他穿一米黄色夹克，牛仔裤，皮凉鞋。一副没有度数的眼镜扣在凹陷的眼睛上。但看得出，他是个精明而善于交际的人。

王彪的心立即被自称为"李一鸣"的热情融化了。特别是他一句"大诗人"完全填补了那天在领导面前所遭受的冷漠带给他的伤害。说到晚宴上的酒，他的心再次如盛夏山野中那一丛丛粉嘟嘟、鲜嫩嫩的杜鹃花恣意地芬芳起来！

谈笑间，一胖一瘦两个男人相继进入6222房间，王彪数年前就认识了这两个人。杨武，大名鼎鼎的散文家、评论家。林峻峰，词作家、某报刊总编。王彪在2002年去参加省上一次文化工作会时遇到他们的。此后，大家留了联系方式。他在初写歌词时多次得到林俊峰的指导。杨武是个谦虚随和的人，无论什么时候在网上敲击他，他都会做出认真的回复。王彪一直把这两人当作良师益友。无形中建立了深厚的友谊。

握手寒暄后坐下喝茶。王彪从公文包中取出诗稿，未待开口，李一鸣拖了椅子夹在三人中间岔开了话题："这次的笔会请的可都是国内颇有名气的大师讲课呢！且不说别的，就咱们这里走出去的达瓦就足够让大家倍感荣耀啊！这些年，省作协对地方文化发展很关注。"李一鸣边说边从果盘里取出几颗青枣扔给大家。

王彪咬了口脆脆的青枣，含混着声音说："这可是多么难得的机会呀！我们要好好地向大师们讨教！晚上我想请达瓦先生看看我的诗稿，不知他是否愿意为我的诗集作序？"

"今天的晚宴上有文艺表演和诗歌朗诵。大师们又都从很远的地方赶来。你可别耽误了他们的休息时间哦！"李一鸣快人快语地劝告王彪，杨、林二人点头赞同。

王彪把诗稿重新放回包中，他的眼睛恍恍惚惚地瞟着手机。阿晴不是说早早地等他这个大诗人吗？秦梅她们怎么没有一个电话？还有古怪精灵的布谷鸟！他倒真希望布谷鸟佯装怪脸扑进房间向他伸舌头扔地雷！这样的方式也是一种创新的友情传达嘛！

王彪的期待印在脸上，嵌在眼中，刻在心底。他的惆怅越来越深地左右着他的情绪。三个文友的交谈在耳边时远时近、模糊不清。

李一鸣似乎看出了王彪的某种渴望。他善解人意地拿起会议资料，一一地介绍起他认识的女作家们，并有意无意地说着她们的房间号。他开玩笑问王彪敢不敢去她们的房间问好致意？杨、林二人向他投以鼓励的眼神。王彪的心才开始有些升温起来！

四

七点整，王彪他们刚出电梯口就碰到了阿晴等一拨女文友们。她们个个打扮得花枝招展、风情万种。她们神采飞扬的样子似乎是去参加一次选美活动。她们风姿绰约的步履像是踩着流水似的音乐在曼舞！她们轻启朱唇的妙语像是传递着神的福音！而大厅内外，全是前来参加晚宴的领导、作家和随同的记者们。

王彪的心脏猛烈地跳动起来！他的脸瞬间涨成了酱红色。他浮肿的眼皮在镜片下不规律地颤动着痉挛着！他顾不上跟任何一位熟人或是向他露出友情微笑的陌生人打招呼，他担心自己的不善言辞会惹来别人的讥笑。他可不想一开始就给大家留下个坏印象。

王彪夹紧了腋下的公文包，僵硬着脊背随着一批闹哄哄的人群进了宴会厅。由于组委会安排好了座次牌，王彪不得不和刚刚熟悉的刘一鸣和杨、林二人分开。他的紧张使得他寻找了很久才在一位服务人员的引领下找到自己的位置。

王彪用眼睛的余光扫视着一个桌上的人，没有一个是他看到和听到过名字的。四男六女的搭配像是一只倾斜的盘子，有点溢出油的失衡感。好在几个人看起还算随和。特别是那个戴眼镜的圆脸女人，一直都笑得咪咪甜。开餐后王彪才知道，她是创联部的领导。很有才气的一个人。她友善地示意王彪可以把公文包放在椅子上，还向他介绍了同桌人的身份。听着宴会厅里舒缓的音乐，王彪紧绷的神经也慢慢地放松起来。他开始大胆地观察起周围的人来。刘一鸣和阿晴、玲子等几个美女是一桌，这干猴子！得了便宜了！林俊峰和州上重要领导们一桌，杨武坐在名家们中间泰然自若！

王彪的眼睛有点被刺痛了，他下意识地向后靠了靠，公文包胀鼓鼓地顶在后背！他向上挺了挺身子，似乎要唤回正在消失的自信。

大厅里开始安静下来。大家静静地注视着正在上台的主持人。他们是文化部门的高军和艺术团男歌手嘉央木措。主持人话未出口，王彪的心又莫名地狂跳起来！那富有动感的舞台背景，那具有强烈立体效果的高档音响，那放置于舞台两侧的电子钢琴和架子鼓，还有上了彩妆准备歌舞的俊男靓女们，这一切都让王彪激动得难以自持！他的脸由黄转白，由白转青，由青再度转为酱红色！

王彪咽了一口口水，悄悄地拧了拧自己的大腿！强烈的痛感刺激了他的全身神经！没出息！王彪暗暗地骂着自己！作为一个部门领导，他王彪参加的大型会议和各种活动还少吗？很多次他都要面对镜头和记者的采访，而他早就能够面对不同的场合做到口若悬河、大展才智！可今天是怎么了？仅仅一个笔会就让他变得如此忐忑不安？是因为自己奋斗了多年才挣得了一次高规格的文学盛宴，还是因为突然面对这么多名家大师和如花一样的美女作家们有点激情难抑！

　　在被调整单位后的这几年，王彪的心一直在失落和失望中纠缠。他总觉得自己头上的某种光环已经消失。虽然他仍然不失为一名真正的文人、十足的笔杆子，地方的文化工作少不了他的亲力亲为，但王彪似乎更习惯将自己当作比文人更具有身份地位的政界人物，部门领导。因此，当他从热热闹闹的政府办公大楼搬到显然有些冷清的新单位时，他的自尊心受到了极大的伤害。他甚至请假半个月不去那间简陋的办公室上班。他不愿意和那些秃头谢顶弓腰驼背的干部们一样倒背着手，以一种颐养天年的目光欣赏日出日落和花台上随季节变更的牡丹芍药。

　　王彪腿上的痛流遍了身上的每一根血管后开始恢复正常。台上的主持人正用汉藏双语道着欢迎词。右边桌上的阿晴和秦梅朝他眨了眨眼睛表示友好。王彪心里的热乎劲猛地上来了。她们总算注意到了他的存在！为了这样的重视，为了这样的见面，他可熬了多少个不眠的夜晚啊！

　　王彪是个多情的人，但谈不上好色。他对这些才女们有着十分敬重的感情！只要读着她们的诗，她们的散文，她们的小说，他王彪的心就像遨游了一次太空般惬意。他那患得患失的心绪就会得到无限的满足！

　　王彪用欣喜若狂的眼神回报了秦梅她们对自己的关注。他用后背顶了顶公文包中厚实的诗稿。他酱红色的脸色复苏到略微浮肿的灰白色。他开始专心观看台上的节目。高军回到了领导们的座位上，歌手嘉央木措初笑微微地唱着《圣地阿坝》。大厅里萦绕着欢快的歌声和美食的浓香。

　　坐在首席上的领导们开始依次敬酒。大家绽开了灿烂的笑容频频举杯。王彪一边和同桌的人敬酒吃菜，一边伸长脖子期待着与领导和名家们碰杯。高军风度翩翩地引着领导和大师们到每桌敬酒，并一一向领导介绍参加笔会人员的身份和具有代表性的作品。当他走到王彪跟前时，特别隆重地向大家介绍说他的歌写得很棒时，达瓦用一种深邃的眼光看了他几秒钟后说了句："小伙子不赖哈！"大家也纷纷给予赞许。王彪按捺不住心中的激情，连喝三杯以示谢意。他本想脱口说出请达瓦为自己的诗集作序，可未待咽下口中的最后一滴酒，这拨足以让他感激涕零的大人物们已经转到另外一桌上了。

王彪悻悻地坐下来，他重新给自己的杯中斟满了酒。他要瞅准机会到那桌威震四座的人物中表达一下自己的敬仰之情。他夹了口菜，细细地品味起达瓦那句"小伙子不赖"的话。他琢磨不透这句话的真实含义。讥讽？错觉还是什么？王彪情不自禁地摸了摸自己一头黑漆漆的头发，他有点酸涩地笑了笑。或许，达瓦先生并没有认真地看他这个人。他可能更多的想鼓励一下这些同在雪域高原勤于笔耕的作者们。至于他的长相、年龄在一个已经站在文学巅峰的巨人的眼里应该是微乎其微了。

王彪侧起身子非常认真地看着达瓦的背影。这个人他可以说很熟悉。无论是在现实中还是在网络上，电视上，他都很细心地研究过。初看这个人其实也很平淡。中等个子，四方脸，高鼻梁、薄嘴唇，能说会道的那种。一副眼镜为整个人镀上一层扑朔迷离的气质。早些年，王彪在州上开会时也看到了坐在主席台上的达瓦。泰然自若中略显一丝冷漠和一般人难以觉察的忧伤。忧伤！想到给予达瓦的这个定位，王彪突然就紧张了。他是否太自作聪明了！他联想起阿来的《尘埃落定》。他会不会把大师当着了"尘埃落定"中那个会傻笑、会预言、会忧伤的小土司了！

王彪时常就喜欢把自己想象成各种剧作中的各种人物。他常常为幻想中的角色激动、悲伤、感叹、哭泣、欢笑！夜半三更的时候，王彪时常从幻影中复苏、虚脱甚至于疯癫！

一阵潮水般的掌声把王彪从渐远的思绪中震醒。原来是轮到领导和作家联袂表演的时候了。阿晴和夺吉书记被推上舞台，两个人落落大方地唱起了《十五的月亮》。其他准备表演节目的在台下也忙开了。掌声和欢笑把晚会气氛再次推向高潮。

看到大家的热乎劲，王彪的心中也燃起一把火。笔会通知上早有要求，每个人要朗诵一首诗。诗歌自由选择。为了这个，他可又想破了脑袋。最初他选了首自己新写的组诗，他想借机让大家对自己的作品有个了解。可他又想朗诵一些文友的诗歌或散文，以表示对他们的尊重。两难之下，他最终选了比较熟悉的女文友中代表嘉绒和安多两个地区不同风格的作品。

选好作品后，王彪又愁开了。朗诵诗歌肯定得用普通话。这又让他的内心五味杂陈。说实在的，王彪从娘胎里出生时就没有具备一个才子该有的伶俐口齿。他的舌头在发某些音的时候，像是被打了个结似地的以伸展。小时候，为了这个他可没有少挨语文老师的教鞭。读初中的时候，又受同桌一位内地汉族同学的影响，混淆平翘音不说，还大闹"芝麻开发（花）节节高"，放发发、红发发，朵朵发儿竞相开（黄花花，红花花，朵朵花儿竞相开）这样的大笑话。弄得班里的女生一看见他就喊："放发发、红发发！"

今天上台的个个像是电视台的播音员，音质圆润、清爽，声情并茂无可挑剔！

王彪又忐忑开了。假若自己出丑了，丢的可不单是个人的脸，他是一个县的代表啊！不上台吧有点不甘心！这是多么令人向往和喜悦的盛会啊！他很长时间都没有这样激动过！冷清的工作环境使他压抑已久的心情像是一座火山一般期待爆发！

王彪拿出诗稿，把烂熟于心的诗歌再次温习了一遍。他很诚恳地请笑眯眯的女领导小声朗诵了他选的诗歌中的某些片段，从而记住了几个咬不住音的词语。

王彪为自己的机智暗暗窃喜。他抬头望向达瓦那桌的时候，恰巧达瓦也向他投来一丝眼角的余光。王彪喝到肚里的酒立即燃烧成一片火的海洋了！他见表演节目的人还有一大堆，就兴奋地端起酒杯向达瓦走去。

"达瓦先生，你好！""达瓦老师，你辛苦了！""达瓦作家，欢迎回来！"这几句话，王彪在心里不知道演习了多少遍。他不知道究竟用哪句话更能表达自己对这个从雪域高原走出去的文学巨才的敬重和钦佩！

可王彪还没有来得及选择好自己的台词，达瓦已经笑微微地站起来走到台上和刚表演完节目的李教授说开了笑话。

王彪悻悻地坐下来独自饮了一口酒。酒精在他的体内已经挑衅着每根神经。他那肥厚的双颊有点发红，高度近视的眼睛里有了一丝兴奋的光芒。就在他寻思找谁去倾诉一下心中的激情时，阿晴和"布谷鸟"她们笑吟吟地朝他走来。阿晴把一双秋水含情的目光射向王彪脸上："大诗人，你可真不够意思哦！非要等我们过来给你敬酒啊！太没有绅士风度嘛！来来来！先自罚一杯"！不由分说，阿晴端起王彪的酒杯连推带拉地给灌下去一杯。"布谷鸟"幸灾乐祸地赶紧倒酒后又递到王彪的嘴边。此刻，王彪在美女们的热情中化成了一堆烂泥，他根本就不想忸怩作态地推辞她们的敬酒，他望眼欲穿等到了与她们举杯痛饮的机会，就算是醉死一百回他也无怨无悔！

王彪连干几杯后，阿晴她们拉着他又去每桌跟前转了一圈。身边多了几个美女的簇拥，王彪明显感觉到被重视的快乐。他努力稳着步态，尽管越来越深的醉意使他有点难以驾驭自己。

几圈下来后，王彪的脚下似乎踩着了一块云彩东摇西摆。但他很高兴甚至有点得意了。跟着几个美女敬酒的时候，他如愿以偿地趁着和达瓦碰杯时说了即将出版诗集的事情，他还和几位来自全国各地的名家们握手豪饮。王彪的郁闷心情在宴会厅如火如荼的气氛中终于释放了。他被这种充满友情的环境感染。他自告奋勇地要求主持人允许上台发表几句感慨并朗诵一首"梨园深深"。

王彪记不清自己是怎样在众目睽睽下上台又下台。他在大家的欢呼声中喝下最后一杯酒后就头重脚轻地被李一鸣夹回了房间。这天晚上，王彪还做了个奇怪的梦，他梦见自己的腋下长出了两个巨大的翅膀。他在 Z 县长满油菜花的田野上空飞翔着。而一群作家在田野中奔跑着、追逐着他从空中抛下来的一本本诗集。王彪在梦中笑了。笑得惬意，笑得舒心，笑得器宇轩昂！

五

笔会培训安排在五楼多功能会议厅。由于晚上喝酒过量，王彪感觉有点反胃便没有去餐厅用餐，他在房间只喝了点开水后随即换掉沾染了酒气的 T 恤穿上一套带条纹的蓝色西服，他在房间的镜子跟前整理了一下头发后与几个文友一起乘电梯上了五楼。负责签到的人亲自站在门口清点人数，工作人员早已把相关资料发放到座次牌前。王彪看到主席台上已经坐着领导和授课专家。他的位置挨着"布谷鸟"，前后是秦梅和阿晴。经过一个晚宴上的锻炼，王彪的紧张消失了，他镇定自若地和大家打过招呼，他还大胆地伸手和有点冷漠的布谷鸟握了手。

八点半，高军主持会议，会场上寂然无声。王彪认真地做着会议记录，尽管少不了些惯常的套话，但由于参会领导都是有着文学情结的人，给予此次笔会的关注还是令人感动的。王彪多年在行政部门混，听惯了台上的激情飞扬，他并不为之动容。他只想好好聆听名家们的讲座，若能得到一两位大师对自己诗稿的点拨，他就感激不尽了。

上午的会议议程结束后，安排了一个半小时的讲课。因为聘请的专家们都是从百忙之中抽空飞过来的，时间和交流弥足珍贵。有些专家还有些高原反应不宜久留，有些讲完课还得赶赴其他地方。

王彪和所有参加笔会的文友们一样，非常认真地听讲座。上第一堂课的李教授并没有按照厚厚的稿子讲课。他是一个干瘦的老头，讲话时带着心平气和的微笑。他对课题的引申很讲究，不是那种按部就班的套路，他通过幽默风趣的谈吐把自己的创作经验分享给大家。他说，没有哪位作家是靠天赋一步登天的，没有历练的作家写不出丰满的作品。他不想把一堂讲座搞成单调的灌输。夸夸其谈不是目的。他诚恳地希望能够把自己写作的经历和感悟毫无保留地讲给大家听。

王彪认真地做笔记，自己还在旁边做了注解。这堂讲座对他的启迪很大。他的诗稿即将出版，他想让这本倾注了多年心血的诗集更完美一点。在思考这些问题的时候，他想请达瓦作序的念头越来越强烈。毕竟，他对本土文化是有研究和感情的，对本土作者是关爱和支持的。再者，由达瓦作序，多少可以提升点诗集的知名度。

中午回房间休息时，王彪鼓足勇气去五楼敲达瓦的门，不巧的是房间里没有动静。他失望地在走廊里徘徊，这时他正好遇到一个女服务员推布草车过来，她看到王彪后眼里闪着光芒，女服务员说自己是王彪的学生，因中途辍学没继续读书。她说自己在报刊上看到过王老师写的诗歌，这些诗歌被她剪接下来一直珍藏着。那个叫作泽斯满的服务员兴致勃勃地要了王彪的号码。王彪确实很感动，一个没多少文化的服务员尚且如此，这说明自己还是有些名气的。他呵呵呵地笑着指了指自己腋下的诗稿说，不久就可以送给她一本诗集了。王彪满意地与学生告别，他决定晚上再去达瓦先生的房间与他谈谈。顺便说说请他写序的事情。

下午王彪提前到了会场。因为是达瓦的讲座，他的心情有点激动。他还准备了录音笔，想一字不漏地记下这位大师的演讲。他乘会场上还未安静下来，便举起相机给台上的达瓦照了几张特写。达瓦还是那样淡定，沉稳。他那双总在思考的眼睛在镜片下闪烁着智慧的光芒。他的表情中几乎不带一点色彩。他紧闭的双唇似乎只表示一种意思：一切不过如此。

王彪一接触到达瓦的眼神，心里总会流过一道暖流。那是一种意味深长的期许和鼓励，是一种激情澎湃的冲击和飞跃。他很想借助这道暖流，让自己完成一次思想上的洗礼，精神上的重生！他觉得在自己生活的这片土地上诞生了达瓦这样的文化人，真是上天的眷顾。他多么希望自己在文学这片领域里能尽情飞翔。

　　王彪定下心来，他打开录音笔放到桌上，主持人介绍完达瓦的简历和即将授课的内容后退到听课席中。达瓦用镜片后面的眼光扫视了一遍会场，他的嘴角露出一丝难得的笑意，他推开摆在面前的稿子轻声说道："照本宣科不是我的本意，但既然要搞一堂讲座，并且是命题好了的，那我还是得认真准备。其实谁都知道，一堂精彩的讲座只能给大家一些启迪。它不可能就此培养出一名作家。所谓的名家大师都是从文学青年做起的。年轻时，我们可以借助一股热情写出一些激情澎湃的诗歌和散文，甚至于小说。一气呵成的作品会有些气势，有些感染力。但是，当一个作家或是作者写作写到一定程度时，都会遇到一个相同的问题。那就是怎么都难以超越原有的作品。每一个写作者在原本应该拿出些好作品的时候反而搁浅了、反而停步不前了。这个时期的心态非常重要，能否跨过这道坎就取决于自己的思想。既不能急于求成，更不能灰心丧气。这样迷茫的时刻，你不要勉强自己去写。而是停下来看看书，或是旅旅游。通过阅读或行走的方式给自己充电、给自己加料。每个人一生当中最少要看三到五部名著，了解五到十个中外作家。这样有助于提升你的阅历和书写能力。"达瓦拉家常似地开始了他的讲座，这让大家感觉到格外亲切。他一语道出了王彪的心思。他现在的困惑就是怎么都走不出固定的写作模式，他很想写一些具有震撼效果的作品，可是非常难。他就像是被困在某个山洞，明明看见那一丝光亮在洞口若隐若现，自己怎么努力都无法靠近那一丝光亮。

　　"现代人用电脑写作，这是极其幸福和便捷的写作方法。在出现计算机之前，都是手写稿。无论是作者、编辑都很辛苦。写错一个字、一个标点符号都得重新再来！作为一个用电脑写作的人，应该感恩时代的发展、感恩科技的进步。"

　　达瓦讲到这里后略微停顿了一会。他富含哲理的语言和缜密的思维令人折服。王彪曾多次在网络上搜寻过达瓦在内地的一些讲座，的确不同寻常。他总能把看似很高深的学问诠释透彻并能博得听课者们会心的掌声。

达瓦的博学多才不单是从书本中得来的,他是一个行走的作家,他敬重历史,崇尚大地,尊重科学。他每到一个地方都会亲自考证当地的历史文化。王彪还听说,达瓦先生是个崇尚花卉的人。这让他对达瓦有了更为好奇的心理。达瓦给人的印象一直是深沉和高傲的,他想象不出他在花儿面前的那种卑躬屈膝是什么心境使然。当然,细想起来只能说明达瓦先生是个热爱生命,热爱所有美丽生命的人。他对花的痴迷其实就是对美的尊重,对美好事物的敬仰。爱花的男子并不多,痴迷者少之又少。达瓦恰恰发现了万物生命之本,美好之源。没有花的世界一定是单调乏味的,正如人世间没有女子,生活便黯然失色一样。爱花如此,惜花如此,恋花如此的男人一定会是有担当的汉子,有作为的英雄,有爱心的丈夫。把爱花的达瓦和台上正在用哲理诠释文学的大师比较,王彪更感佩达瓦柔性十足的这种品行。他感觉大师那双看似冷漠的眼神中其实隐藏着大爱,对芸芸众生的大爱。

王彪在听课的同时,也在认真地解析着自己的诗歌。他清楚文学单靠激情和天赋根本不行。就像达瓦先生在讲座中提到的,一个作家首先得有敏锐的观察力、丰厚的感情和生活积累、精确的语言表达力。王彪很看重自己的诗集,这是自己付出几十年心血的集中成果。他想把它包装得完美一点。但是否请达瓦先生写序他还得再斟酌。因为每每看到达瓦在台上的那种神态,他就感觉有些心虚。自己冒昧地请一个名家写序,是否有些自不量力?他曾听到一位朋友这样评价达瓦,达瓦就是中国文学的一个符号。想到这里,王彪越发感觉夹在公文包中的厚厚诗稿似乎正在变轻、变薄。他甚至有些悲伤。他原本想借助文学为自己打开一条光明前程。谁承想,自己混到两鬓添霜了连一个副县级待遇都没有拿到。调整单位,说穿了就是让你休息,证明你已经靠边站了。他多年的雄心壮志、远大抱负终究被岁月腐蚀了,吞没了。

王彪的心忽冷忽热、忽高忽低。他太想找个宣泄郁闷的出口。在 z 县,他很难找到可以谈文学的朋友,更没有人会认真地读他的诗。他记得在一次接待川台记者时,把新写的几首诗发给一位姓彭的女记者微信上,结果人家向他扔来一颗凶恶的狼头。这不仅严重挫伤了他的尊严,也严重影响了他写作的热情。他时常把这件事情和布谷鸟联系起来。难道他王彪在别人的心里只值得扔地雷或像狼一样向他龇牙咧嘴吗!王彪愤愤地斜眼瞟了瞟身边的布谷鸟,她低垂着长长的睫毛,专心地记着笔记。她的侧面轮廓很精致，戴在耳朵上的耳坠在白皙的肌肤上轻轻地晃动着。王彪的愤慨突然就消失了。是啊！他怎能和一个美女过意不去？怎能和一个女子的喜怒哀乐过意不去？上午他们不是还握过手吗？也许，扔地雷只是她的一种习惯，并无特别的含义。何况她还夸过自己很帅。想到这里，王彪的心变得柔软了。现在，最要紧的不是把自己的心情搞乱，他得认真听大师们的讲座，然后找个机会请他们点评自己的诗稿。

课间休息时，王彪请布谷鸟给自己和达瓦照了几张合影，然后把配了文字的合影发到微信上。让他没有想到的是这次自己的领导居然点了赞，还向他竖起了大拇指。在不到五分钟的时间，宣传部办公室主任也请王彪把合影和有关讲座内容发给他，他们要做个专题报道。王彪的心被突如其来的荣耀填满了！他昂首挺胸地上了趟卫生间，又在衣冠镜前捋了捋黑漆漆的头发。他发现听完达瓦的讲座后，自己那种患得患失的心绪渐渐在平缓，这些大人物们其实也没有想象中那么高不可攀。他们都有一颗平凡而真诚的心。他们曾经的经历说不定比自己还艰难！谁一生下来就是名人？就是大师？王彪有点厌恶自己的虚荣，做个踏实的人远比做一个浮夸的人要好许多。他必须清除心中时时作祟的功名心。为官只是一时，而文学可以终其一生。孰重孰轻，不是很明显吗？

王彪在过道里看到正和几位老作家们谈笑风生的达瓦，他也顺势站到他们身后听他们的谈话内容。达瓦正在讲他们去美国时的一些趣事。王彪很想问问达瓦与花是怎样结下情缘的。他也很想告诉达瓦，自己特别喜欢藏族作家阿来的《尘埃落定》。因为故事发生地就在离州府几公里处。那座被誉为"东方建筑史上的奇迹"的土司官寨，现在被列为国家级文物保护单位。他还听说那个地方正在申创国家4A级景区。不久，这座代表土司王朝至高权力的建筑，将受到世界的瞩目！加之官寨还是红军二万五千里长征经过和驻足的红色圣地，它将在旅游业中所起的作用不可估量！

但是，王彪的话像春蚕吐丝一般艰难，他心潮澎湃地听完这拨人的谈话后又随他们的脚步回到大厅再回到自己的座位。这次，王彪的心是真的静下来了。他的微信点赞率打破历史纪录。几位女文友相继发短信给他，要求预定他的诗集。"布谷鸟"还请他写一首关于草原的歌词。这一切让王彪感觉到很亲切，很友好。而达瓦先生的讲座也在一片持久的掌声中结束。

六

来到电视剧《尘埃落定》拍摄地，王彪有种故地重游的熟悉感。虽然拍摄的剧情远不如读原创小说来得痛快，但毕竟因为这部电视剧而使这个地方名声大噪。来这里旅游和度假的人据说非常多。特别是对面的民居群落，借助依山傍水的地理优势和古朴风情被打造成一座独具魅力的旅游接待点了。

王彪和文友们从官寨下面的大白杨树下拾级而上，经过维修的官寨恢复了曾经的雄伟和神秘。王彪记得读中师的时候，美丽的美术老师总把他们带到学校背后的山冈远远地画官寨，却从未讲过点滴关于这座建筑的历史。他只是听当地的同学说，那里住过好几代名望土司。每当太阳落山的时候，官寨黑漆漆的影子就把整个山谷都遮盖了。王彪总觉得那黑漆漆的影子里有许多鬼魅在晃动。有些去过官寨的同学说里面很阴森很诡异。附近的村民说每到夜半，楼梯和地板上有"嘎嘎嘎"的走动声，似乎还夹杂着女人和孩子们的嬉闹。他们甚至说院墙外的行刑柱下能听到冤魂们的呜咽！更离奇的是，一位当年给红军带过路的老人说，在为合作社守包谷地时，院墙外偶尔能听到红军将士操练的号角！种种传闻让王彪心惊胆战。从此对那座高耸入云的石头碉楼敬而远之了。直到今天，他才以一个作家的身份带着些许复杂的心理真正走近它。

走到官寨大门前，王彪看到左侧墙根下立着两根行刑柱。那应该是拍摄《尘埃落定》时用的道具。真正的行刑柱早随历史化为尘土了。王彪有点心虚地收回目光，他的心中怎么都挥不去行刑人罗尔依手起刀落的场面。他对血腥有种特别的抗拒。人类为什么总要创造那么多的酷刑用以对付自己的同胞！一杯毒药就可解决的问题非要弄得那么复杂！

"嗨！大诗人！愣在那里干嘛呀！想即兴作诗吗？快去看看土司时代的生活用品！"是李一鸣在喊！王彪耸了耸肩，用手背抹了抹脖颈上的汗液。他快步走到院子，仰头观望起这座宏伟的建筑。

官寨坐北朝南，由四组碉楼组合成一个封闭式的四合院。六层高的碉楼在群山之间显得特别壮观！这座匠心独具的建筑据说是由末代土司高志国亲自创意设计并组织修建的。由此可见，高志国不仅是富甲一方的统治者，还是一个极具智慧的建筑大师。文化局的讲解员介绍说，末代土司博学多才，他的"蜀锦楼"里有大量的藏书。毛泽东当年住进官寨时，一本线装《三国演义》还放置在大理石书桌上。在谈论官寨的建筑奇观时，毛泽东感慨地说："古有郿坞，今有官寨。"据史料记载，1952年，老土司赴京参加少数民族"五一"观礼团，和毛泽东同桌共餐。主席亲切地问起他的"蜀锦楼"，还为其赐姓"解土司"。意为全国已经解放。

王彪随讲解员走到一间作坊，里面摆放着织布机和梭子之类的东西。墙上挂着旧式藏袍和几截布匹。其他屋子分别放有农具、餐具以及木工和银匠用过的器具。这些显然是从民间搜集起来的古物，是土司时期文明的象征。王彪走到银匠铺子时弯腰拾起一只小铁锤，这会是《尘埃落定》中银匠用过的东西吗？他的耳边似乎响起"叮光叮光"敲打银具的声音。正是那一声声"叮光叮光"的美妙音乐敲醒了侍女卓玛的爱情，同时敲醒了身穿华丽服装的卓玛最终得离开土司少爷变成为蓬头垢面的银匠老婆的梦境。

官寨二楼是红军文物陈列室。每间房子贴着长征时期的照片和历史简介。1935年6月24日，中央红军红六团翻越梦笔山进入卓克基地区，时任国民党"游击司令"的高土司因受国民党煽动亲率几百藏兵进行阻击。红军击退藏兵后占领了官寨。7月3日，毛泽东、周恩来、张闻天等中央领导在"土司议政厅"召开中央政治局常委会，专门讨论民族地区的有关问题，会议通过了《告康藏西番民众书》。号召藏族民众起来反对帝国主义和国民党军阀，成立游击队，实现民众自治。至此，土司时代彻底土崩瓦解了。

三楼是土司的寝宫和家眷住房。拍摄电视剧时基本按原样装修，但其材质和工艺远远不如当年。四楼是经堂，里面供奉着佛像和经书。墙上是唐卡壁画。加绒地区的经堂都设在最高楼层，以表示对神灵的敬重。从四楼俯瞰院子及周边村寨，有种居高临下的威仪感。想当年土司老爷在寨楼上携家眷观赏风景或指挥院子里的士兵操练该是何等的惬意和威风啊！

王彪站到栏杆前，他看到院子里的天井旁长了一排向日葵，女作家们争先照相留影。午餐就安排在官寨前面的"帐篷风情园"。虽然采风的时间很短，可这足以让所有来这里的作家们思绪飞扬。仅土司文化和红军文化就够大家如获至宝了。王彪故意放慢了脚步，他把相机对准远处的藏寨群落，把极富立体感的村寨和山林拍下来。他想回去后写一篇关于村庄的故事。虽然他是一个诗人，但这里所感悟的一切不是几行诗歌就能够表达透彻的。村庄及村庄里的人们历经世事变迁，它们所承载的文化是在沧桑中积淀的，是在岁月中成熟的。眼前的土司官寨和民居群落尽管更多是为了供游人参观，但它所蕴含的历史符号是无以替代的。

"帐篷风情园"在官寨南面一块开阔的草坪上，是专为参观游览者设立的接待中心。接待办的人早已等候在那里，他们为作家们献上哈达和美酒。美女作家们兴高采烈地地跑到麦田中继续照相。她们和田野里的麦子一样婀娜多姿，像风情园里的花卉一样风姿绰约。都说女人是水做的身子，此话一点不假。《尘埃落定》中的土司太太、侍女卓玛、少夫人塔娜哪一个不是风情万种、闭月羞花？王彪回头看着高高的官寨，想象着那些美丽的女子在官寨度过了怎样的如花岁月！来到土司官寨后，他的思绪一直萦绕在阿来写的故事中，虽然他明白《尘埃落定》只是个成功的文学作品，但小说中的每一个人物真实得就像在时光隧道中相遇过。他们的一笑一颦那么深刻地嵌进自己的脑海，随每一次悸动的心绪而复活！

午餐是个愉快的过程。达瓦和几位教授谈笑风生。王彪的心又开始怦怦跳个不停。这样一种轻松的氛围中他是否可以说出请达瓦老师写序的事情？他会认为自己鲁莽吗？文友们是否会取笑自己？他很想告诉大家土司官寨带给他的强烈震撼！还有挥之不去的官寨情缘！笔会接近尾声了，王彪心中产生了难以割舍的情感。大师们那么谦和，文友们那么真诚。这片土地的文化氛围那么浓郁！这一切让他浮躁不安的心找到了归宿。他恨自己曾经为了一点小地位失落伤怀。一个真正的文人，应该淡泊名利，甘愿寂寞。这样才能静心写出上等的作品。

达瓦老师谦和地谈论着当地的美食。他说自己很喜欢老家的烟熏香猪腿。那种味道在都市是决计品尝不到的。他还特别钟爱漫山遍野的杜鹃花，那种恣意的绽放也是任何名贵花卉所不能及的。他表示午餐之后还是得上山，行走已经成了他生命当中不可缺少的内容。只有行走的过程才能带给他源源不断的灵感和至深的美感。

当美丽的藏族姑娘再次敬献青稞美酒时，王彪果断地接过姑娘手中的酒壶，然后向着达瓦走去。他不能错过这最后的机会。不管达瓦老师是否答应为自己的诗集写序，他都要让自己的心愿有个了结。结束这次的笔会，不知道何时才能见到这位大师。

王彪略微弯着腰背，把达瓦的酒杯斟满。这次，达瓦绽开了让他有些惊诧莫名的浅笑，他依旧说了句"小伙子不赖"的话。王彪不自在地捋了捋黑漆漆的头发，然后鼓起勇气准备说出自己的请求。然而，当他刚刚张口说出"我有一个请求"，他的手机却不知轻重地响起来。达瓦努了努嘴示意他先接电话。无奈，王彪只好放下杯子朝帐篷外走去。当他看到来电号码后心中的沮丧顿时消失。电话是某诗刊编辑部打来的。一个月前，王彪通过一位朋友与这家诗刊主编取得联系，他把自己的诗稿寄给了龙主编，并表达了请他作序的意思。龙主编是个好爽的北方汉子，当时就答应了王彪的请求。但在之后的一个多月他都没给王彪一个明确的回复。

王彪看到手机上的未接电话，手心和后背渗出一层密密的汗水。他偷偷瞟了瞟帐篷里还在欢宴的人们，快步走到一片金灿灿的麦田边吐了口长气。就在他定下神来准备回电话时，编辑小李给他发了短信。内容很简单，只有一句话：龙主编托我将序转至您的QQ邮箱，请查收。看到短信，王彪真想扇自己一个耳光，自己怎么就忘了此事呢？龙主编在百忙之中为诗集作序，可见其勉励之情。假如自己真的能请到达瓦写序，那么这个场面将会是什么！他将怎样面对两位名家殷殷相期？

王彪庆幸自己没有造成大错，羞愧和恼怒冲击着他强烈的自尊。他原以为自己在这场笔会中清醒了很多，也看淡了很多。他以为自己从此以后可以做个淡泊名利的人，可从始至终，他依然沉溺在对名气的渴望和攀附中。他一次次想请达瓦为诗集写序，说穿了就是想借助一种名望来抬高自己。自己依然没有摆脱一副政客的嘴脸。

想到深藏在内心的这些念头，王彪恨不得找个地洞钻进去。他感觉四周有无数双目光向自己射来！那些目光中有鄙夷、有嘲讽、有不屑，甚至有怒火！他的手心和后背渗出更多的汗水来。

他晃晃悠悠地回到帐篷，午宴接近尾声了。美女们又在帐篷里三三两两地照合影！王彪不理解地苦笑了一下。他不明白这些可人儿们怎么那么爱恋镜头里的自己！那可是美图秀秀后的杰作！与现实遥远着呢！瞧瞧在涂脂抹粉下的鱼尾纹你们就不会有那么多的欢歌笑语了！王彪得不偿失地窃笑着她们，原先对她们的那种仰慕顿然消失！都别飘在云端里了，还是在陆地上行走要安全点！他斜眼看着蹦到他跟前拉他合影的阿倩，像是在发狠，又像是在告诫自己。他抓起放在案几上的相机，向着帐篷外的青稞地走去。

七

　　王彪拍了一组风景照后又走到藏寨前的大白杨树下，几个妇女在树荫下摆着锅盔和饮料，王彪买了瓶矿泉水，然后顶着烈日向村子走去。他记得这个村子里有个铁匠姓龚，读中师校的时候，他和村子里的一位同学常去他的铁匠铺子玩。倒不是因为他们对他打制的各种铁器感兴趣，而是龚师傅特别会讲故事。他是一个博学多才的人，还写得一手好毛笔字。龚师傅是西索村唯一一名外地汉族，他没有老婆，却收了个当地一户人家的儿子做养子。龚师傅待人亲切，出手大方。他悉心传授自己的独门手艺给养子。寨子里关于他的传闻有点扑朔迷离。有说他是座克基土司和汉族婆娘的私生子，有说他是国民党高级军官的警卫员，有说他是潜伏在藏区的特务等等。当然，谁也没有细究过他的满腹才华从何而来。他的身世如同于他的精湛手艺，在令人啧啧称赞的同时留下无数谜团。

　　王彪沿着广场中的石板路走进村寨，他凭借记忆找到了龚铁匠的铺子位置。从严格意义上来讲，它已经是一处被废弃的角落。角落里堆放着各种杂物，一块烟熏火燎的房梁寂寞地躺在荒草中。王彪拨开荒草，似乎要寻找一丝龚铁匠爽朗的笑声和敲打铁器的叮当声。他的养子还在这个村子里吗？老铁匠后来是落叶归根了还是安眠在这里？许多疑问在王彪的心中挥之不去。他不明白自己到这里来究竟想探寻什么？是为了避开那群花枝招展的美女们的冷嘲热讽？还是想为自己纷乱的思绪寻求一份慰藉？

　　"看什么呢？傻呆呆的！"随着一声粗鲁的吼声一只粗糙的手拍在王彪的肩上。他着实惊了一跳！还没看清后面的人，又一巴掌拍在他的脑袋上！"好黑的头发，装嫩说！"这回王彪气急了，他扬起手臂准备回击突如其来的挑衅。可不容他转身，那个人影"嗖"的一声蹿到前面的木桩上坐下，然后盯着王彪嘿嘿嘿地怪笑起来！王彪这一看不要紧，一丝恐怖的气息立即扼住了他的神经！那个正在怪笑的人面目丑陋，他的脸被大面积烧伤，一只鼓出的眼珠似乎随时可以掉出来！更恶心的是，他不断挥舞的双手长满肉刺！王彪愣愣地看着那个怪人，他想还击出气的念头陡然消失。赶快离开吧！说不定遇到了个疯子！跟疯子较真岂不是自寻死路？

　　"王彪同学，看来你小子混得不错嘛！一副风流倜傥的样子！"正在拔腿欲走的王彪被怪人一双长刺的手给捏住了！他真的怀疑自己是否在做梦？或是被官寨里的鬼魅缠身了！他慌乱地审视自己所在的位置，静悄悄的村寨，高大的核桃树，炽烈的阳光都告诉自己一切是真实的！让王彪惊异的是那个人的声音听起来有点熟悉，特别是他怪笑时撇撇嘴角时的样子怎么都像是在哪里见过！

"你不认得我是可以理解的。谁又会认识这么个风烛残年的老头呢！"怪人放开王彪有点伤感地仰头叹息。他被烧伤的面部肌肉不停地抽搐着，似乎在强烈地抑制着某种难言的悲伤。

"别在那里惊惧地像是撞见了鬼！虽然我现在比鬼还丑，但我还是个人呢！我是木央。过来坐下吧！刚才我在树荫下观察你好久了。你似乎不怎么开怀。我也听说这几天有批作家会到官寨采风，没想到你也在其中！"这次，王彪的心脏都"怦怦"乱跳了！木央！自己的同班同学木央！当年就是他常带他到龚铁匠的铺子玩。他曾经那么开朗那么阳光，他怎么就沦落成这个样子呢！到底发生了什么事？他只知道他毕业后分配到很偏僻的乡村，最先他们还有些书信来往，可后来渐渐地便失去联系了。关于他的消息就像是他的人，随着时间的流逝在人间蒸发了。

王彪不知道是否该坐到那个自称为"木央"的身边，他确实还没有从惊恐中镇静下来。他向着怪人耸了耸肩，表示自己还不敢相信他就是木央。这次，怪人不再像刚才那么无礼了，他突然把头埋在膝盖上，他的全身不停地抖动着，喉管里发出压抑至极的哽咽声。王彪的心立即就被软化了！原先的反感和恐惧转化为怜悯。他慢慢走过去，温和地扶住那人的肩膀。"我们到村寨背后的田埂上坐坐吧！我想听听你的遭遇。"怪人抽了抽鼻子，然后抬起头对王彪说："你应该还记得，这里原先是龚铁匠的铺子。以前，我们常在这里玩，听铁匠讲故事。那个时候，我就有个愿望，想将来把他讲的那些历史整理成一本书。你也知道，我喜欢写作，对历史尤其感兴趣。毕业后，我专门要求分配到村小教书，为的是搜集素材搞创作。"木央看着王彪汗流浃背的窘迫样又忍不住怪笑起来。他习惯地撇撇嘴角说："咱们就在这里吧。一会儿你可能还得回到你的队伍中去。今天的重逢我是没有想到的。你现在也在搞写作吗？""唉！就是写点小东西打发时间而已。混不到领导阶层，只好拿文学来慰藉心灵。我们班的同学好多都是县处级干部，风光着呢！"说这话的时候，王彪的眼里全是失落和妒忌。

"你觉得自己混的差吗？那么，你看看我，又会怎么想？当初我的成绩和能力可不比你差。"木央看出了王彪的沉郁，他向木桩外挪了挪身子，示意王彪坐过来。"凭我的本事，混个副县级位置还是没有问题的。"王彪居高临下地看着丑陋的木央，然后一屁股坐到离他远一点的地方。说真的，对这个木央，他还是有些顾忌，虽然他的言谈举止中能找出些当年的影子，可他的变化实在让人难以接受。和他对话时，他简直不敢直视那双随时都可以脱落的眼珠子。

　　"那么你混到了副县级的位置吗？"丑鬼木央不管王彪的感受，他靠近王彪把手搭在他的肩上。"没有。不过现在提拔干部还是有很多的玄机。"王彪边说边抖肩膀，他想甩开木央那双比他的脸还恶心的手，他甚至都没有勇气去听老同学到底遭遇了什么祸害。他只觉得木央的身上散发着一种阴气，这让他联想想起官寨大门前的行刑柱，想起了行刑人手起刀落间的血光映红整个天空。

　　可是，木央并没有抽回手的意思。他那双爆突的眼珠不停地转动着。"我看得出来，你有情绪，还有愤慨。可是，你想想，假如你真的混上了副县级位子，你就满足了吗？你一定还想混到正县级、副厅级、正厅级，一直到你年龄和身体允许为止。这就是人心不足蛇吞象。"王彪的心里产生了极大的不满，你是谁？一个面貌丑陋的家伙，敢这么一针见血地戳穿他的内心！他把头扭到一边，故意回避木央咄咄逼人的目光。

　　"这样跟你说吧。你是选择泰山压顶，还是一览众山小？""怎么讲？"王彪被木央的话给弄糊涂了。"很简单啊。你总往高处比，那肯定压力大，可往低处看，那些小山不就在你之下了吗？"木央的话说得浅显，但不无道理。王彪很不自在，刚才，自己从帐篷风情园出来时还带着满心的羞愧和自责。他避开人群就是想梳理一下自己的心情，好让那些虚荣的念头彻底消失。可在这里突然遇到面目全非的老同学，一开始的对话就直奔他的心病，他还来不及问木央的遭遇人家就揭穿了他的痛处，这不能不说是件尴尬的事。

　　"其实我并不在意这些，我只是为现实鸣不平。哦。我应该告诉你，我的诗集就要出版了。到时候送你一本吧。以前，你的文字功底是远远在我之上的。"王彪的内心经过一番痛苦挣扎后开始平静了。至少，在这个鬼魅一样的木央跟前，他不能输掉气度。他认为木央的话说得对。如果自己少去攀比，内心就会安宁很多。自己在这场笔会中接触的都是有文化有修养的人。每一个文友都是一部读不完的书，他深深地敬佩他们的才华。不管他的内心曾经有多少失落和不满，从现在开始，他要彻底与昨天告别，做一个真实的自己。因为自己选择了文学。

想到这里，王彪的心情释然了。他觉得木央的面目也没有刚开始时的那么憎恶了。他抬头看着藏寨背后的山冈，达瓦的身影在山花中若隐若现，他一定带着至深的感情在行走。行走已经融入到了他的灵魂。行走的过程陪伴他的是宏大的历史场景和民族文化！

木央似乎也发现了王彪的转变，他被烧伤的面目肌肉因为欣然而抽搐着。他站起来走到一截残缺的土墙边，回头看着王彪说："你会有很多问题要问我。为了不耽误你的时间，我长话短说。我们从师范校毕业的第三年，龚铁匠就死了。他是死于一场人为的火灾。而促使这场火灾的元凶是他的养子。"不待王彪发问，木央接着说，"老铁匠毫无保留地把自己的手艺传给养子，只希望在这个远离家乡的藏区有一脉相传。谁料到，在一次婚宴上，他的养子受几个外村浪子的蛊惑，说铁匠藏有大量的金条和鸦片，可以卖大价钱。他的养子财迷心窍，趁着酒醉亲自点燃了铁匠铺子。因为只有这样他才能趁火打劫，抢出老铁匠放在床底的木箱子。哪知道人算不如天算，当他的养子抱着箱子跑到树林中准备与挑事者分赃时，才发现沉甸甸的箱子里装的是各种铁具模板和一张十万元的存折，而存折上清清楚楚写着养子的名字。当懊悔万分的养子跑回村里救养父时，铁匠已经被烧得奄奄一息。临终前他握着养子的手，告诉了他木箱里的秘密。铁匠到死都不知道，那个泪流满面的养子于那个黑夜亲手埋葬了他的一生心血。"木央说到这里的时候，暴突的眼珠布满血丝，他那双长满肉刺的双手在空中挥舞着，似乎纵火的凶手就在那里，他恨不得把他撕成碎片！

王彪心中的怒火不亚于木央，这个事情让他难以接受！忘恩负义的家伙！他握紧拳头，气得浑身发抖！

"那么，后来怎么样了？""后来，"木央有些犹豫地看着激动的王彪，低下头说，"我把铁匠的养子杀死了！""啊！"一连串的事情让王彪无法相信！这听起来怎么像电影里的情节？他们全班四十个同学怎么就没有一个人知道发生这么严重的事？王彪的思维出现障碍了，头脑中一片空白！嗓子眼中有一团火在燃烧！

"龚铁匠死后，按照他的遗愿，村民们把他安葬在后山上。他说那里能望见家乡的朦胧山影！其实，那只是铁匠心中的一个幻影而已！下葬那天，他的养子半疯半癫地站在人群中哭泣。想到老铁匠一番心血遭此下场，我一怒之下抓住那个逆子的衣领，重重地甩到墓碑前要他忏悔。哪知用力过猛，那人一个趔趄后撞在一块大石上，当场气绝！人群顿时炸开了锅！被混乱的群众打得鼻青脸肿的我也锒铛入狱！"

木央说到这里表情有点麻木，仿佛他的喜怒哀乐已经随那段伤心的往事消失殆尽！

王彪的脑袋嗡嗡作响！他怎么都记不起有谁认真地谈起过木央的事情。作为同窗好友，自己竟从未打听过他的情况，这是不能原谅的过错！这一刻，他忘记了来这里的目的，忘记了参加笔会的荣耀和愉悦！他对木央充满了歉意和愧疚！就在刚才，自己还在居高临下地藐视着丑陋不堪的老同学！一种变态的快感吞噬了所有的良知！真是太不应该！

"那么，你的伤又是怎么回事？"王彪只能用最简单的语言掩饰着自己的羞愧。"在服刑期间，一所医院起火，我们赶去救火，结果我被浓烟熏昏过去，差点见阎王了。或许这是我的报应吧！毕竟有一笔人命债！这是老天烙在身上的警示语！"王彪不知道说什么了。他只有叹息和同情。

"对了，遇到你也算是上天的安排。出狱后的这些年，我走了很多地方，搜集了很多关于嘉绒文化方面的资料。可以说价值不菲。我也找过几次文化部门的领导，想申请一笔经费把它整理成文字，可因我这张丑陋的脸总被拒之于门外。现在我也灰心了。身体也搞垮了，说不定哪天就闭气了！这几天听说有作家来采风，我就一直寻思能否找个可靠的人，把资料贡献出去。再由他来执笔整理。结果，你来了，这难道不是天意吗？"

木央边说边取下肩上的挎包。他扯了扯上面的皱褶，有点怜惜地递到王彪手中。和他满身肮脏之气不同的是，这只沉甸甸的口袋异常干净，它与它的主人就像是两个世界中的对立面。王彪难以置信地接过挎包。他感觉到自己此刻接过来的不只是一个装满珍贵资料的挎包，而是一个残疾身躯下执着的追求和重托！他不敢肯定自己就真的能胜任这个重任。但是，既然是老天让他遇到了木央，那么这个嘱托无论有多难，他都必须坚定地承担缺！

王彪的心中涌过一阵阵的感动，他强忍住泪水，一把拥住木央，轻轻地拍着他瘦骨嶙峋的肩膀。

远处，在更远的山巅，一种类似于佛音的曲调轻轻穿过云霄，穿过天幕，然后无声无息地消失时光的葬礼中。

王彪泪眼婆娑地向上望去，他看到站在更高山岗上的达瓦，他久久地站立在那里，似乎正在接受一场岁月的馈赠！他的眼中，一定闪烁着炽热的光芒！他一定看到了那些让他顶礼膜拜的先祖们开辟历史的宏大场景！

王彪的眼泪突然决堤了，他望着高处那个正在暮色中消失的小黑点。他想呐喊、想悲号、想飞升！但是，他什么都做不了。他只能紧紧地抱着怀中那只干干净净的布口袋，任凭暮色越来越深地吞噬了自己！

八

次日，王彪再次踏上回家的路途。当 Z 县天空下那座连绵的群山渐渐出现在他的眼前，王彪笑了。笑得深情，笑得坚定，笑得意味深长！